짬뽕 끓이다 갈분 넣으면 사천짜장

배길남
소　설

짬뽕 끓이다
갈분 넣으면

사천짜장

高粱酒

알렙

일러두기

- 이 책에 수록된 단편들은 2013~2018년 사이에 각 매체 지면에 발표한 작품들이다. 이후 여러 개작 과정을 거쳐 세상에 다시 내어놓는다.

- 대부분 발표 당시의 제목을 따랐으며 변경된 작품은 「너의 선택」이다.

- 「사라진 원고—Recreated Sherlock Holmes」는 15년 전 있었던 '원전의 재현'이란 실험의 결실이며, 두 작가에 대한 헌정이다.

- 「썩은 다리―세 번의 웃음」과 「동래부 전령 전성칠―초량왜관 표왜 이송 소동」은 『자살관리사』에 실린 「썩은 다리―세 번의 눈물」 및 「동래부사접왜사도」에 이은 연작소설이다.

- 작품의 이해를 위해 해설 대신 전성욱 문학평론가와 배길남 작가의 대담을 실었다. 취중 대담 이후 맑은 정신으로 녹취를 정서하였고, 소설식으로 색깔을 입혔다.

차례

1942 vs 4078

9월의 덥지도 시원하지도 않은 저녁, 나는 거리를 헤매는 중이었다. 가로등이 켜지기 직전의 묘한 어둠과 기온은 나의 목적지처럼 애매하기만 했다. 이런 시간은 돌아갈 곳이나 나갈 곳이 분명해야 할 터, 하지만 나는 어디로 가야 할지도 모른 채 같은 길을 뱅뱅 돌기만 했다. 나는 차츰 조급해졌다. 네온사인이 하나둘씩 켜지고 거리의 사람들 수가 많아질수록 초조한 마음은 커져만 갔다. 누군가와 연락해 약속을 하고 싶었지만 휴대폰에 저장된 번호들은 선택받지 못하고 길거리의 사람들처럼 휙휙 지나쳐가기만 했다. 헛헛한 마음에 주위를 둘러보았다. 회색빛의 도시는 어느새 울긋불긋한 색조 화장을 마치고 고혹적인 웃음을 흘리고 있었다. 그 웃음을 받아주고 싶었지만 내가 갈 곳은 선뜻 나타나지 않았다.

'외롭다.'

지하철 환기구에 기대 누군가의 이름을 부르며 울고 있는 한 남자의 모습이 흐릿하게 떠올랐다. 나의 우뇌가 10년 전의 처절했던 기억을 슬그머니 끄집어내려 하는 중이었다. 그건 절대 안 될 일이었다. 갑갑한 마음에 주머니에서 손을 빼자 동전들이 몸부림치듯 '딸랑' 소리를 내었다. 그러자 기다리기라도 했다는 듯 눈앞에 '철권게임센터'라는 간판이 눈에 들어왔다. 한때 거리를 점령했었지만 이제 PC방에 밀려 사라져가고 있는 오락실…… 어쩌면 몇 년 뒤엔 이런 공간마저 사라져버릴지 모른다. 잠시 생각에 잠겼던 나를 누군가가 툭 치고 갔다. 그를 돌아보는데 또 누군가와 부딪힐 뻔했다. 거리는 이미 사람들로 꽉 차서 가만히 서 있기 곤란할 지경이었다. 어딘가로 가야 했다. 오락실 간판을 잠시 쳐다보던 나는 누군가에 떠밀리듯 오락실로 들어갔다. 오락실에 들어가자 내가 아는 게임은 정말 '철권'밖에 없었다. 철권 시리즈 중 가장 오래된 철권3에 200원을 넣고 레슬러 '아머킹'을 선택했다. 그는 무자비한 드롭킥으로 상대를 공격했지만 1분도 되지 않아 땅바닥에 두 번이나 처박혔다. YOU LOSE!라는 문구를 확인하며 자리에서 일어나는데 낯이 익은 얼굴과 마주쳤다. 예전에 한 모임에서 단 한 번 인사를 주고받았던 민이란 사내였다.

말을 먼저 건 것이 누구인지는 기억나지 않는다. 다만 둘 다 혼자였던 건 확실하다. 우린 누가 먼저랄 것 없이 반가움을 표시했다. 난 술을 마시자고 제의했고 그는 곧 승낙했다. 난 분명 외로운 상태였다. 다소 어색하더라도 상관없었다. 이미 혼자라는 사실에 넌더리가 나 있었기 때문이다. 누군가 같이 있어준다면 지갑을 모두 털어도 상관없었다. 만약 이런 외로움에도 혼자가 편하다는 생각을 했다면 나의 '사회인으로서의 자격'은 모두 사라져버렸는지도 모른다. 하지만 그때의 난 그 자격이 있다는 걸 절실히 느낄 수 있었다. 혼자임을 견디는 게 공포일 지경이었다. 물론 '사회인으로서의 자격' 따위의 말이 어떤 뉘앙스를 풍기는지 나도 잘 알고 있다. 사람들은 저런 말에 집착하는 이를 쉽내 나는 극우 보수주의자쯤으로 치부해 버린다. 하지만 아무래도 좋다. 나는 그 순간 '사회인으로서의 자격'이 매우 중요하다고 생각했을 뿐이다. 아무리 머리를 굴려봐도 불만과 욕망은 사회란 범위 안에서 피어나고 사그라진다. 세상이 더럽다고 떠들어대지만 그것은 사회가 인정하는 가치 중 무엇 하나 가진 것이 없기 때문이다. 돈, 스펙, 외모, 지위……, 뭐든지 간에 다른 사람들보다 우월하고 싶은 욕망으로만 가득 찬 나! 그래서 나는 더더욱 '사회인으로서의 자격'이 있는 것이다.

민과 나는 허름한 막걸리 집에서 3000원짜리 소주와 5000원짜리 파전과 5000원짜리 낙지볶음을 주문했다. 주인은 귀찮다는 듯 주문을 받았다. 옆 테이블을 둘러보니 중년의 남자 셋이 죽은 대통령을 욕하고 있었고, 그보다는 나이가 조금 덜 들어 보이는 양복쟁이 혼자 소주를 마시고 있었다. 중년 셋의 욕은 소리도 크고 농도도 진했다. 대머리 중년이 '개새끼'를, 배가 산만한 중년이 '좆'을, 그리고 키 작은 군용모자 중년이 '빨갱이'를 사용했다. 주문을 취소하고 싶은 충동이 일 때, 문이 열리며 미니스커트를 입은 아가씨와 핫팬츠를 입은 아가씨 둘이 들어왔다. 그 둘은 우리 테이블 대각선에 앉았고, 우리와 똑같은 소주와 안주를 시키며 담배를 입에 물었다. 아가씨들이 들어오지 않았다면 난 이 막걸리 집을 선택한 것을 후회했을 것이다. 민 또한 말은 하지 않았지만 술집 안을 탐색하고 있었고, 아가씨들의 등장에 적이 만족하는 표정을 지었다. 소주가 먼저 오자 우린 서로의 잔에 술을 부었다.

"자, 한 잔 합시다."

그러나 그뿐, 잠시 침묵이 흘렀다. 어색함 따위는 각오한 술자리인지라 굳이 말을 하려고 노력하지 않았다. 이럴 땐 TV를 보는 게 상책이었다.

「강원도의 한 국민학교가 때 아닌 박쥐의 공격으로 수업을 못하고 있습니다.」

TV에서는 '오늘의 대한뉴스'가 방송되고 있었다. 몇 십 년 전의 뉴스는 몇 십 년 전의 공포영화에나 나옴직한 음악과 함께 박쥐 퇴치를 알리고 있었다.

"저기……, 죄송한데 「DARWIN 4078」을 알고 계십니까?"

민이 나를 바라보며 물었다. 다소 갑작스러웠지만 난 그의 질문이 대단히 맘에 들었다. 두뇌의 신경세포 끝이 벌름거리며 입맛을 다시는 느낌이었다. '박쥐'에서 '고전 오락실 게임'을 바로 떠올리다니……. 난 그에 걸맞은 답을 하기 위해 일부러 뜸을 들였다.

"호, 혹시 '양파링'을 싫어하셨습니까?"

과연 민의 눈빛에 열기가 느껴졌다. 애써 입가에 떠오르는 웃음을 참으며 말하는 게 보일 정도였다.

"양파링! 하하, 오랜만에 듣는군요. 절대 과자 얘기 따위가 아니지요."

"그렇지요, 과자 얘기가 아닙니다."

"하하, 그렇다면 좀 더 설명을 드려도 될까요?"

"물론입니다."

"그냥 양파링이 싫다기보다는……. 그 게임의 업그레이드 아이템인 'E'가 도리어 게임 진행에 도움이 되지 않을 때가 있지 않습니까?"

"그렇지요, 특히 '박쥐'를 만들 때는……."

"그런데 총알보다 더 많이 튀어나오는 'E'로 인해 할 수 없이 최고 단계 양파링이 될 때가 종종 있었습니다. 전 그렇게 만들어진 '양파링'이 싫었습니다. 마치 다이어트를 참지 못하고 주워 먹다가 튀어나온 배를 보고서 억지로 오바이트하는 느낌이랄까요?"

난 떨리는 손으로 소주잔을 들며 생각했다.

'이 사람 대단하군.'

만약 민이 돌연변이 전투기 '박쥐'를 만들기 위해 '레이저' 전투기 레벨에서 일부러 업그레이드하지 않고 퇴화시킨 후, 업그레이드 아이템 'E'를 먹었다는 식의 뻔한 얘기를 했다면 이렇게 흥분하지 않았을 것이다. 하지만 민은 '오늘의 대한뉴스'에서 시작해 '고전 오락실 게임'을 거쳐, '마른 몸매를 권하는 사회에 대한 페이소스'까지 거침없이 연상하며 이야기하고 있었다.

"제 생각만 떠들어버렸군요. 너무 엇나갔다면 죄송합니다."

잠시 생각에 잠겨 있자 민은 순식간에 자신을 숨기려 했다. 이 순간을 놓치기 싫었고 지식에 눌리기도 싫었다. 나는 숨으려 하는 민을 재빠르게 붙잡았다.

"미리 말씀드리자면 제 휴대폰 번호의 뒷자리가 4078입니다. 「DARWIN 4078」. 제작사 'DATA EAST', 제작연도 1986년. 다윈이란 이름을 제목에 굳이 붙여 슈팅 게임의 '업그레이드'를 '진화'의 의미로 바꾼 것이 너무나도 좋았죠. 심지어 생존 경쟁의 우수성을 주장하는, '다윈의 진화론'을 부정하는 요소까지 갖추고 있다는 게 대단하지 않습니까? 말씀하신 부분에 생략했었던 '박쥐'를 만들기 위한 퇴화가 바로 그 예라 보는데요."

민은 멍하니 나를 바라보며 말이 없었다. 이번에는 내가 자신을 숨길 때라는 생각마저 들었다. 별안간 민이 큰소리로 웃으며 소주잔을 내게 내밀었다.

"하하하, 정 형은 대단한 사람이군요!"

잠시 다가오던 어색함이 사라지고 분위기는 뜨거워졌다. 내가 그를 인정했듯이 그가 나를 인정하게 만들어낸 것이다. 민은 한 잔 마시자마자 술을 부으며 말했다.

"제 휴대폰 끝번호가 '1942'라는 게 순간 부끄러워졌습니다. 너무나 흔하다는 느낌이 들었습니다."

"하하하, 「1942」! 오락실의 혁명이었죠. 그건 제가 4078로 번호를 정할 때, 끝까지 버리지 못하고 고민했던 번호입니다."

"정말입니까? 오늘 이 자리, 정말 유쾌하군요. 하하하."

그랬다. 난 1942가 흔하다고 생각했고, 누군가 4078이란 번호를 선택한 것에 대해 감탄하거나 즐거워하길 바랐었다. 나는 말 그대로 유쾌해졌다.

"민 형도 흔하지 않은 것을 좋아합니까?"

"그보다 흔하지 않은 것의 의미를 누군가 알아줄 때, 그때를 더욱 좋아합니다."

약간 어려웠지만, 십분 이해 가는 것도 사실이라 고개를 끄덕이며 민의 의견에 동의했다.

"그건 저도 같습니다."

민은 내 대답이 떨어지기를 기다렸다는 듯이 말을 꺼냈다.

"제 얘기를 하나 하죠. 롯데가 잠실에서 준플레이오프 1승을 먼저 거둘 때의 일입니다. 그때, 전 잠실에서 직접 경기를 보았고, 승리의 기쁨에 친구들과 술을 마시러 갔습니다. 마침 술집의 테이블 전체가 롯데 팬이어서 난리가 났습니다. 전 너무 많이 마셔 필름이 끊겨버렸었죠."

"두산과의 경기 말입니까?"

"네, 몇 년 전의 일이죠. 얼마나 마셨는지 정신을 차려보니 길거리에서 자고 있었습니다. 그런데 가방이 없어졌다는 것을 알게 되었죠."

"저런, 지갑도 가방에 있었습니까?"

"전 지갑 이야기를 하는 게 아닙니다."

민은 딱 잘라 이야기했다. 갑작스러운 반응에 잠시 민망해졌지만 잠자코 있기로 했다.

"며칠이 지난 뒤 집으로 지갑이 돌아왔더군요. 하지만 가방은 돌아오지 않았습니다. 솔직히 전 그게 더욱 화가 났습니다. 그 가방은 제가 일본에 여행 갔다 발견했던 세상에 하나뿐인 가방이었습니다. 송아지 가죽으로 된 그 가방의 가치는 지갑에 든 얼마간의 돈이나 카드와 바꿀 수 없는 것이었습니다."

잃어버린 지갑에 있던 돈도 그대로 돌아왔는지 묻고 싶었지만, 민의 반응을 생각하니 슬그머니 귀찮은 생각이 들었다. 사실 '일본 여행'이나 '송아지 가죽 가방'이 주는 위화감이 나를 날카롭게 했을 것이다.

"민 형은 부르주아군요."

농담을 섞었지만, 반발감이 담긴 나의 대답은 민의 말을 끊게 하는 효과는 있었다. 그러나 대화에는 크게 도움이 되지 못했다. 민은 뜬금없다는 표정을 지으며 말했다.

"전 지금 흔하지 않은 것을 얘기하던 중이었습니다. 정 형이 어떻게 여길지 몰라도 제 가방은 흔하지 않은 가치를 지니고 있었습니다. 돈이 문제가 아니라 봅니다."

우리는 말없이 담배를 하나씩 물었다. 우리의 담배연기가 혼자 있는 양복쟁이에게 흘러갔다. 니코틴을 흡입하며 천천히 생각해 보니 위화감을 느낀 게 부끄럽다는 생각이 들었다. 민이 말했던 '송아지 가죽 가방'이 고급이고 아니고는 문제가 아니었다. 그가 나의 '4078'을 인정해 주었듯이, 나도 그를 인정해 주었어야 했다는 후회가 들었다. 어떻게 해야 내가 뱉은 말을 돌릴 수 있을까 궁리하고 있는데 민이 먼저 말을 했다.

"정 형, 지금 생각해 보니 제가 잘못된 예를 든 것 같습니다. 우린 흔하지 않은 것을 얘기하는 게 아니라, 흔하지 않은 것의 의미를 누군가 알아줄 때의 기쁨에 대해 얘기하고 있었습니다."

나도 최선을 다해 그를 위로했다.

"아닙니다. 민 형은 적절한 예를 들었습니다. 담배를 피우면서 가방의 의미를 이해했습니다. 세상에 하나뿐이라는 것은 흔하지 않다는 의미와 다를지 몰라도, 그 가치를 누군가 알아줄 때의 기쁨은 똑같은 것이라 생각합니다. 전 이런 상상을 했습니다. 민 형이 아쉬운 대로 새로운 소가죽 가방을 샀다. 송아지 가죽 가방이 없어 어른 소가죽 가방을 샀는데, 지하철 같은 곳에서 똑같은 가방을 다른 사람이 메고 있는 것을 보고 말았다. 그때 민 형이 느낄 상실감은 더더욱 클 것이다, 라고 말이죠."

민은 얼굴에 차츰 활기를 띠다 큰소리로 말했다.

"바로 그겁니다. 그 상실감을 함께 말했던 것입니다. 그 상실감은 잃어버린 것에 대해 더더욱 큰 가치를 부여합니다."

난 순간 의기양양해졌다.

"자, 다시 한 잔 합시다. 멀리 떠나간 송아지 가죽 가방을 위해서!"

민도 잔을 부딪치며 힘차게 말했다.

"이제 사라져가는 오락실의 추억을 위해서!"

우린 소주 한 잔을 쭉 들이켰다. 소주가 목을 통해서 위장으로 가는 동안 갑자기 눈시울이 뜨거워지는 것을 느꼈다. 그것은 '멀리 떠나간'과 '사라져가는'이라는 말이 소주와 함께 넘어가지 못하고서, 목을 타고 머릿속으로 다시 기어들어왔기 때문이었다. 잠시 동안이지만 별의별 상념들이 다 지나갔다. 다시 우리는 침묵했다. 이번에는 침묵의 시간이 길었다. 민은 담배에 불을 붙였고, 그 담배가 다 타들어 갈 때쯤 해서 혼잣말처럼 내게 물었다.

"우리 둘은 어쩌다 여기 앉아 있는 걸까요?"

난 담배 대신 소주를 한 잔 더 마시고 식어 있는 낙지볶음을 씹었다. '외로우니까요.'라는 대답이 목구멍에서 기어오르다 낙지볶음과 함께 넘어갔다. 민 또한 그 대답을 뻔히 알면서 물었을 것이라 생각했다. 단 한 번 만났던 사이임에도, 오락실에서 우연히 만나 호의를 표시하며 술집에 같이 온 이유를 굳이 말할 필요는 없었다. 민은 이내 TV로 고개를 돌렸고 나는 주위를 둘러보았다.

"쌍년, 웃기고 자빠졌네."

대각선의 미니스커트가 욕을 하고는 큰소리로 웃었다. 그녀의 손가락 사이에 꽂혀 있는 담배 끝으로 빨간 립스틱 자국이 보였고, 담배연기는 여지없이 양복쟁이에게 흘러갔다. 왠지 드라마나 영화의 흔한 장면이 연출되었으면 하는 생각이 들었다.

중년의 사내들 쪽에서 '이쁜 아가씨, 거 좀 조용히 마십시다.' 하고 수작을 걸거나, '요즘 젊은 계집들 하고 다니는 꼴이라니.'라는 욕설이 나오는 게 그럴 듯했다. 상상이 아니라 정말 그럴 법도 한데, 중년 사내 셋의 주제는 오직 하나, 죽은 대통령에 대한 욕이었다. 심지어 아가씨들의 쭉 뻗은 다리에 눈길조차 주지 않고 죽은 대통령에게 욕만 하고 있었다. 그러자 자꾸 그녀들의 다리에만 눈이 가는 나 자신이 부끄러워졌다. 고개를 돌리니 TV에는 가요 프로그램에 출연한 걸그룹이 한창 춤을 추고 있었고, 민의 눈은 멍하니 화면을 좇고 있었다. 난 나의 부끄러움을 좇기 위해 민을 타박했다.

"아이돌이 그렇게 좋습니까? 민 형, 너무 조용한데요?"

민은 뜻밖에도 얼굴을 붉히며 부끄러워했다.

"아, 죄송합니다. 제가 좋아하는 그룹인데 오늘이 컴백 무대라고 해서……."

TV에는 도대체 이름을 알 수 없는 걸그룹이 가슴과 허벅지를 어필하며 춤을 추고 있었다. 그 그룹의 리더는 낯익었고 이름도 알고 있지만, 무대에 있는 모습을 보는 건 처음이었다. '민 형은 저 그룹 멤버의 이름을 모두 외우십니까?'라는 질문을 하고 싶었지만 참기로 했다. 아까 느꼈던 부끄러움이 민의 부끄러움으로 옅어져 있었다. 어쩐지 우쭐해졌다. 담배에 불을 붙이고 다시 대각선의 테이블에 눈길을 돌렸다. 핫팬츠와 눈이 마주쳤다. 고개를 돌리자 이번에는 민과 눈이 마주쳤다.

"정 형은 훨씬 현실적이군요."

민의 말에 나는 적잖이 당황스러웠다.

"현실적이라니, 그게 무슨 소립니까?"

민은 슬며시 웃으며 얼버무렸다.

"아닙니다. 농담입니다."

나는 아까보다 훨씬 부끄러워졌다. 그리고 화가 났다. 개새끼, 너는 걸그룹 애들 이름이나 외우고 그 이름을 부르며 자위나 하겠지, 라고 생각했다. 그런데 잠시 후, 민이 말했다.

"제 모습을 보고 실망하셨겠습니다. 저도 이런 제가 싫습니다."

어떤 것에 대한 실망이며 자책인지 애매했다. 하지만 그것을 묻는 게 더 이상하다는 걸 알기에, 나의 부끄러움을 캐낸 데에 대한 사과라 생각하기로 했다. 피차 한 번씩 상처를 준 셈이었다. 정확히 말하자면 '부르주아'와 '현실적'이란 말이 서로에게 상처를 주었고, 민이 나보다 훨씬 빠르게 사과나 반성의 표현을 했기 때문에 우리의 술자리는 계속 이어질 수 있었다. 자칫 단조롭고 지루할 수 있었던 술자리가 제법 열기를 띠고 있었다.

민을 만나기 전, 나의 심리는 매우 좋지 않은 상태였다. 취해서 새벽 2시에 지하철 환기구에 앉아 울던 10년 전의 트라우마를 떠올릴 정도였다. 어찌 보면 민과의 만남이 나를 위기에서 구했다 할 수 있었다. 어색함과 더 큰 자극을 원하는 본능이 민과의 대화를 방해한다는 생각이 들었다. 나의 우쭐함과 마음속으로 내뱉은 쌍욕도 못내 가슴에 걸렸다. 일단 늦었지만 사과를 하기로 결심했다.

"민 형, 우리 솔직해집시다. 저는……."

약간 흥분했는지 사과의 어투에서 벗어난 말이 나와 버렸다. 그런데 그게 문제였다.

"잠깐만."

민은 붉어진 얼굴로 나의 말을 끊고 소주 한 잔을 들이키고는 혼자 중얼거렸다.

"씨발, 진짜 너무 하네."

"민 형, 그 무슨……?"

"그래요, 솔직해집시다. 저는 정 형 앞에서 가진 돈이 많은 양 잘난 척을 했습니다. 하지만 정 형은 나의 말을 경청해 주었고, 충고도 해주었습니다. 저라고 저 테이블에 있는 여자들의 허벅지를 쳐다보고 싶지 않겠습니까? 애써 TV의 가수를 보며 순진한 척한 겁니다. 전 솔직한 정 형이 부러웠습니다. 정 형은 마음속으로는 경멸도 하고 욕도 했을 것입니다. 하지만 끝까지 참아주시더군요. 나의 본심을 들켜 상처를 받고 싶지 않았습니다. 전 제가 상처받기 전에 미리 남에게 상처 주는 짓을 자주 합니다. 정 형에게도 그렇게 하고 있는 제 모습이 싫었습니다. 그래서 사과까지 했는데 이렇게까지 파고드시다니……. 예, 저는 이런 놈입니다. 이제 속이 시원하십니까?"

민의 속사포 같은 고백에 어찌할 바 모르게 되었다. 더군다나 민의 소리는 제법 커서 대각선 테이블의 아가씨들마저 우리를 바라보고 있었다. 재수 없다는 얼굴과 기가 차다는 얼굴이었다. 핫팬츠가 날 바라보며 말했다.

"거기 저희 보고 하는 얘기예요?"

"아, 아닙니다. 민 형, 진정하세요. 전 그럴 의도가 아니었습니다."

민은 자못 진지하게 고개를 숙이고는 담배만 빨아댔다.

"저기, 아가씨들 죄송합니다. 이 친구가 술이 돼서……."

"어머, 웃겨. 허벅지가 어쩌고저쩌고 다 들었단 말이에요."

"아니, 그게 아니라……."

이때, 민이 아가씨 쪽을 바라보며 말했다.

"전 안 취했습니다. 아가씨들이 아름다워 말을 걸어보려 한 겁니다."

"뭐라구요? 하하하, 저 사람 얘기하는 것 들었어?"

"지랄들 하네. 야, 나가자."

"잠깐만, 귀엽잖아, 하는 말이?"

"뭐? 미친년."

아가씨들은 한참 깔깔 웃어대더니 자리에서 일어났다.

"아저씨들, 조용히 마시고 집에 가세요."

아가씨들은 다 들으라는 듯 큰소리로 말하고는 술집을 나갔다. 나의 상상 속 장면이 정반대로 어긋나서 펼쳐져 버렸다. 얼굴이 빨개졌지만 이 순간을 빨리 모면하고 싶었기 때문에 아가씨들의 신속한 퇴장이 고마웠다. 주위를 다시 돌아보았다. 주인은 귀찮다는 듯 아가씨들의 테이블을 치웠고, 중년 셋은 아랑곳하지 않고 죽은 대통령과 그 뒤에 죽은 대통령을 묶어서 욕하는 중이었다. 중년들과 민의 담배연기는 여전히 혼자 있는 양복쟁이에게 고스란히 흘러갔다. 말 그대로 아무도 상관치 않는 상황이었다.

"제가 갑자기 흥분해 버렸습니다. 저 때문에 곤란하셨다면 죄송합니다."

민은 여전히 한 포인트 빠르게 사과했다. 그의 돌발 행동에 잠시 난감했으나, 속을 털어놓고 난 뒤의 후련함도 존재했기에 쾌활한 음성으로 대답했다.

"어찌 되었든 우리의 공감대는 확실히 형성된 것 같군요."

"그렇습니까?"

"특히 아가씨들의 섹시함에 이끌렸다는 솔직한 고백과 상처받기 전에 먼저 상처 준다는 「신세기 에반게리온」의 인용이 좋았습니다."

"정 형은 이해하시는군요. 하하하."

우리는 서로를 바라보고 한참 웃었다.

"이러지 말고 우리 2차를 가죠. 이번에는 좋은 데를 갑시다."

"좋은 데라면?"

"여러 의미를 지니겠지만 일단 전 더 마셔야겠습니다."

"그건 저도 동의합니다. 그리고 더 좋은 데를 갈까요?"

"하하하, 우린 지금 외롭지 않아진 것 같습니다."

"외롭지 않은 게 아니라 않아졌다? 하하하! 맞습니다."

우린 무척 기분이 좋아져서 술집을 나섰다. 길가에는 사람들이 넘쳐났다. 그때, 누군가가 우리를 불렀다.

"저, 저기요."

우리를 부른 사내는 누구랄 것도 없이 우리 쪽을 향해 말하고 있었다.

"누구신지?"

"아까 같은 술집에서 술을 마시던 사람인데요."

사내의 머리에서 발끝까지 찬찬히 바라보고서야 술집에서 혼자 술을 마시던 양복쟁이임을 알 수 있었다. 민은 그때도 누군지 알 수 없다는 표정이기에 같은 술집에 있던 사내라고 속삭이며 알려줬다. 민은 그래도 알 수 없다는 듯 중얼거렸다.

"투명인간인가? 난 도저히 모르겠는데…….'

"그래, 무슨 일입니까?"

"저, 저기…….', 아까 두 분이서 말씀하시는 걸 다 들었습니다."

"우리 얘기? 남의 얘기를 들어 뭘 하잔 거요?"

"시비를 걸려는 게 아닙니다. 두 분이 마시는데 저도 함께 갈 수 있을까 해서요."

우린 서로를 바라보았다. 민이 눈짓으로 귀찮다는 표정을 지었다.

"죄송합니다. 우린 우리대로 약속이 있어서…….'라고 말하며 돌아서는데 사내가 간절하게 외쳤다.

"저도 오늘 외롭습니다. 누군가 함께 있지 않으면 죽어버릴 것 같이 외롭습니다."

사내의 외침에 돌아서던 발이 묶여버렸다. 왠지 돌아설 수 없는 기분이었다.

"제가 술값을 내겠습니다."

내가 이러지도 저러지도 못하고 있자 민이 제지하고 나섰다.

"만약 외로움 때문이라면 같이 하겠지만 술값 때문이라면 같이 할 이유는 없습니다. 저흰 댁이 없더라도 얼마든지 풍족하게 놀 수 있습니다."

"죄, 죄송합니다. 어쨌든 부탁드립니다."

사내는 일본 영화에 나오는 사람처럼 고개를 숙이며 부탁했다. '요로시쿠'나 '스미마셍' 같은 단어가 튀어나올 것만 같았다. 민에게 너무 그러지 말라는 눈짓을 보냈다. 민은 작은 한숨을 쉬더니 이내 다른 말 없이 돌아 걷기 시작했다. 눈치를 보던 사내는 내가 손짓하자 얼른 우리를 뒤따랐다.

주말의 번화가는 역시 화려했다. 젊은이들은 젊은이대로 늙은이는 늙은이대로 소리를 질러댔다. 수컷 냄새를 풍기는 청년들은 어깨를 으쓱대며 춤을 추듯 걸어 다녔고, 꾸밀 대로 꾸민 아가씨들은 저마다의 향기를 풍기며 돌아다녔다. 곳곳에서 음악이 쏟아졌고 네온사인과 간판은 어지럽게 거리를 수놓고 있었다. 우리와 사내 앞으로 '아가씨 항시 대기. 맥주 100원!'이라는 기묘한 광고차가 지나갔다.

"어디로 갈까요?"

"아까 있었던 술집과는 다른 고급으로 가야 합니다."

민이 고급 술집을 주장했다. 의견을 묻기 위해 사내를 바라보자 우리 뜻에 따른다는 듯 고개를 끄덕였다. 이번엔 '요로시쿠'와 '스미마셍' 대신 와사비가 떠올랐다. 톡 쏘는 와사비가 얹어진 초밥을 먹고 싶어졌다.

"고급이라면 일식집이 어떨까요?"

"아, 좋습니다. 그럼 가봅시다."

기세등등하게 근처 일식집의 문을 열었으나 자리가 없었다. 한참을 돌아다녀도 허탕을 치긴 마찬가지였다. 우리와 사내는 뜻밖에도 술집 하나를 못 들어가서 방황하고 있었다. 민이 혀를 내두르며 말했다.

"대한민국은 역시 풍요로운 곳이군요."

"겁이 날 정도군요. 여론조사의 반일 감정은 거짓인가 봅니다."

"아저씨는 혹시 아는 곳 없습니까?"

민이 뒤처진 사내에게 갑작스레 질문을 던졌다. 아저씨……. 나이로 보나 친밀감으로 보나 사내를 부르기엔 적절한 호칭이었다. 사내를 뭐라 불러야 하는지 슬쩍 고민하던 터에 잘 됐다 싶었다. 아저씨 또한 처음으로 자신을 불러주는 호칭이 반가웠는지 얼굴이 발그스름해졌다.

"제, 제가 안내해도 된다면 제가 접대를 하던 괜찮은 곳이 있습니다. 아까 술집 근처에……."

아저씨는 의외로 재빠르게 대응했다. 원래 있던 골목으로 돌아가자 얼핏 보기에도 괜찮은 일식집이 등장했다. 30분을 돌아온 셈이었다. '삿포로의 아침'이라는 생뚱맞은 제목이었지만 인테리어와 분위기는 괜찮았다. 룸에 자리 잡은 우리는 스페셜 코스 A를 시키고 민의 주장에 따라 '사케'와 '삿포로' 맥주를 시켰다.

"술값은 제가 내겠습니다. 얼마 안 되지만 전 오늘 이 돈을 다 쓰기로 했습니다. 잠깐 화장실에 다녀오겠습니다."

아저씨는 주머니에서 지폐 뭉치를 꺼내었다. 대략 100만 원 안 팎으로 보였다. 민과 나는 서로를 쳐다보았다. 사내가 나가자 민이 담배에 불을 붙이며 말했다.

"이 장면 어디서 많이 본 것 같지 않습니까? 옛날 'TV문학관'이나 '베스트셀러 극장' 같은 데서요."

"전 소설에서 봤던 것 같군요."

나는 민이 얘기하는 작품을 본능적으로 알 수 있었다. 또 입에 침이 고여 왔다.

"기가 막힌 타이밍입니다. 우리 내기라도 할까요? 저 아저씨가 죽나 안 죽나?"

"요즘 시대에 이 시간에 모텔 빈 방이 있을 것 같습니까? 차라리 이 돈을 들고 튀는 게 어떨까요? 죽음의 기회조차 주지 않는 겁니다."

민은 아까 술집에서 처음 보였던 '웃음 참기'를 했지만 결국 웃음을 흘리고 말았다.

"크크큭, 우린 너무 잘 통해서 탈이군요. 화장실 물 내리는 소리가 들리니 튀긴 글렀고⋯⋯, 이제 아저씨의 아내가 죽었다는 얘기를 들어야 하나요? 하지만 고작 100만 원에 탕진이란 말을 쓰려니 금액이 너무 초라하군요."

우리의 대화는 끊어졌다. 아저씨가 방으로 들어왔기 때문이었다. 마침 음식과 술도 하나씩 들어오고 있었다. 먼저 맥주를 마셨다. 평소에 안 마시던 맥주였지만 별 느낌이 없었다. 잠시 침묵이 흐르자 아저씨가 말했다.

"두 분 다 특이하신 분들 같군요."

"특이하다니요?"

민이 눈을 흘기며 말했다.

"제가 오늘 하루 이 돈을 다 써야 한다는 말을 해도 아무도 그 이유를 묻지 않아서 하는 말입니다. 제가 외로운 이유에 대해서도 묻지 않았습니다."

"아까 아저씨는 우리의 얘기를 들었다고 하지 않았습니까? 우린 외롭다고 했지만 그 이유에 대해선 얘기하지 않았습니다. 또 아저씨가 우리에게 말을 걸었을 때에는 이미 기분이 좋은 상태였습니다. 사람을 함부로 재단하지 말아줬으면 합니다."

"예, 그렇군요."

민은 아까부터 아저씨에게 신경질적으로 굴고 있었다. 난 이야기를 돌리기로 했다.

"자, 일단 한 잔씩들 쭉 마시고 이야기하죠. 그리고 이 집을 나간 다음의 계획을 세워봅시다."

"이 집에서 턱없이 비싼 사케를 시킨다면 저 100만 원은 절반도 안 남을 겁니다. 그리 쓴다면 좀 싱겁게 되겠지요."

민이 가격표를 툭툭 치며 말했다.

"좋습니다. 그렇다면 이 집에선 30만 원 정도를 쓸 수 있겠군요.

그 뒤에는 여자가 나오는 술집에 가면 되겠습니다. 물론 고급 룸살롱 같은 곳은 어렵게 되겠지요."

"가격이야 흥정하기 나름이지만 70~80으로 세 명이 논다고 치면 질은 많이 떨어질 겁니다."

"우리가 돈을 합하면 어떻겠습니까?"

"그래도 좋지만 아저씨의 돈을 다 써야 한다는 의미와 부합되지는 않을 것 같습니다. 그렇지 않습니까?"

아저씨는 우리의 말을 듣고만 있다 머뭇거리며 말했다.

"전……, 지금 돈으로 여자를 사고 싶지는 않습니다."

아저씨의 한마디에 우린 조용해졌다. 갑자기 부끄러운 생각이 몰려들었다.

'아무리 외로워도 돈으로 쾌락을 사려 하다니…….'

멋모르고 우쭐대다 아저씨에게 일격을 당한 셈이었다. 젓가락으로 애꿎은 와사비만 뭉개다 민을 흘깃 살폈다. 그 또한 비어 있는 술잔만 비비며 입을 다물고 있었다. 불편한 침묵을 깬 것은 아저씨였다.

"죄송한데 제 이야기를 들어주십시오. 괜찮겠습니까?"

우린 아무 말 없이 동의했다.

"오늘 아내가 죽은 보험금으로 모든 빚을 청산했습니다."

잠자코 있던 민이 눈을 빛내며 내 옆구리를 슬쩍 찔렀다. '드디어 시작되었군요.'라고 말하는 것 같았다.

"전 학원을 하나 임대하고 있었습니다. 처음에는 잘 되었었죠. 하지만 곧 재정난에 빠지고 말았습니다. 원래 있던 원장에게 매

달 300씩을 부쳐야 했고, 건물세도 300 이상을 내야 했습니다. 학생 수는 점점 줄었지만 전 버텨야 했습니다. 그때까지 투자한 돈이 너무 많았고, 한편 희망이 없는 것도 아니었으니까요. 그러다 근처 새 건물에 큰 학원이 들어섰고, 그렇게 2년을 버텼지만 학원은 문을 닫게 되었습니다. 전 가정도 제대로 돌보지 못했습니다. 아내가 봉고 기사 대신에 운행을 하고 돌아오다 사고가 났던 것입니다. 아내는 즉사했습니다. 그리고 보험금이 나왔습니다. 알고 보니 아내는 날 위해 많은 대출을 받았었고 신용불량 상태였습니다. 전 그걸 견딜 수 없었습니다. 아내의 마지막을 깨끗이 보내기 위해 그 돈을 모두 갚았습니다. 제 학원에 관계된 빚도 모두 청산했습니다. 그리고 남은 돈이 이 100만 원입니다."

아저씨는 울기 시작했다. 난 아저씨의 이야기가 한 편으로 이해되었지만 전혀 슬프지 않았다. 민이 내 귓가에다 이렇게 속삭였다.

"보세요. 저 아저씨는 흉내를 내고 있는 겁니다. 아까 말한 그 소설의 그 뻔한 이야기를요. 괜히 같이 있다 피 볼 수도 있어요."

"이러다 불구경까지 가야 하나……."

난 아무 생각 없이 말했지만 민은 '큭' 하고 웃음을 터뜨리고 말았다. 다행히 아저씨는 계속 울고 있었고 눈치를 채진 못한 것 같았다.

"죄송합니다. 이럴 의도는 아니었는데……, 잠시만."

아저씨는 울음을 겨우 그치고 다시 화장실로 갔다.

"어떻게 할까요? 저 아저씨는 자살할 수도 있습니다. 지금 현재 이러고 있는 것이 자살 방식의 과정이라구요."

상황이 비슷했지만 민의 단정은 너무 극적인 것이었다.

"그럼 이렇게 합시다. 아저씨에게 단도직입적으로 묻는 거지요. 만약 인정한다면, 우린 당신이 행하는 시나리오대로 움직이지 않을 거라고 말하는 겁니다. 인정하지 않는다 해도 우리가 이미 선언을 했기 때문에 마음대로 할 수는 없을 겁니다. 지금 우리가 도망간다면 도리어 진짜 자살을 부를 수도 있어요. 저 사람은 진짜 외로워하고 있습니다. 진짜 외로워해 봤던 사람은 그 고통을 잠시라도 나누고 싶어합니다. 민 형도 외로워해 봐서 알고 있잖습니까?"

민은 입을 벌리고 멍하니 내 눈을 주시하다 내 손을 굳게 잡았다.

"정 형은 형님 같은 구석이 있습니다. 제가 제 추리에 너무 도취되었던 것 같습니다."

아저씨는 조금 있다 들어왔다. 감정을 추스르고 아무 일 없었다는 듯이 술잔을 치켜들었다.

"자, 이제 눈물 따윈 없습니다. 모두 잊고 한 잔 합시다."

그러나 난 아저씨를 급히 제지했다.

"잠깐만요. 오늘 아저씨의 행동은 내일이 없는 사람처럼 보입니다. 혹시 남은 돈을 다 쓰고 자살한다는 식의 이야기를 흉내 내고 있는 건 아닙니까?"

아저씨도 방금 전의 민과 같이 입을 벌리고 멍하니 있더니 갑자기 크게 웃음을 터뜨렸다.

"하하하핫! 아니, 그건 무슨 얘기입니까? 하하, 웃긴다. 오늘 처음으로 웃게 되는군요. 자살이라니……. 하하하!"

민과 나는 서로의 얼굴을 쳐다보았다.

"난 내일부터 새 출발을 할 겁니다. 하하하, 그런 의미에서 모든 걸 털고 싶을 뿐입니다."

그러자 민이 못 믿겠다는 어투로 말했다.

"그렇다면 증거를 보여주십시오. 전 아무래도 아저씨가 자살할 것만 같습니다."

너무 직접적이라 내 얼굴까지 벌게질 정도였으나 민의 말은 엉뚱한 효과를 거두었다.

"그렇다면 제가 한 발짝 양보를 하겠습니다. 3차로 나이트에 가는 건 어떻습니까? 여자를 사는 건 아니지만 두 분은 똑같이 즐거울 가능성이 많습니다. 전 술만 마셔도 됩니다. 룸에서 양주를 시키면 남은 돈을 충분히 다 쓸 수도 있습니다."

"아, 그건 모든 조건에 부합하는군요. 전 찬성입니다!"

민이 박수를 치며 동의했다. 나 또한 막힌 가슴이 뻥 뚫린 듯 시원했다. 우리 세 명은 드디어 한 자리에서 모두 즐거워졌다.

일식집을 나온 것은 새벽 1시쯤이었다. 우린 술에 얼근히 취해 있었다. 택시를 잡은 아저씨는 크게 소리쳤다.

"고구려 나이트!"

택시가 큰 도로로 나서려는데 처음의 막걸리 집을 지나쳤다. 살짝 열린 문으로 실내가 눈에 들어왔는데 놀랍게도 죽은 대통령을 욕하던 중년들이 그 자리 그대로 앉아 있었다. 아저씨는 택시 창을 열고 고함을 질러댔다.

"야이, 개새끼들아아! 살아 있는 것들이 더 좆같다아! 이 씨팔 것들아아!"

살아 있는 것들……. 아저씨는 술집 안에 있는 중년 셋을 말하는 것일까? 현재의 대통령을 말하는 것일까? 아니면 죽은 아내에 대한 죄책감에 소리 지르는 것일까? 그것도 아니라면 민과 나를 포함한 우리 셋 모두가 좆같다는 말인가……?

눈앞이 핑그르르 돌았다. 사케를 너무 많이 마신 것 같았다. 아저씨와 민이 떠드는 사이 내 눈은 스르르 감겼고 결국 잠이 들고 말았다.

술에 취하면 시간은 고무줄처럼 변한다. 우린 어느새 고구려나이트의 룸에 들어가 있었고 최고급 양주를 시켰다. 웨이터에게 5만 원을 찔러주며 잘 부탁한다는 인사도 잊지 않았다. 부킹이 들어오기도 전에 민은 노래를 불렀다.

"개새끼들, 다 까불지 말라고 해!"

아저씨는 소리치며 소파 위로 올라가더니 바지 지퍼를 열었다. 아차, 하는 순간 그의 소변이 테이블 위로 쏟아졌다.

"아, 씨발 미치겠네!"

난 그렇게 소리쳤지만 키득대고 있었다. 이제 그가 죽지 않으리란 건 확실했다. 우린 오줌이 묻은 양주잔을 부딪치며 '위하여'를 외쳤다. 5만 원을 찔러준 웨이터는 부지런히 여자들을 끌고 왔다.

아저씨는 고래고래 고함을 지르며 놀다 쓰러져 갔다. 민과 나는 아저씨를 구석 자리로 몰아넣었다. 민은 웨이터를 불러 양주를 다시 시키며 3만 원을 더 찔러주었다.

"골뱅이로! 웨이터, 골뱅이 두 명만 넣으란 말이야. 쭉쭉빵빵으로!"

웨이터가 나가고 민과 나는 아저씨를 바라보았다. 아저씨는 구석에서 잘 자고 있었다. 소설에서처럼 같은 여관방에서 자자고 하는 쓸데없는 부탁도 하지 못할 터였다. 택시만 태워 보내면 우리의 임무는 끝이 나는 거였다. 하지만 아저씨가 잠에서 깨어났을 때의 상황이 계속해서 상상되었다. 난 애써 그런 생각을 지우며 민에게 동의를 구했다.

"아저씨가 자살하지 않을 것은 확실하지 않습니까?"

"그렇죠. 앞으로는 아저씨가 알아서 이겨나갈 겁니다. 우리가 그 뒤까지 신경 쓸 순 없습니다."

"우린 아저씨의 모든 부탁을 들어준 겁니다."

"맞습니다. 우리 둘을 위해서 부킹까지 성공하면 최고 아닙니까?"

"괜찮죠. 오늘의 외로움을 완전히 부숴버립시다. 아저씨도 그걸 원할 겁니다."

우린 지금의 상황을 합리화하려 했다. 그러나 대화를 나누면 나눌수록 합리화는 더 간절해졌다. 쾌락의 욕망과 정의롭고 싶은 욕망이 우리를 휘젓고 있었다. 뭔가가 온몸을 미끈거리며 지나가는 느낌이었다. 그리고 어느새 눈을 뜬 부끄러움이 가슴을 두드려댔다. 잠시지만 침묵이 무겁게 흘러갔다.

"저기……, 민 형! 아저씨가 깨어난 후를……."

내 입에서 뭔가 말이 나오려 했고 어두워진 민의 얼굴이 그 말에 동의하려 했다. 그 순간 문이 열리며 웨이터가 들어와 외쳤다.

"형님들, 많이 기다리셨습니다!"

민은 멍하니 내 얼굴을 주시하다 표정을 바꾸었다.

"양주 한 병이 그대로니까 총알은 든든합니다."

엉뚱한 그의 말은 나를 정의의 수렁에서 끄집어내었다. 쾌락으로 돌아서는 데는 단 1초도 걸리지 않았다. 우린 자세를 바로잡고, 자리에서 일어나 최선의 예의를 갖추었다. 들어오던 여자 쪽에서 웃음소리가 났다.

"어머, 웃긴다. 아까 그 아저씨들 아냐?"

자세히 살피니 낯이 익었다. 처음 막걸리 집에서 만난 아가씨들이었다. 미니스커트가 민의 옆에 앉으며 말했다.

"아까 그 귀여운 아저씨잖아?"

민은 이내 웃음 참기를 하며 술을 따랐다.

"오늘 대단한 인연이군요."

나와 눈이 마주쳤던 핫팬츠가 술잔을 내게 내밀었다.

"아까 욕해서 미안해요. 한 잔 줘요."

핫팬츠는 양주를 스트레이트로 원샷 하고는 아저씨의 오줌이 묻은 수박을 입에 넣었다. 민과 눈이 마주쳤지만 민은 그저 웃기만 했다. 웃기게도 그녀의 입술에 키스하고 싶어졌다.

"어머나, 저 아저씨는 누구예요?"

미니스커트가 자고 있는 아저씨를 보고 깜짝 놀랐다.

"저 아저씨, 아까 우리하고 같은 술집에 있었습니다. 모르겠어요?"

"모르겠는데? 넌 저 아저씨 기억나?"

"나도 모르겠는데?"

난 절로 웃음이 나왔다.

"저 아저씨는 우리가 피운 담배연기와 이야기들을 모두 마신 사람입니다. 아무도 그가 있는지 몰랐지만……. 하하하, 하하하!"

민과 미니스커트, 핫팬츠가 날 쳐다보았다. 아무래도 좋았다. 아저씨는 '사회인으로서의 자격'이 있는 사람이었다. 지독히 외로운 상황을 잘 견디고 있었으니까. 개새끼들, 까불지 말라며 가진 욕망을 한껏 불태웠을 테니까.

우린 얼마 있지 않아 고구려나이트를 나왔다. 민의 곁에는 미니스커트가, 내 곁에는 핫팬츠가 있었다. 웨이터에게 남은 돈을 다 찔러주고 아저씨를 택시에 태워 보내라고 얘기해 두었다. 아저씨가 쓸데없이 우리에게 무언가 부탁할 기회를 완전히 없애버린 것이다. 근처의 술집으로 향하면서 '고구려나이트'를 돌아보았다. 나이트 건물 3층에는 '삼천궁녀노래방'이 있었고, 그 위에는 '서라벌룸살롱'이 있었다.

"삼국이 몽땅 다 모여 있구나. 씨발, 너희도 외로웠니?"

중얼거리는 나의 어깨를 잡으며 민이 킬킬댔다.

"크크큭, 갑시다!"

그의 손가락이 어딘가로 향했다. 손가락이 어디를 가리키는지 알 수 없었다. 하지만 나는 이내 같은 웃음으로 킬킬대며 고개를 끄덕였다. 우리는 그렇게 누가 먼저랄 것 없이 그 어딘가를 향해 천천히 걸음을 옮기기 시작했다.

사라진 원고

Recreated Sherlock Holmes

3월의 봄장마로 폭우가 쏟아지던 어느 날, 베이커 거리의 하숙방은 지루할 정도로 조용하기만 했다. 홈즈는 화학 실험에 열중했고 난 신문의 연재소설을 읽고 있었다.

"이제 「월키 선장의 이야기」도 서서히 결말로 향하고 있군. 좀 갑작스럽긴 하지만 말이야."

"나 같으면 시시한 소설 따위를 읽을 바엔 내 소중한 실험의 보고서를 써주겠네. 지난 사건의 요약본을 정리해 주는 것도 괜찮겠지."

홈즈는 담배에 불을 붙이며 한마디 던졌다.

"이 소설이 시시하다니! '이 신문의 판매는 월키 선장이 좌지우지한다'라는 평가까지 있었다구."

"그런가? 자네 같은 천재 작가가 칭찬하는 것 보니 대단한 소설인가 보군. '온실 질식 사건' 때의 범인이었던 폰 노이만이 그 소설의 애독자였지."

"천재 작가라니 농담이 지나치네. 노이만이라……, 그랬었지. 그러고 보니 생각나. 자네의 기억이란 모두 범죄와 연관된 것뿐이라니까……."

1년이 훨씬 지난 사건이었다. 범인이 애독하던 소설까지 기억하다니……. 타고난 일벌레는 어쩔 수 없었다. 몇 시간 동안 한마디 없을 정도로 지루했기에 신문을 던지고 주방으로 가며 물었다.

"커피라도 마실 텐가?"

"흠, 좋은 생각이야, 그건 그렇고 이런 빗속에서도 범죄의 냄새는 지워지지 않거든……. 두고 보게, 내기를 해도 좋아. 5분 내에 지루함을 떨쳐줄 사건이 우리에게 다가올 거야."

"하루 종일 아무 일도 없지 않았나? 사건을 알린 전보라도 온 거야?"

"아무 전보도 없었어."

홈즈의 뜬금없는 소리에 이 친구도 지루한가 보다 여기며 커피잔을 꺼냈다. 그때 초인종 소리가 나더니 곧 있지 않아 허드슨 부인이 문을 열고 손님이 찾아 왔다고 전했다. 홈즈는 알았다고 하며 날 바라보고 싱긋 웃었다.

"자네가 점쟁이가 아니란 건 알고 있네. 어떻게 알았지?"

어이없어하는 내 표정을 보며 홈즈가 말했다.

"자네가 일어날 때 창밖으로 마차가 급하게 달려와서 멎더군. 이 폭우에 베이커 거리로 저렇게 달려온다는 건 우리를 찾아올 사건 말고 뭐가 있겠나?"

"터무니없을 정도로 간단하군."

"자네가 커피 생각에 창밖을 신경 쓰지 않았을 따름이야. 모든 일이 그렇지. 대신 난 자네가 커피 잔에 물을 따랐는지 않았는지도 모르고 있잖아."

우리의 대화는 문이 열리는 바람에 끊겼다. 문 앞에는 한 신사가 서 있었다. 비를 좀 맞았지만 옷차림새는 단정했다. 약간 야윈 듯한 그의 얼굴은 신경질적이었으며 다혈질적인 모습도 언뜻 드러나 보였다. 그리고 뭔가 허둥대는 기색이 역력했다.

"제 이름은 조셉 홀글렌입니다. 템즈위크 신문사의 편집장이기도 합니다."

"템즈위크라면 제 친구 왓슨도 즐겨 읽는 신문이지요. 빗속을 달려오셨는데 뜨거운 커피라도 드시며 몸을 녹이시지요. 왓슨, 미안하지만 커피 한 잔 더 부탁하네."

홀글렌은 외투를 벗고는 의자에 앉았다. 방금 전까지 읽던 신문의 편집장이란 말에 호기심이 일어났다. 그는 커피를 한 모금 마시더니 떨리는 목소리로 말했다.

"저희 신문에서 연재하는 「윌키 선장의 이야기」라는 소설을 아십니까?"

"잘 알고 있습니다. 방금 전에도 왓슨과 그 소설에 관해서 이야기했었죠."

"예, 템즈위크는 사건사고에 의존한다기보다 문예지의 성격을 많이 띠고 있습니다. 연재소설도 다른 신문보다는 많은 편이지요.

그 중 「월키 선장의 이야기」와 같은 소설은 한 회만 연기되더라도 독자들의 아우성을 감당하기 어려울 지경입니다. 그런데……, 지금 문제가 생겨났습니다."

"「월키 선장의 이야기」의 원고를 도둑맞은 것이군요."

홈즈가 한마디 하자 홀글렌은 눈을 동그랗게 뜨더니 의자에서 일어났다.

"홈즈 씨, 맞습니다! 어떻게 그걸……?"

"당신이 아까부터 손에 꼭 쥐고 있는 그 서류봉투는 빈 봉투가 분명하군요. 그런데 「월키 선장의 이야기」라는 제목까지 적혀 있으니 누구나 그쯤은 생각할 수 있을 겁니다. 하물며 사건을 의뢰하러 오신 지금으로선 더욱 그렇지요."

"아아……, 홈즈 씨가 말한 그대로입니다."

홀글렌은 그때서야 서류봉투를 내려놓으며 얼굴을 감쌌다. 우린 그가 진정할 때까지 잠시 기다려야 했다.

"죄송합니다. 이제 좀 괜찮군요. 그럼 말씀드리던 얘기를 계속하겠습니다. 「월키 선장의 이야기」의 저자는 '프랭크' 씨입니다. 우리 신문사에선 운 좋게도 그의 재능을 일찍 발견하여 최고작을 독점하는 권리를 가지게 됐습니다. 연재된 지 2년이 지난 지금도 이 소설의 인기는 여전합니다."

"그 부분에 대해서는 저희도 어느 정도 알고 있습니다."

"전 템즈위크에서 기자로 일한 지 15년이 넘었습니다. 그 공로를 인정받았는지 석 달 전 편집장으로 승진 발령을 받았습니다. 주위의 평가는 반반이었지만 묵묵히 제 일을 해나가려고 노력했습니다. 그런데 일이 꼬여가기 시작했습니다. 프랭크 씨로부터 결말을 내고 싶다는 갑작스러운 통보를 받은 겁니다. 편집장이란 지위는 신문사의 운영과 많은 관련이 있는 자리입니다. 연재 중단은 곧 저의 무능력을 나타내는 것과도 마찬가지의 일이지요. 절 시기하던 존 스미스 같은 자는 내놓고 비난까지……."

"홀글렌 씨 잠시 진정하십시오. 약간 독하겠지만 담배를 권해 드리고 싶군요. 실례지만 사건의 정황을 얘기해 주시겠습니까?"

그는 흥분하여 본론을 제대로 이어나가지 못했다. 홈즈의 눈빛으로 봐선 사건에 그리 흥미를 느끼지 못하는 듯했다.

"제가 좀 흥분했나 봅니다. 본격적인 이야기는 여기서부터입니다. 보통 신문에 연재하는 소설들은 한 달치 정도의 원고를 미리 받아놓습니다. 한 달 정도는 여유가 있었죠. 전 프랭크 씨의 통보를 받자마자 그의 집으로 찾아갔습니다. 서운한 점이라도 있었는지, 왜 이렇게 급하게 결말을 지으려는 것인지 묻기 위해서지요. 사실 통사정하고 싶은 생각도 있었습니다. 그러나 프랭크 씨는 절 만나주지 않았습니다. 일주일 정도 계속해서 찾아갔지만 그가 아프다는 얘기밖에 듣지 못했지요. 그런데 오늘 찾아갔을 때 그 집 하녀가 황당한 얘기를 하더군요. 프랭크 씨는 이미 일주일 전에 여행을 떠났다는 것입니다. 행선지조차 알리지 않은 채 말이죠. 난 망연자실해서 신문사로 돌아갔습니다. 그런데 이게 웬일입니까? 제 방의 금고가 열려 있었습니다. 그리고 금고에 있어야 할 한 달

치의 원고가 고스란히 없어진 것입니다. 제 손에 쥐고 있던 이 원고 봉투 말고는 말입니다."

홀글렌의 이야기가 끝나자 잠시 침묵이 흘렀다. 침묵을 깬 것은 홈즈였다.

"그 이외에 다른 분실된 것은 없습니까?"

"아무것도 없습니다. 다른 원고들도 그대로였습니다."

"원고를 마지막으로 확인한 건 언제입니까?"

"오전 10시쯤입니다. 다음 주 분량을 꺼내 담당 직원에게 주고는 프랭크 씨의 집으로 갔었죠."

"신문사로 돌아간 것은 몇 시쯤이죠?"

"오후 2시쯤이라 생각됩니다."

사건 정황을 캐묻는 홈즈의 얼굴을 바라보니 서서히 구미가 당기는 눈치였다.

"편집장실에 당신이 없을 때 누군가가 들어갈 수 있습니까?"

"아닙니다. 제가 없을 땐 항상 문을 잠급니다."

"원고가 없어진 후 그 사실을 누군가에게 알렸습니까?"

"아닙니다. 그렇지 않아도 수군대는 판국에……. 혼자 고민하다 홈즈 씨를 떠올리고는 바로……."

"그렇다면 사건 이후에도 금고 주위엔 아무도 얼씬거리지 않았겠군요."

"예, 나올 때도 문을 잠가 두었습니다."

"아주 잘하셨습니다. 흔적이 그대로 남아 있겠군요. 홀글렌 씨,

당장 신문사로 가봐야겠습니다."

"예? 하, 하지만 기사 작성에 한창 분주한 시간이라……."

"물론 조용한 시간이 좋겠지만 지금은 한시가 바쁜 상황이라 생각되는군요."

"홈즈 씨, 그럼 도와주시는 겁니까?"

"물론입니다. 10시에서 2시까지의 방문자와 근무한 사람들을 파악해 주시면 더욱 좋겠지요."

"그렇다면 제가 어떻게든 둘러대겠습니다. 내려가서 마차를 잡고 있겠습니다."

홀글렌은 서둘러 밖으로 나갔다. 난 그의 뒷모습을 바라보며 중얼거렸다.

"차라리 승진이 되지 않았다면 행복했을 사나이군……."

"그럴지도 모르지, 하지만 그는 책임감이 강한 사람이야. 그런 사람일수록 생각지 못한 변수에는 전전긍긍하게 마련이지. 자, 왓슨, 「윌키 선장의 이야기」의 애독자로서 같이 가주지 않겠나?"

범인은 같이 있었다

우리는 템즈위크 신문사로 향했다. 비는 여전했다. 신문사 앞은 도로공사 중인지 진흙 웅덩이가 있어 발길을 조심해야 했다. 신문사 건물은 3층 건물로 기자와 인쇄 기사로 보이는 이들이 바쁘게 계단과 복도를 오갔다. 편집장실은 2층 복도의 제일 끝에 위치했다. 홀글렌은 우리를 안내하고는 초조한 표정으로 잠시 나가더니 서류철을 들고 왔다.

"경비에게서 받은 출입 현황입니다."

"수고하셨습니다. 금고는 책상 뒤의 저것이겠군요."

홈즈는 금고를 자세히 바라보았다. 꽤 무거워 보이는 금고는 도둑맞은 뒤라 오히려 생뚱맞아 보였다.

"빈 봉투가 금고 안에 들어 있었단 말이지요? 흠, 이상한 일이야. 왜 봉투만 남겨두었을까?"

홈즈는 금고에서 눈을 떼고 편집장실의 내부를 샅샅이 살펴보았다. 책상 맞은편엔 손님용 소파가, 그 너머 벽엔 책장과 캐비닛이 있었다.

홈즈는 자신의 키를 캐비닛의 길이에 맞춰보더니 홀글렌에게 말을 걸었다.

"크기가 제법 크군요. 여기엔 뭘 담아 두지요?"

"이 방을 쓴 지 얼마 안 돼서 비어 있습니다. 자질구레한 사무용품 따위가……."

캐비닛을 활짝 열고 안을 살펴보던 홈즈가 굳은 인상으로 일어났다. 실마리가 나타났음이 분명했다.

"홀글렌 씨, 원고가 없어진 걸 안 이후에 얼마 동안 여기에 계셨죠?"

"한 30분 정도……."

홈즈는 딱하다는 듯이 편집장을 바라보았다.

"그렇다면 당신은 범인과 30분이나 같이 있었던 거군요."

홀글렌은 깜짝 놀라며 입을 벌렸고 나 또한 멍하니 그의 얼굴을 바라보았다.

"무……, 무슨 소립니까? 홈즈 씨?"

"이쪽으로 와서 캐비닛 안을 보십시오."

홀글렌과 나는 캐비닛으로 다가가 안을 바라보았다. 캐비닛 안의 물건들은 무언가에 짓밟힌 듯 구겨져 있었고, 군데군데 마른 흙가루가 떨어져 있었다.

"그렇다면 여기에 범인이 숨어 있었다는 건가?"

"정황을 추리하는 것은 아주 간단하네. 홀글렌 씨 잘 들으십시오. 범인은 주변 인물일 가능성이 높습니다. 금고 속에 원고가 들어 있다는 것도 잘 알고, 어떤 방법인지는 몰라도 편집장실의 열쇠와 금고 열쇠 두 가지의 복사본을 가지고 있었습니다. 또 홀글렌 씨가 작가 선생을 만나러 가는 시간까지도 훤히 꿰고 있었습니다. 범인은 홀글렌 씨가 외출한 이후에 이 방으로 들어온 겁니다. 그리고 금고를 열려고 했습니다. 그러나 일이 꼬여갔지요. 복사한 금고 열쇠가 잘 맞지 않았던 거죠."

"그렇군요! 자물쇠가 잘 들지 않아 새로운 것으로 교체했었습니다."

"흠, 그러나 더욱 좋은 것으로 교체하실 걸 그랬습니다. 결국 열쇠 없이도 열 수가 있었으니까요. 어쨌든 열쇠가 맞지 않자 범인은 당황했습니다. 그러고는 몇 시간 동안 가슴을 졸이며 자물쇠를 열려고 노력했습니다. 금고의 자물쇠가 엉망으로 긁혀 있다는 걸 확인할 수 있을 겁니다. 무슨 일인지는 몰라도 범인은 무척이나 급했다고 생각됩니다. 왜냐하면 예전에 복사본을 만들었던 것처럼 밀랍 같은 것을 이용해서 새로운 복사본을 만들고는 다음 기회를 노릴 수도 있었을 테니까요. 그런데도 범인은 이 방의 주인이 언제 돌아올지도 모르는 상황에서 모험을 했던 겁니다. 어쨌든 몇 시간 동안 노력한 결과 금고는 열렸고 그가 찾던 「윌키 선장의 이야기」의 원고를 봉투에서 빼내어 확인했습니다. 하지만 문제가 발생했습니다. 홀글렌 씨가 돌아왔던 거죠. 범인은 다급한 나머지 봉투는 그대로 둘 수밖에 없었습니다. 물론 금고를 닫는다는 생각은 꿈에도 할 수 없었죠. 그런 범인의 눈에 띈 것이 이 캐비닛이었습니다. 그는 급히 캐비닛을 열고 그 속에 숨어서 숨을 죽이고 있었던 거죠. 그 증거가 바로 이 마른 진흙입니다. 신문사 앞의 도로는 공사 중이더군요. 아무리 좋은 발털개라도 신발 구석의 진흙까지는 털어내지 못하죠. 바닥에 있어야 할 흙먼지가 캐비닛 속에 있으니 범인의 것이라고밖에는 말할 수 없을 겁니다. 즉 범인은 홀글렌 씨와 함께 있었던 것입니다."

홀글렌은 허무하다는 듯이 자리에 주저앉아 버렸다.

"아아, 전 바보인가 봅니다. 상황 파악도 못하고 혼자 울고만 있었으니……!"

"너무 자책하실 것은 없습니다. 아까 주신 출입 현황을 참조하여 방문자들부터 조사하기로 하죠."

정체불명의 사나이

출입 현황에는 너무 많은 사람들의 이름이 적혀 있었다. 신문사가 사람들의 출입이 많은 곳이란 건 알았지만 홈즈조차도 난색을 표하고 말았다.

"이거야 원……, 모래밭에서 진주 찾기군."

일주일 동안 홈즈는 비바람을 무릅쓰고 외출했다가 밤이 늦어서야 돌아왔다. 그러고는 방안 가득히 담배연기를 뿜어대며 깊은 생각에 잠기곤 했다. 아무런 진전도 없음이 분명했다. 급한 입원환자를 맡았던 나는 피곤해서 일찍 잠자리에 들었다. 새벽에 잠시 깨어 물을 마시러 나섰는데 테이블 주위는 온통 담배연기에 뒤덮여 앞을 보기도 어려울 지경이었다. 자세히 살펴보니 홈즈가 소파에 앉아 골똘히 뭔가를 생각하고 있었다. 밤새 자지 않고 사건을 풀어 나가고 있는 모양이었다. 난 방해되지 않게 조용히 방으로 돌아가 다시 잠을 청했다.

다음날 아침, 늦잠을 자고 거실로 나서던 나는 깜짝 놀라고 말았다. 홈즈는 그때까지도 자지 않은 채 소파에 묻혀 담배연기를 뿜어대는 중이었다. 그런데도 한쪽 손에는 또 다른 파이프가 들려져 있었다. 얼굴은 바짝 야위었고 눈가는 쑥 들어간 것이 마치 병자 같은 행색이었다.

"자네 왜 이렇게 무리를 하고 그래? 몸 생각은 하지 않을 텐가?"

나는 홈즈를 나무라며 그의 얼굴을 살폈다.

"몸 상태는 괜찮아. 단지 머릿속이 꽉 막혔을 뿐이야……."

"그 정도로 실마리가 잡히지 않아? 자네가 이렇게 고심하는 건 흔치 않은 일이야."

"맞아, 내 머릿속의 지혜가 저놈의 비에 떠내려간 느낌이야."

이날 아침 홈즈의 모습은 누가 보기에도 안쓰러울 정도였다.

"왓슨, 식사 전에 커피 한 잔 마시고 싶은데 부탁해도 될까?"

"자네가 힘만 낸다면야……."

나는 물을 끓여 뜨거운 커피를 갖다 주었다. 홈즈는 말없이 커피를 마시며 손에 쥔 파이프를 주시했다. 그런데 그가 갑자기 고함을 질렀다.

"왓슨!"

깜짝 놀라 돌아보자 홈즈는 머리칼을 쥐어뜯으며 자신을 자책했다.

"아아……, 나는 왜 이리 바보 같을까?"

난 잠시 그가 너무 피로하여 정신 이상을 보이는 게 아닐까 생각했다.

"갑자기 왜 그러는 거야? 손에 든 파이프는 또 뭔가?"

홈즈는 내 말을 무시하고 질문을 던졌다.

"홀글렌이 찾아온 날, 자네가 커피를 타줬던 것 생각나나?"

"커피를 타긴 탔었지. 그게 어떻단 말이지?"

"그때 자네는 커피에 신경 쓰느라 창문으로 마차가 오는 걸 못 봤었지?"

"그래."

"바로 그거야. 난 이번 사건에서 한쪽에만 신경을 쓰고 있었어. 캐비닛 안에 누가 들어갔느냐만 밝히려 했던 거야. 너무나도 많은 실마리에 도리어 한쪽을 놓치고 있었어. 빌어먹을……!"

"너무 자책하지 말게. 급한 환자도 거의 해결되었으니 오늘부터는 나도 돕겠네."

"고마워. 그렇지 않아도 같이 가겠냐고 부탁할 참이었어. 허드슨 부인이 아침을 가져오나 봐. 그래, 이제야 배가 고프군."

홈즈의 눈은 다시 생생해졌다. 실타래처럼 꼬여 있던 단서들이 예리한 통찰력으로 풀려나가는 게 분명했다. 병자 같던 모습은 눈 씻고 찾아봐도 없을 지경이었다.

아침식사를 마친 후 우린 서둘러 베이커 거리를 나섰다. 폭우가 그쳤다지만 가랑비는 여전히 부슬댔다. 홈즈는 먼저 근처의 우체국에 들러 세 개의 신문사에 각각 하나씩 광고 전보를 부쳤다. 광고의 내용은 아주 짧았다.

'윌키 선장을 만나겠음, 오늘 저녁 7시 그때 거기에서'
'윌키 선장을 만나겠음, 오늘 저녁 8시 그때 거기에서'
'윌키 선장을 만나겠음, 오늘 저녁 9시 그때 거기에서'

암호 같은 광고를 보고 홈즈에게 물었으나 그는 좀 있다 얘기해 준다며 대답을 미뤘다. 홈즈는 경시청의 레스트레이드 경감에게도 전보를 친 다음 우체국을 나와 마차를 잡았다.

"템즈위크 신문사로 가주시오!"

홈즈는 마부에게 소리친 후 자리에 앉으며 파이프에 불을 붙였다.

"레스트레이드 경감이 바쁘게 생겼군. 일이 어떻게 진행됐는지 자네도 알 필요가 있어."

홈즈는 그간에 있었던 일을 설명해 주었다.

"홀글렌이 주었던 출입 현황은 전혀 쓸모가 없었어. 워낙에 출입이 잦은지라 범인조차도 신경 쓰지 않았음에 분명해. 난 먼저 소설가 프랭크 씨의 집이 얼마나 떨어진 곳인가 알아보았지. 프랭크 씨의 집은 런던 외곽에 위치한 워크셔라는 곳이야. 홀글렌에게 얘기를 들어 짐작했겠지만 상당히 떨어져 있는 곳이라네. 그래서 신문사 주위에 있는 마부들과 어울리기로 했지. 그들은 의외로 기억력이 좋거든. 어제인지 그저께인지는 그날 태운 손님으로 기억하게 마련이지. 요즘 같은 날씨엔 손님이 없으니 더더욱 그럴 거야. 어쨌든 난 홀글렌을 태웠던 마부를 만날 수 있었다네. 뜻밖의 정보를 많이 알아냈지. 그 사람은 쾌활한 성격이라 여러 가지 이야기를 해주더군. 처음엔 시시껄렁한 이야기들이었지만 곧 있지 않아 홀글렌을 태웠던 때의 재밌는 이야기를 꺼내더란 말이야. 그가 홀글렌을 태우려 할 때 워크셔에서 온 마부와 실랑이를 벌였다는 거였어. 워크셔로 어차피 돌아가는 길에 홀글렌을 태우면 안 되냐고 달려들더란 말이지. 그러나 마부들도 지켜야 할 규칙이 있거든. 그래서 고함을 질렀다더군. '가뜩이나 손님도 없는 판에 무슨 개소리야! 워크셔에서 손님이 돌아올 때 당신이 다시 태우고 런던으로 돌아올 텐가?' 하고 말이야. 워크셔의 마부도 질세라 욕지거리를 퍼부었다는군. 하지만 손님을 태운 마당에 더 싸울 필요도 없고 해서 마차를 그냥 출발시켰다는 거야. 그런데 왓슨, 워크셔에 가보면 알겠지만 그곳은 별장 몇 개를 제외하고는 큰 건물이 없을 정도로 작은 마을이야. 폭우가 쏟아지는데도 런던에 바쁘게 왔을 정도면 어지간히 급한 사람일 것 같지 않나?"

홈즈가 잠시 말을 끊고 파이프를 터는 사이에 물었다.

"그래, 그 사이에 워크셔까지 가봤나 보군."

홈즈는 새롭게 파이프에 불을 붙이며 만족스럽게 대답했다.

"그렇다네. 하지만 그곳에서 별다른 건 알아내지 못했어. 다만 워크셔의 마부를 만난 게 큰 성과였지. 그 작은 마을에서 마부 생활로 짭짤한 수입을 챙기는 친구였어. 꽤 탐욕스러운 친구더군. 그런데 중요한 건 그날 런던까지 태운 손님에 관한 이야기였어. 처음 보는 이방인이었다고 하더군. 보통 장거리로 운행할 때는 돌아올 때를 생각해서 왕복 요금을 받는데, 그 손님은 욕설을 퍼부으며 요금을 절반밖에 주지 않았다는 거야. 그리고 그 손님이 신문사로 들어갔다는 거지."

"그렇다면 그 손님이 범인이란 말인가?"

"서둘지 말게 그렇다고 그가 꼭 범인이란 건 아니니까."

"그건 그렇고 아까 고함친 이유는 뭐지? 뭔가가 풀린 모양이던데……."

"그래, 그렇게 물어야 명탐정의 훌륭한 조수란 소리를 듣지."

홈즈는 담배연기를 뿜으며 유쾌하게 농담을 던졌다. 그러고는 정색을 하고 말했다.

"방금 한 얘기엔 대단히 중요한 사실이 숨겨져 있어. 좀 있으면 알게 되네."

그리고 홈즈는 아무 말도 없었다. 마차는 템즈위크 신문사에 다다랐다. 우린 마차에서 내려 편집장실로 곧바로 향했다. 홀글렌은 막 출근한 모양인지 웃옷을 그대로 입고 있었다.

"홈즈 씨, 왓슨 씨……. 이렇게 아침 일찍 오시다니……. 혹시 원고를 찾으셨나요?"

"예! 원고를 찾을 수 있을 것 같군요."

홈즈는 힘차게 대답했다. 난 갑작스러운 대답에 홈즈의 얼굴을 쳐다보았다.

"예? 그렇다면 정말 다행입니다!"

홀글렌은 희색을 띠며 우리에게 다가섰다.

"예, 하지만 당신이 워크셔에서 만나던 사람의 이야기를 해주셔야 되겠습니다."

홈즈는 손님용 소파에 여유 있게 앉았다. 나도 앉으며 흘깃 살피자 홀글렌의 표정은 사색이 되어 있었다. 그는 한참이나 주저하다 겨우 말을 꺼냈다.

"도, 도대체 무슨 얘길 하시는 건지……."

홈즈는 다그치지 않고 천천히 이야기를 꺼내었다.

"그럼 다시 묻겠습니다. 이 파이프의 주인은 아시겠지요?"

홈즈는 각이 지고 특이한 문양이 새겨진 선원용 파이프를 내놓왔다. 아침에 손에 쥐고 있던 그것이었다. 그런데 홀글렌은 파이프를 보자마자 온몸을 사시나무처럼 떨어대다 소파에 쓰러지듯 앉았다.

"결국……, 결국……. 아아! 홈즈 씨 전 아무것도 잘못하지 않았습니다. 그 악마 같은 자가……!"

그는 고개를 숙이고 흐느꼈다. 갑작스러운 일이었지만 홈즈의 추리가 맞아 떨어져 가는 게 분명했다. 홈즈는 홀글렌이 진정하기를 기다리다 다시 물었다.

"혹시 프랭크 씨에 대해서도 더 알고 있는 바가 있습니까?"

"프랭크 씨는……, 이미 죽었다고 들었습니다."

"예?"

뜻밖의 사실에 난 깜짝 놀랐다. 홈즈는 예상했다는 듯이 얼굴을 잠시 찡그릴 뿐이었다.

"당신이 사실을 숨기는 바람에 엉뚱한 사람이 희생당하고 말았습니다. 사건 해결에 앞서 당신이 왜 사실을 숨겼는지에 대해 알고 싶습니다. 우선 프랭크 씨에 대해 이야기해 주십시오."

그는 고개를 숙인 채 모든 것을 털어놓았다.

"편집장이 되고 처음으로 워크셔로 갔을 때의 일입니다. 프랭크 씨는 까다로운 성격으로 사람들을 만나는 걸 별로 좋아하지 않습니다. 하지만 전 이미 안면이 있었으므로 쉽게 그를 만날 수 있었습니다. 인사를 나눈 후 차를 마시며 앞으로의 전망에 대해 이야기했죠. 그때까지는 아무 일도 없었습니다. 가정부가 프랭크 씨에게 누군가의 방문을 알리기 전까지는 말이죠. 그런데 이상한 일이 벌어졌습니다. 프랭크 씨가 불같이 화를 내며 밖으로 뛰어나가더군요. 저는 어리둥절해서 응접실 밖의 일에 귀를 기울였습니다. 큰 고함소리와 욕설이 들려올 정도로 프랭크 씨는 흥분해 있었습니다. 그러나 좀 있지 않아 프랭크 씨는 응접실로 손님을 데리고 들어왔습니다. 전 마음이 편하지 않았지만 인사를 건네었습니다. 손님이란 자는 거친 손으로 악수를 청했습니다. 프랭크 씨는 그를 자신의 사촌이라고 소개했습니다. 이름은 '지미 콘터'라고 했습니다. 하지만 둘은 머리에서 발끝까지 닮은 데라곤 하나도 없었습니다. 난 어색함을 참을 수 없어 대충 이야기를 끝내고 신문사로 돌아왔습니다. 그런데 그때가 프랭크 씨를 마지막으로 본 것이 될 줄 누가 알았겠습니까? 그로부터 3주쯤 지났을 때, 신문사로 연재를 중단하고 싶다는 전보가 왔습니다. 너무나도 황당한 전보라 전 급히 워크셔로 향했습니다. 프랭크 씨의 집에서 저를 맞은 것은 뜻밖에도 사촌인 콘터였습니다. 어찌된 영문인지 몰라 프랭크 씨가 어디 있냐고 물었더니 콘터가 말했습니다.

'프랭크 씨는 어제 저녁 심장마비로 사망했소.'

'그게 무슨 소리요? 프랭크 씨가 죽다니……?'

내가 이렇게 묻자 콘터가 거친 목소리로 말했습니다.

'자다가 갑자기 숨을 거둔 거요, 그건 의사 선생한테 물어보면 알거 아니요? 그게 중요한 게 아니라 이 유언장을 보시오.'

유언장의 내용은 간단명료했습니다. 프랭크 씨의 모든 재산과 권리를 콘터에게 넘긴다는 것이었습니다. 그는 프랭크 씨의 죽음을 그렇게 슬퍼하는 것 같지도 않았습니다. 혹시나 해서 뒤에 알아봤지만 그 유언장은 이미 한 달 전에 작성된 것으로 합법적인 절차를 밟은 것이었습니다."

"콘터가 의심스러운 인물임에는 틀림없군요."

홀글렌은 한숨을 쉬며 말했다.

"문제는 지금부터 시작됩니다. 안타깝게도 신문사의 계약은 다음 달로 마감이 될 상황이었습니다. 프랭크 씨와는 구두상으로 계약연장을 약속했었고, 그의 건강이 좋지 않았기 때문에 서둘러 그에게 계약금을 건네주었습니다. 그런데 콘터는 그것을 인정하지 않고, 들은 적도 없다고 우기는 겁니다. 그는 원 계약금의 3배나 되는 돈을 요구했습니다. 프랭크 씨가 죽었다는 사실이 알려지면 「월키 선장의 이야기」는 그의 유고작이 되어 더 큰 값어치를 지닐 것입니다. 소설의 완결분을 손에 쥔 그는 다른 신문사나 출판사에 원고를 넘기겠다고 협박했습니다. 만약 프랭크 씨의 죽음과 계약이 체결되지 않은 사실이 알려진다면 곳곳에서 벌떼처럼 달려들 것은 뻔한 일이었습니다. 신문사의 입장에서는 이미 계약금까지 지불한 상황입니다. 그러나 계약서에 사인조차 받지 못한 상황이라서 모든 책임은 저에게 돌아올 것입니다. 저는 벼랑 끝에 있는 심정으로 그를 설득했습니다. 신문사에는 약 한 달 반가량의 남은 연재분의 원고가 있다, 콘터 당신이 가진 원고는 그 뒤의 이야기이기 때문에 제대로 된 값어치를 받지 못할 것이라고 잘라 말했습니다. 그는 아직 저의 입장이 불리한 것을 알지 못했습니다. 콘터는 씩씩대며 큰소리를 쳤지만 어쩔 수 없었나 봅니다. 일단 그렇게 임시로 그를 달랬지만 그는 시시때때로 나타나 절 괴롭혔습니다. 이곳 사무실에도 몇 번이고 찾아왔었습니다. 시간이 지나자 그 또한 제 사정을 눈치 챈 듯이 노골적으로 다른 출판사의 관계자와 만나겠다고 협박했습니다. 콘터가 마음만 먹는다면 모든 사실이 알려질 게 자명했습니다. 그런 사태는 어떻게든 막아야 했습니다. 여태까지 제가 쌓아올린 모든 것이 한순간에 무너져 내릴 지경이었습니다. 저는 걱정 때문에 집에도 제대로 들어가지 못했습니다. 제가 가진 마지막 무기는 남아 있던 원고였습니다. 그런데, 그 원고가 사라졌던 것입니다."

"그럼, 범인은 콘터라는 게 눈에 훤하잖습니까?"

난 갑갑해서 한마디 했다.

"그게 그렇지 않습니다. 원고를 도둑맞던 시간에 워크셔에서 만났던 사람이 바로 콘터이기 때문입니다. 또한 없어진 원고가 다른 출판사나 신문사에서 발표될 기미도 보이지 않고 있습니다."

"그렇습니다. 콘터는 그날 원고를 훔치지 않았습니다."

홈즈가 조용히 말했다.

"그날이라니요?"

그때 손님이 온 것을 알리는 벨이 울렸다.

"홀글렌 씨, 처음부터 솔직하게 이야기하셨다면 좀 더 빨리 사건을 마무리할 수 있었을 것입니다. 시간이 없습니다. 자세한 건 손님이 들어오면 말씀드리기로 하죠."

얼마 있지 않아 레스트레이드 경감이 부하 형사와 헐떡이며 들어왔다.

"홈즈 씨, 범인을 찾았다니 무슨 소립니까? 왓슨 씨도 계시군요."

난 레스트레이드 경감의 갑작스러운 출현에 의아해하면서도 인사에 답했다. 홈즈는 만족스러운 얼굴로 경감을 소파에 앉혔다.

"레스트레이드 경감, 자네가 발견한 단서는 상당한 도움이 되었네. 먼저 홀글렌 씨와 인사하게."

두 사람이 인사를 나누자 홈즈가 재빨리 말했다.

"경감, 오늘 저녁에 내가 불러주는 위치에 경관들을 배치해 주게. 백이면 백 오늘 안에 범인이 걸려들 거야. 이렇게 빨리 경찰들이 대처할 줄은 꿈에도 모르고 있을걸. 자세한 인상은 홀글렌 씨가 나중에 자세히 이야기해 줄 걸세. 전혀 생각지도 못하게 두 가지 사건을 맡게 된 셈이군."

홈즈는 사람들의 얼떨떨한 표정을 바라보며 유쾌한 표정으로 이야기했다.

"먼저 홀글렌 씨부터 들으십시오. 콘터는 당신이 의심했듯이 사무실의 열쇠와 금고의 열쇠를 복사해 두었습니다. 당신이 사무실을 비울 때만 기다리고 있었죠. 그런데 사무실은 빌 기미를 보이지 않았습니다. 그 전날에도 당신은 편집장실에서 밤을 새웠습니다. 사건 당일에도 콘터는 신문사 앞에서 기회를 노리고 있었죠. 그러나 당신이 마부에게 워크셔를 외치자 생각이 달라졌습니다. 만약 자신의 알리바이가 성립된다면 훨씬 좋은 조건에서 원고를 팔 수 있을 것이라고 생각했겠죠. 그는 우리가 생각지도 못했던 인물을 이미 구워삶아 두었습니다. 바로 워크셔의 마부죠. 그는 대단히 탐욕스럽고 음흉한 자였습니다. 워크셔에서 마부를 만나 콘터에 대해 물었을 때도 그는 거짓말을 기가 막히게 늘어놓더군요. 문제는 어떤 약속을 했는지 몰라도 마부가 콘터의 지시대로 움직였다는 데 있습니다. 먼저 마부는 홀글렌 씨가 탄 마차를 잡고 실랑이를 벌였죠. 그렇게 시간을 버는 동안 콘터는 다른 마차를 타고 전속력으로 워크셔로 돌아갔던 것입니다. 여기서 콘터의 알리바이는 성립됩니다. 그사이 마부는 콘터가 준 열쇠를 가지고 편집장실로 몰래 들어갔습니다. 계획대로 되지 않고 일이 꼬인 것은 이미 우리가 알고 있는 일입니다. 진땀을 빼며 원고를 훔쳐냈던 마부는 자신이 움켜쥔 장물에 큰 이익이 걸려 있는 걸 본능적으로 직감했을 겁니다. 콘터가 설명한 것처럼 일이 쉽지도 않았을뿐더러, 처음 제시받은 돈으로는 도저히 만족이 되지 않았음이 분명합니다.

콘터와 마부, 이 두 사람은 탐욕스러운 만큼 주도면밀한 친구들이었죠. 그러나 악인 두 사람이 만났으니 일이 틀어질 게 뻔했습니다. 아마 마부가 원고를 내놓지 않고 더 많은 대가를 요구했을 겁니다. 물론 협박까지 했겠죠. 콘터는 마부와 다투다가 일이 생각대로 풀리지 않자 한 가지 선택을 하고 말았습니다. 바로 살인이죠. 이미 프랭크 씨를 죽음으로 몰고 간 그는 눈이 먼 상태였으니까요."

레스트레이드 경감은 무슨 영문인지 모른 채 이야기를 듣고 있다가 눈을 동그랗게 떴다.

"홈즈 씨가 왜 워크셔에 계셨는지 이제야 이해가 갑니다!"

"그렇다네. 난 처음부터 워크셔의 마부를 의심했었거든. 어젯밤엔 마부를 구스를 작정으로 찾아갔었는데 뜻밖에도 자네를 만났던 거네. 살인 사건이 벌어져 있더군. 마부가 죽으면서 쥐고 있었던 파이프는 출판사의 아는 인맥들이 이미 이야기했던 그 파이프였단 말이야. 파이프의 주인이 원고 도둑에다가 살인자임이 분명해졌지. 자, 이 파이프를 받게. 결정적 증거물은 이제 경찰이 가지고 있어야겠지."

홈즈는 파이프를 레스트레이드 경감에게 넘기고 다시 말을 이었다.

"일단 원고가 값어치를 하려면 출판업계를 지나칠 수는 없겠죠. 아는 정보원들을 통해 그물을 쳐놓고 소식을 기다리려 했는데, 뜻밖에도 「윌키 선장의 이야기」의 원고를 가진 자가 흥정을 하고 있다는 정보가 들어왔습니다. 너무 많은 단서가 한꺼번에 쏟아지니 오히려 갈피를 못 잡겠더군요. 어쨌든 홀글렌 씨가 뭔가 숨기고 있는 것을 짐작한 건 이때부터입니다. 난 당신이 콘터와 범죄를 공모하지 않았나 의심했었죠."

"아닙니다. 전 절대……!"

"알고 있습니다. 의심은 이미 풀렸으니까요. 어쨌든 그 인물의 인상을 물어보면 하나같이 우락부락하고 덩치가 크며 선원 파이프를 물고 있었다고 하더군요. 그는 신문의 쪽지광고를 통해 사람들과 만나고 있었습니다. 일단 저는 출판업자들의 이름을 빌리기로 하고 신문에 광고를 냈습니다. '윌키 선장을 만나겠음' 하고 말이죠. 급해진 콘터는 아마도 오늘 저녁 원고를 들고 나타날 것입니다."

레스트레이드 경감이 손을 마주치며 소리쳤다.

"세상에……. 단 하루 만에 범인을 잡을 수 있겠군! 많은 도움을 받았지만 이런 경우는 처음입니다."

"다 자네가 부지런하기 때문이지. 런던에서 워크셔까지 출동한 자네의 성실함 때문이야. 파이프를 잘 보존해 준 것도 큰 도움이었지. 아직 사건이 끝난 건 아니야. 오늘 밤 콘터가 나타나지 않는다면 곤란해져. 마지막 약속 장소에는 우리도 동행하기로 하지. 괜찮겠나?"

레스트레이드 경감은 쾌히 승낙했다. 우린 걱정하는 홀글렌을 남겨두고 신문사를 나섰다.

숨겨진 비밀

홈즈는 베이커 거리의 집으로 돌아와 오후 내내 바이올린을 켰다. 시간이 갈수록 초조해하는 건 오롯이 내 몫인 모양이었다. 첫 번째 약속 장소는 어느 여인숙이었는데 콘터는 나타나지 않았다. 두 번째 약속 장소에서도 나타나지 않았다는 보고가 왔다. 세 번째 장소는 변두리의 술집이었다. 우린 7시부터 그곳에서 진을 쳤다. 9시를 훌쩍 넘기자 홈즈도 참지 못하겠던지 줄담배를 내리 피워대며 중얼거렸다.

"빌어먹을, 그놈을 너무 과대평가한 건가. 바보가 아니라면 오늘 나타날 게 분명하단 말이야."

그러나 홈즈는 이내 냉정을 찾았다. 콘터가 왔다는 확신이 선 모양이었다. 하지만 그 속을 모르는 레스트레이드 경감은 슬며시 짜증을 내기 시작했다.

"홈즈 씨, 어떻게 된 겁니까? 3시간이 넘도록 이곳에 있지 않았습니까?"

홈즈가 속삭이듯 급하게 말했다.

"조금만 참아! 놈은 벌써 이쪽을 정탐하고 있단 말이오. 어허! 가만있으라니까……."

경감은 깜짝 놀라 주위를 둘러보려다 고개를 숙였다. 긴장된 시간이 흘렀다. 내 이마엔 어느새 땀이 맺혀갔다. 10분쯤 지났을까, 홈즈가 입을 막고 속삭였다.

"나타난 것 같소. 정말 조심스러운 놈이군. 경감, 창문 쪽을 막으시오. 자연스럽게! 문가에 있는 경관에게 신호를 보내요."

경감은 표정이 바뀌더니 창문 쪽으로 걸어갔다.

"이래서 경찰들과 일하기 싫다니까……. 놈이 눈치를 챈 것 같아. 왓슨, 지금 들어오는 친구네."

난 다른 테이블을 바라보는 척하며 문가를 곁눈질로 훔쳤다. 모자를 눌러 쓴 키 큰 사내가 술집으로 들어와 주위를 살폈다. 홀글렌이 말한 인상 그대로였다. 바로 콘터였다.

"왓슨, 뒷문을 맡아."

콘터는 이상한 눈치를 챘는지 돌아서지 않고 이내 뒷문 쪽으로 서둘러 걸어갔다. 그때 경감의 갑작스러운 고함소리가 들렸다.

"문을 막아라!"

"제기랄, 왓슨 뛰어!"

난 급히 뒷문을 막아섰다. 콘터는 무섭게 날 밀치며 뒷문을 열어 젖혔다. 그러나 그는 앞으로 나서지 못하고 넘어졌다. 홈즈가 가지고 있던 지팡이로 그의 다리를 걸었던 것이다.

"이 자식……!"

경관들이 달려와 넘어진 그를 덮쳐 꼼짝 못하게 만들었다.

"워크셔 마부의 살인범으로 널 체포한다!"

"도대체 무슨 소리요?"

일으켜 세워진 콘터가 몸부림치며 외쳤다.

"이 파이프가 마부 손에 쥐어져 있었어. 이게 누구 건지는 네가 더 잘 알 텐데?"

경감이 윽박지르자 콘터는 완강히 부인했다.

"그게 누구 건지 알 게 뭐야?"

홈즈가 그를 훑어보며 싸늘하게 말했다.

"외투를 벗겨보게!"

레스트레이드 경감은 경관들에게 외투를 벗기라고 지시했다. 콘터는 몸부림쳤지만 외투는 홈즈의 손에 넘어갔다. 홈즈는 외투의

안감을 찢더니 그 속에서 원고를 끄집어내었다.

"이래도 부인할 텐가?"

콘터는 분한 나머지 눈을 부라리며 홈즈를 노려보았다.

"경감, 이 자는 살인뿐만 아니라 원고 도둑에다가 프랭크 씨를 협박해 죽음에 이르도록 한 공갈 협박범이오."

수갑이 채워진 콘터는 내뱉듯이 외쳤다.

"난 그놈을 죽이지 않았어! 빌, 그놈은 죽지 않았어!"

우린 멈칫하며 콘터를 바라보았다.

"그놈은 프랭크가 아니라 빌이야. 빌은 죽지 않고 자기 집에 누워 있어! 난 그놈을 죽이지 않았단 말이야! 마부 녀석도 덤벼들기에 한 대 때려 기절시켰을 뿐이야! 나도 죽을 뻔했다구!"

"시끄러워! 법정에 가서도 그렇게 말하는가 보자. 끌고 가!"

레스트레이드 경감은 부하들을 시켜 콘터를 밖으로 끌고 가게 했다. 콘터가 잡혔지만 홈즈와 난 서로의 얼굴을 바라보며 뭔가 빠져 있음을 직감했다.

"프랭크 씨가 살아 있다……?"

홈즈는 중얼거리다 급히 경감에게 뛰어갔다.

"경감! 아무래도 프랭크 씨가 살아 있는 것 같네. 경관 한 사람만 동행시키고 마차를 빌려주게. 더 큰 증거가 있을지도 몰라……."

홈즈는 경감을 잡고 말했다. 범인을 잡아 기분이 좋아진 레스트레이드는 고개를 끄덕이며 승낙했다.

경관 한 사람이 마차를 몰고 우린 거기에 올라탔다. 홈즈는 초조한 듯 주먹으로 창가를 두드렸다.

"경관, 빨리 몰아주시게. 왓슨, 아무래도 급한 것 같아. 이 사건의 퍼즐에서 하나 빠진 게 있었는데 만약 프랭크 씨가 무사하다면 그 사연을 알 수 있을 것 같아. 프랭크 씨가 콘터에게 유언장을 남기기 전에 런던의 한 고아원으로 거액의 돈이 전달되었네. 프랭크 씨가 기증한 것을 추적하기는 너무 쉬웠지. 하지만 그것 때문에 도리어 헷갈린 것도 사실이야. 처음엔 프랭크 씨가 나쁜 짓을 벌인 건 아닌가 하고 의심까지 했단 말이야. 여기엔 숨겨진 뭔가가 있어."

밤 2시가 넘어서야 프랭크 씨의 집에 도착했으나 초인종을 아무리 누르고 불러도 대답이 없었다.

"할 수 없지. 경관, 용서해 주시게."

홈즈와 나는 담을 넘어 마당으로 들어갔다. 홈즈는 놀라운 힘으로 문을 박차고 집안으로 뛰어들어갔다. 집안을 다 뒤졌지만 인적은 찾아볼 수 없었다.

"혹시 지하실이 있지 않을까?"

내 말이 떨어지기 무섭게 홈즈는 집 밖으로 뛰어나가 지하실을 찾아냈다.

"요즘 왜 이렇게 한 가지밖에 생각하지 못하는 걸까?"

자물쇠가 채워졌으나 끌로 부숴버리고 문을 열자 퀴퀴한 냄새가 진동하는 공간이 나타났다. 그곳엔 침대만 덩그러니 놓여 있고 한 사나이가 쿨럭이며 누워 있었다.

"프랭크 씨, 프랭크 씨가 맞습니까?"

사내는 희미한 눈으로 우릴 쳐다보다 중얼거리듯 말했다.

"누구요? 날 구하러 온 거요? 죽이러 온 거요? 쿨럭, 쿨럭! 하지만 둘 다 필요 없어. 좀 있으면 이 세상 사람이 아닐 테니까……."

프랭크 씨는 심한 기침으로 말을 잇지 못했다. 얼른 진찰해 보았으나 이미 정상적인 상태가 아니었다. 밖에 있던 경관이 가져다 준 브랜디를 찬물에 타서 프랭크 씨의 입에 흘려주었다.

"프랭크 씨, 정신 차리십시오. 콘터는 경찰에 이미 잡혔습니다."

그는 잠시 후 정신이 드는 듯 우리를 둘러보았다.

"이쪽은 사립 탐정인 셜록 홈즈입니다. 전 그 친구 왓슨이라고 합니다. 홀글렌 씨를 통해서 당신의 이야기를 들었습니다."

"그렇군요. 당신들에 대해선 잘 알고 있소……. 잘 됐군, 제발 내 이야기를 들어주시오."

홈즈는 그의 상태를 눈짓으로 물었다. 난 고개를 가로저었다. 프랭크 씨는 폐병이 심각한지 시트 군데군데 토한 피가 묻어 있었다. 우린 그를 업고 집으로 들어가 침대에 뉘었다. 한참 동안 괴로워하던 그는 어느 정도 안정됐는지 손짓으로 우리를 불렀다.

"이제야 죄 많은 인생이 끝나는가 보군. 부디……, 부디 내 이야기를 들어주시오."

우린 아무 말 없이 그를 바라보았다.

"이미 10년이 훨씬 지난 일이지만 그때의 사건은 내 뇌리에서 지워지지 않아. 제임즈가 만약 죽지 않았다면 지금의 난 오히려 행복했을지도……. 나의 본명은 빌 휴스턴이오. 그리고 내 마지막 회개는 가엾은 친구 제임즈에 관한 것이오. 제임즈와 난 어릴 때부터 함께 자라온 친구였소. 우린 같은 고아원에서 자랐고 일할 나이가 되어 고아원을 나와서도 함께 살았었지. 제임즈의 꿈은 작가였소. 그는 어릴 때부터 많은 책을 읽고 공부했지. 나도 친구를 따라 공부했고 같은 꿈을 가지게 되었소. 우린 더 많은 공부를 하고 싶었지만 생활에 쪼들려 할 수 없었지. 그러다 우린 선원 생활을 시작하게 되었소. 기댈 곳 없는 우리에게 안성맞춤인 직업이었지. 세상을 둘러보고 돈도 모을 수 있었으니……. 제임즈는 선원 생활에도 금방 적응했소. 보통내기가 아니었지. 거친 뱃사람들과 섞여 힘들게 생활하면서도 그 경험들을 글로 기록하곤 했소. 하지만 난 달랐지. 현실에 지쳐 꿈을 포기한 지 오래였소. 도리어 친구를 비웃곤 했었지. 7년 정도 지났을 무렵 제임즈는 하선의 뜻을 밝혔소. 모아둔 돈으로 공부를 시작하려 했던 거요. 그런데 무슨 영문일까? 그런 친구를 격려하기는커녕 저주받을 질투심만 생겨났던 것은……. 아, 하느님! 그날 밤이 떠오르는군. 쿨럭! 쿨럭!"

"프랭크 씨, 지금 안정하시는 게 좋습니다."

"괜찮소, 이미 끝나가는 목숨이야……. 얘기를 계속하지. 우린 오랜 항해를 마치고 뉴캐슬 항구에 입항했소. 제임즈는 날 설득하다 혼자 떠나고 말았지. 그런데 친구는 며칠 있지 않아 술과 노름에 절어 있던 나를 다시 찾아왔소. 자신의 소설이 출판될 수도 있다고 기뻐했지. 가족이 없던 그가 기쁜 소식을 알릴 사람은 나밖에 없었던 거요. 처음엔 나도 같이 기뻐했지. 과연 제임즈라면 가능할 것이라고 생각했소. 그러나 내 가슴속의 악마가 점점 커져갔소. 활활 타오르는 질투심에 내 눈은 멀어버리고 말았어. 가랑비가 부슬거리던 항구의 변두리……, 기분 좋게 취한 제임즈의 뒤를 따르던 난 술병으로 그의 머리를 내리치고 말았소. 형제와 다름없는 그를……. 아아, 하느님! 쓰러진 친구를 내려치고 또 치고!"

프랭크 씨는 발작하듯 크게 소리쳤다. 그의 이마엔 땀이 비 오듯 흘렀다.

"홈즈, 브랜디를!"

프랭크 씨의 목숨은 얼마 남지 않은 듯했다. 그는 마지막 생명의 불꽃으로 어두운 과거의 회개를 이어갔다.

"제임즈는 희미한 눈빛으로 날 바라보다 손에 쥔 가방을 넘겼소. 원고와 모아둔 돈 그의 모든 것이 담겨 있었지. 그는 날 용서했던 모양이야. 하지만 남은 죄인은 그때서야 정신을 차렸지. 눈앞의 사태에 경악한 나는 오직 도망할 생각밖에 없었어. 친구의 시체를 깊은 바다 속으로 가라앉히고는 어두운 뉴캐슬 항구에서 헐레벌떡 도망치고 말았어. 난 그 이후 미국으로 건너가 금광에서 일을 했소. 제임즈에게 저지른 죄를 씻기라도 하듯 죽어라 일을 했소. 그러다 결국 폐병을 얻었지. 죽을 고비를 넘겼던 나는 제임즈와의 약속을 지키려 다시 영국에 돌아왔소. 그리고 프랭크란 가명으로 이곳 워크셔에 자리를 잡았지. 2년간 습작과 공부를 하던 나는 「윌키 선장의 이야기」와 나의 글들을 출판사와 신문사에 기고해 보았소.

난 그때 죽은 제임즈가 살아 있다고 느꼈소. 「윌키 선장의 이야기」
는 그야말로 폭발적인 반응이었소. 하지만 난 또 한 번 제임즈를
죽이고 말았어. 친구의 글이 마치 나의 글인 것처럼 행세했던 거
요. 그러자 나의 글도 덩달아 인기를 얻기 시작했지. 그렇게 2년이
흐르자 제임즈의 원고가 바닥났소. 그때부터 내가 「윌키 선장의 이
야기」를 이어갔었지. 병은 점점 악화되어 갔지만 친구가 마무리 짓
지 못한 결말을 완성하지 않고는 죽을 수도 없었어.

　난 내 죄를 너무나도 잘 알고 있소. 하지만 죄를 씻으려면 더 큰
고통을 당해야 했나 봐……. 작년 말, 내 앞에 콘터가 나타났던 거
요. 그는 선원 시절 같은 배를 탔던 이로 제임즈와 나의 과거를 소
상히 알고 있었지. 이 교활한 자는 제임즈의 자리에 내가 대신 앉
아 있는 것을 눈치 채고는 과거를 털어놓겠다고 협박했소. 살인자!
배신자! 사기 작가! 그는 날 이렇게 불렀소. 하지만 원고를 마무리
할 때까지 버텨야 했지. 나는 그가 모르게 전 재산을 고아원에 기
부하고는 가짜 유언장을 써주었소. 뒤늦게 그 사실을 알아낸 콘터
는 날 지하실에 가두고 원고를 빌미로 연극을 꾸며댔던 거요. 아!
하느님, 이 죄 많은 인간을 용서해 주소서. 제임즈, 용서하게……."

　프랭크 씨, 아니 빌 휴스턴은 숨을 헐떡이며 눈물을 흘렸다. 우
린 인기 소설에 얽힌 무서운 비밀과 여생을 후회로 살아온 그의 이
야기에 침묵해야 했다. 프랭크 씨는 이야기를 마친 후 얼마 안 돼
정신을 잃었고, 아침이 되자 숨을 거두었다.

그날 오후가 돼서야 홈즈와 나는 런던으로 향하는 마차에 몸을 실었다. 말없이 가던 도중 문득 궁금증이 생겼다.

"그런데 묻고 싶은 게 있어. 이제 「윌키 선장의 이야기」와 그 외의 작품들이 출판되며 얻는 수익은 누가 가지게 되는 거지?"

홈즈는 빙그레 웃으며 대답했다.

"그 두 사람이 자란 고아원으로 보내게 되어 있네."

"아니, 벌써 그런 절차가 끝난 건가?"

"절차는 밟지도 않았지."

"그런데 어떻게……?"

"우린 프랭크 씨의 마지막 유언을 들은 사람들이야, 우리도 콘터처럼 사기를 칠 수 있지 않은가?"

"그……, 그런가?"

난 이내 웃음을 터뜨리고 말았다. 마차는 사기꾼 둘을 태운 채 봄날의 들길을 달려갔다.

짬뽕 끓이다 갈분 넣으면
사천짜장

내 나이 38. 직업은 소설가, 그런데 직장은 학원 국어 강사에다 과외 선생. 1시 출근에 11시 퇴근, 과외까지 하고 나면 퇴근은 새벽 2시. 월화수목금토일 월화수목금토일 휴일 없는 시험 기간은 끝날 날이 없고, 주 5일 일한다는 아메리칸 근무 방식은 나에게 해당 안 된 지 오래. 아무리 외로워도 슬퍼도 열심히 하지 않으면 주 7일 휴무의 토종 백수 타임이 기다린다네. 그래봤자 적금, 보험, 대출 이자, 카드 값에 항상 배가 고픈 내 통장. 아, 그러고 보니 배가 고프다. 잠도 오고. 시험문제를 만들어야 하는데……. 위 지문을 읽고 '난 지금 어디로 가야 하는가?'에 대해 서술하시오. 문제 한 번 죽이네. 어디로 가긴 어디로 가? 그런데 왜 이리 잠이 오는 걸까……?

어두컴컴한 지하실에 희미한 등불이 하나. 얼굴이 보이지 않는 누군가가 탁자 앞에 앉은 나를 심문한다. 네 꿈이 뭐야? 그러니까 이 시대를 뒤흔들 위대한 소설을 쓸……. 됐고, 네 직업은 뭐야? 소설가. 네가 무슨 소설가야? 네 직업은 학원 강사야. 학원으로 컴백한 지 3년이 됐어도 나는 소설가. 웃기네, 너 요즘 원고 청탁 한 번이라도 받아봤어? 마지막으로 받아본 게 3년 전, 원고료 10만 원짜리 엽편 소설. 그나마 끊어진 지 3년이 흘렀어도 나는야 소설가. 하하, 미치겠네……. 이봐, 그 3년 동안 소설 한 편이라도 쓴 적 있어? 그, 그러니까……. 뭐라 주절거리는 거야? 한 글자라도 쓰고 있냐고? 아아 씨바, 열 받아도, 할 말이 없어도 나는 소설가…….

어엇! 떨어지는 고개를 겨우 세우고 눈을 뜨니 학원 교무실. 저절로 눈이 감기는 기면증에 악몽까지 꾸다니……. 현재 시각은 오후 4시 38분, 첫 수업까지 1시간 22분 남았다. 밥은 먹고 수업해야 할 텐데……. 무심코 돌아보니 학생 한 놈이 수학쌤을 괴롭히고 있다. 학교엔 적응 못하고 학원 가기만 기다리는 행동장애. 오늘도 학교 마치자마자 쏜살같이 학원으로 달려왔을 것이다. 쌤, 미치겠어요. 오늘 학교서 무슨 일 있었는지 알아요? 응, 몰라. 그러니까요, 그 사이코 선생이 오늘 또 나한테만……. 응, 그래, 또 너한테만. 지랄 지랄하잖아요. 응, 그래, 지랄 지랄. 가뜩이나 바쁜 수학쌤이 건성으로 고개를 끄덕이며 시험문제를 만들고 있다. 언제 봐도 저 답변 자동화 시스템은 대단하다. 에이, 재미없어. 수학쌤은 맨날 문제만 만들고! 웅, 그래, 그래. 행동장애는 수학쌤에게 이내 싫증을 내고 다른 먹잇감을 찾기 시작한다. 이런, 하필 나와 눈이 마주친다. 난 현재 밥 생각 외에는 모든 게 귀찮은 남자다. 바쁘지 않지만 바쁜 척이라도 하자. 책상 위의 고물 노트북 화면으로 잽싸게 고개를 돌리며 마우스를 움직여본다. 뭐라도 하는 양 클릭, 클릭, 클릭! 9연타의 클릭 속에 화면은 자꾸 바뀌어 간다.

내컴퓨터 / C드라이브 / 모의고사 / 기출문제 / 뻐꾸기 / 곤줄박이 / 시르레기 / 개똥쥐박이 / 소설작업실

웅? 소설작업실? 아아, 맞아, 그랬었지. 짬짬이 썼던 글을 모아둔 폴더구나. 내가 만들어놓고 내가 모르다니……. 어딘가에서 울려오는 환청.

내 직업은 소설가

뭐래? 쓴웃음이 피식 나온다. 그건 그렇고 소설작업실이라니……. 마우스 광클릭에 우연히 들어온 것도 신기하다. 참 꽁꽁도 숨겨놨었군. 폴더 가득한 한글 파일 중「짬뽕 끓이다 갈분 넣으면……」이란 제목이 눈에 들어온다. 하하, 이놈 정말 오랜만이군. 이 소설을 제대로 마무리했어야 했는데 손 놓은 지 벌써 7,8년이 훨씬 지났구나. 소설 모임 '창작공장'의 친구들이 갑작스레 떠오른다. 지난날 쓰다 만 소설이라……. 눈가가 약간 시큰해 온다. 감상에 젖어「짬뽕 끓이다 갈분 넣으면……」파일에 마우스를 가져간다. 더블 클릭.

누들누들 면발맨, 우리우리 면발맨, 너덜너덜 인생에 쫄깃쫄깃

면발을!

주인공 면발맨의 주제가가 울려 퍼지고 팔뚝에 알지 못할 소름이 돋아나는데, 뒤에서 들려오는 조용한 속삭임. 국어쌤, 헤헤, 짬뽕 끓이다 갈분 넣으면? 그게 뭐예요? 어? 뭐, 뭐라고? 행동장애가 어느새 다가왔는지 먹잇감을 물고 늘어진다. 면발맨? 뭐예요? 만화예요? 아니, 소설인가? 에헤, 딴 쌤들은 바쁜데 국어쌤은 소설가라고 소설 쓰는 거예요? 우헤헤! 속삭이던 목소리가 차츰 커지고 교무실장과 원장 사모의 눈길이 나에게 쏠린다. 인마, 뭔 소리야? 시험지 지문이잖아? 안 그래도 시험지 만드느라 바쁜데 무슨 소리야? 열을 올려 놈의 기세를 꺾어보지만 교무실장과 원장 사모의 눈에서 레이저가 발사되기 시작한다. 얼른 마우스를 움직여 한글 프로그램을 닫는데 또 한 번 놈의 탄성이 울려 퍼진다. 하하, 대박. 그건 또 뭐예요? 프린세스메이커 누드플레이? 쌤, 변태예요? 놀라서 돌아보니 「짬뽕 끓이다 갈분……」 파일 옆에 「프린세스메이커 누드플레이」란 제목의 파일이 있다. 그리고 그 옆에는……, 아이쿠, 이걸 우째? 하필 이런 때에 제목이 저런 것만 깔려 있냐? 홱 돌아서서 행동장애의 입을 막으려 하지만 화면 스캔을 이미 끝낸 놈이 침을 벌써 튀기는 중이다.

우와아! 쌤, 옆에 그건 또 뭐예요? 학…….

어? 이 자식, 하지 마…….

내 손은 놈의 혀보다 훨씬 늦게 움직인다. 설상가상! 원장실 문이 덜컥 열리는데 커다란 놈의 목소리가 울려 퍼진다.

……원 쌤들 피 빨아 먹는 원장 새끼? 어억!

……말라고! 어어?

누군가는 '철썩'이라고 했고, 누군가는 '쫘악'이라고도 했지만 그게 무슨 상관인가? 지금 중요한 것은 교무실장과 원장 사모와 원장이 주목하는 가운데 파일명 「학원 쌤들 피 빨아 먹는 원장 새끼」가 만천하에 소리 높여 쩌렁쩌렁 울려 퍼졌다는 것이다. 게다가 '철썩 쫘악'의 후폭풍은 한 번 죽은 나를 두 번 죽이기 시작한다. 아, 왜 때려요? 우리 엄마도 나 때린 적 없는데 쌤이 나를 왜 때려요? 행동장애가 시끄럽게 떠들어대지만 내 귀에 강하게 꽂히는 건 학원장의 목소리뿐이다. 으흐흠, 국어 선생님, 원장실로 잠깐 오세요.

초조하고 갑갑할 때는 비빔국수

학원에서 잘린 지 5일이 지났다. '자를 테면 잘라라!'라는 특공 자세는 항상 갖추고 있었지만, 한칼에 뎅겅 잘리고 보니 눈앞이 살짝 하얘지는 건 할 수 없는 노릇이었다. 며칠간 충격에서 벗어나지 못하던 나는 과외를 마친 늦은 밤, 혼자 맥주 한 잔 하면서 마음을 굳게 먹었다. 뭐, 이미 벌어진 일을 어떡하라고? 어차피 잘린 건 사실이잖아? 당분간 과외만 유지하며 여유를 찾자. 휴식을 떠올리니 불안했던 마음은 서서히 가라앉았고 도리어 설레는 마음까지 생겨났다. 그러고 보면 3년간 제대로 쉰 적이 없었구먼! 그래, 어쩌겠는가? 직장은 이미 날아가 버린 것을, 싹싹 빌 생각은 더더욱 없는 것을. 나는 평소 꿈꾸어 왔던 자유를 즐기기로 했다. 못했던 게임도 하고 책도 보고 여행도 하니 시간은 폭포수처럼 콸콸 쏟아져내려 갔다. 동해안의 어느 해안에서 나는 외쳤다. 아아, 자유란 이런 것이군! 풀 하나, 나무 하나, 여유 있게 살펴볼 수 있는 그런 것이군. 잊고 있던 자연은 또 어떤가? 밝은 햇빛과 신선한 바람이 나를 반긴다. 허한 가슴이 감성으로 채워지고 힐링된 가슴 저편에서 슬며시 들려오는……,

내 직업은 소설가

어, 시팔, 환청이야 뭐야? 뜬금없이 소설가는 무슨? 가만있자, 이게 벌써 두 번째 아냐? 당황하는 가운데 가슴속 라디오 방송은 계속 된다. 그래, 네 직업은 소설가야. 그러니까 이젠 소설 써야지? 어라, 이건 지난번 꿈에 나왔던 지하실 탁자 앞 형사 목소리군. 그만, 그만! 대체 왜 이래? 제발 좀 내버려두라고! 혼자 인상 쓰며 목소리를 높이자 '어마, 미친 사람인가 봐.' 하고 지나가던 연인이 얼른 피해 간다. 그래, 나도 지긋지긋한 소설 따위 피해 버릴 테다!

소설을 피해 봤자 자유는 짧았다. 여행을 끝내고 열흘쯤 지나자 외출의 횟수는 급격히 줄어갔다. 대신 방구석을 뒹굴뒹굴하는 시간이 점점 더 늘어갔다. 하루, 이틀, 사흘……, 날짜는 계속 지나갔다. 방바닥과 점점 하나가 되어가던 나는 어느 날부터 두려움에 떨기 시작했다. 두려움의 시초는 결제 문자였다.

'고객님의 다음 달 카드 결제 내역은 214만 원입니다. 좋은 하루 되세요.'

아아, 좋은 하루……. 이후 머릿속은 통장의 숫자들로 가득 찼다. 내가 이토록 수학적인 인간이었던가? 끝이 훤히 보이는 통장 잔고는 끝도 없이 조합되며 대뇌피질을 괴롭혀대기 시작했다. 하루 종일 한 것이라고는 누워서 천장 무늬에 숫자 박아넣은 것밖에 없건만 온몸은 피곤했고, 안구는 뻑뻑했다.

깨개갱 깽깽,

옆집의 옆집 908호 개새끼는 벌써 세 시간이 넘도록 아파트 복도를 울려댄다. 개새끼의 울음이 터질 때마다 뉴런 세포 속 아드레날린이 톡톡 터져나간다. 두려움은 어느새 초조함으로 바뀌어 간다. 저놈의 개새끼를! 개를 키우려면 똑바로 키울 것이지! 쌍욕을 퍼붓다 거실로 나가 물을 꿀꺽꿀꺽 마신다. 복도와 붙어 있는 내 방을 벗어나자 개 짖는 소리는 들리지 않는다. 다만 베란다 쪽에서 아파트 앞 가게에서 틀어놓은 철 지난 노랫소리가 들릴 뿐.

"세상은 요! 빨리 돌아가고 있다. 시간은 그대를 위해 멈추어 기다리지 않는다."

그래, 서태지 각하께서 그렇게 말씀하셨지……. 후우, 심호흡을 크게 하며 생각했다. 나쁠 건 하나도 없어. 재충전이 끝났으니 뭔가 다시 시작해야지! 다시 시작. 다시 시작이라……. 문득 거실 장식장의 상패에 눈이 간다. 아직도 반짝거리는 상패엔 이런 글이 적혀 있다.

'귀하는 20XX년 ○○신문사 신춘문예 소설 부문에 당선되었기에 이 상패를 드립니다.'

용호야, 제로야, 기철아! 붙었어, 신춘문예 붙어버렸어! 만세, 이제 진짜 소설가라구! 내 꿈을 원 없이 펼쳐볼 거다! 그래, 그래, 그땐 그랬지. 아직도 그때의 흥분을 생각하면 미소가 지어진다. 하지만 미소는 금방 쓴웃음으로 흩어진다. 6년, 6년의 세월이 흘렀다. 그토록 꿈꾸었던 등단은 어느새 일장춘몽처럼 되어버렸다. 첫해에 원고청탁 두 개, 둘째 해에도 두 개 받았는데 그나마 하나는 졸작 소리를 들으며 실리지 못했다. 다음해엔 몇 가지 잡문 청탁이 드문드문 있더니 결국 그것으로 끝. 자신 있게 전업 작가를 외치고 나섰던 나는 3년 만에 가난이란 적과 싸워야 했다. 하루에 몇 번이고 확인했던 통장 잔고는 마이너스를 향해 달려갔고, 생활고로 죽어갔던 한 시나리오 작가의 뉴스는 날 공포로 몰아넣기 충분했다. 야, 절대 안 돼. 차라리 노가다를 해라. 지금 와서 무슨 포기야? 용호는 그렇게 말했다. 선배, 원고 청탁 아니라도 글은 쓸 수 있고 적절한 일을 하며 병행할 수도 있으니까 힘내요. 기철이는 그렇게 말했다. 어머니 또 편찮으시다며? 장가는 언제 갈래? 먹고 사는 게 중요하지 글은 무슨 얼어 죽을……. 이력서에 신춘문예 간판 달면 먹히니까 하던 대로 학원 면접이나 봐. 제로는 그렇게 말했었다. 이후의 방황은 생략하기로 한다. 어쨌든 하던 일이 그거라고 다시 돌아간 곳은 학원. 생업과 글쓰기는 얼마든지 병행할 수 있다며 큰

소리쳤지만 달마다 들어오는 수입과 글에 대한 열정은 항상 반비례했다. 시험 대비, 상담, 성적 관리, 시험지 작성, 교재 편집, 회의, 수업 준비, 과외…… 현실에 매몰된 학원 강사의 삶은 소설가로서의 삶을 완벽히 갈아 먹어버렸다. 그리고 3년간의 결과는 다시 백수. 또 그리고 3년의 시간 동안 원고 펑크 하나와 불후의 졸작 하나를 내놓은, 세상에서 잊혀져버린 어정쩡한 소설가. 지금 현재 자신을 증명하는 것은 방바닥에 펼쳐진 통장 잔고 숫자뿐. 그 숫자는……. 베란다 쪽에서 철 지난 노래가 또 하나 흘러온다.

"난 누군가 또 여긴 어딘가?"

존재의 이유를 묻는 DEUX 오빠들 가사에 가슴 라디오 방송 재개. 다시 시작하자! 뭘 또 다시 시작해? 또 알아주지도 않는 짓을 시작하자고? 네가 돌아갈 곳은 학원이 아냐, 소설이야. 다시 돌아간다고 했었잖아. 다 때려치우고 다시 글을 쓰는 거야! 어머나, 눈가가 시큰해진다. 이런 느낌 간만이야. 투지가 샘솟는다. 다시 시작하는 거다. 다시 도전하는 거다. 정글북의 모글리가 하이에나 떼와 결전을 치르기 직전처럼 소리 지르자. 우워어억!

컴퓨터를 켜고 키보드에 손을 올려보지만 웬걸? 단 한 줄의 글도 나오지 않는다. 끙끙대다 시계를 보니 벌써 1시. 배가 고파 왔다. 밥통을 열자 밥이 없다. 짜장면이나 시켜 먹으려는데 가격이 떠오른다. 4,000원. 며칠 전 슈퍼에서 팔던 '구포국수'가 1,350원……, 감가상각, 2,650원! 아주 빠른 계산력이다. 한 푼이라도 아껴야지. 다시 또 거지꼴이 될 순 없지. 국수를 삶아 먹기로 했다. 누들누들 면발맨, 우리우리 면발맨, 너덜너덜 인생에 쫄깃쫄깃 면발을! 국수를 사오다 흥얼거린 면발맨의 주제가. 호빵맨 주제가에 가사만 바꾼 거다. 신나다가 갑자기 쓴웃음이 나온다. 그놈의 소설 덕에 직장까지 잘려놓고선…… 담배를 한 대 피워 물자 갑갑함이 조금 가신다. 그래, 「짬뽕 끓이다 갈분 넣으면……」이 무슨 죄냐? 「학원 쌤들 피 빨아 먹는 원장 새끼」가 문제지. 문득 지난 세월이 파노라마처럼 흘러간다. 6년 6개월 전에도 학원에서 잘린 일이 있었지. 규모가 큰 학원이었는데 강사끼리 노조를 결성하다 무더기로 쫓겨나고 말았었다. 그때 썼던 짧은 일기 첫 구절이 '학원 쌤들 피 빨아 먹는 원장 새끼'였다. 에고, 6년 전의 낙서가 6년 후의 인생에 폭풍우를 몰고 오누나! 그렇다고 6년 전을 후회하지는 않는다. 그놈의 학원! 오전 10시 출근에 새벽 1시 퇴근은 너무했었다. 단체로 잘렸던 날, 밤새 술 먹고 돌아오던 아파트 입구 화단에서 엉엉 울고 말았었지. 다 때려치우고 꿈을 좇아 갈 거라며, 소설 쓸 거라며 다짐하지 않았던가? 또 눈가가 시큰해지며 팔뚝에 소름이 돋는다. 하필 지금 선 곳이 그때 울었던 아파트 입구다. 그때의 입구 화단은 이제 커다란 경비실이 들어서 있다. 세상은 이렇게 바뀌어가건만 나는 왜 같은 자리에서 같은 고민을 하는 것이냐? 왜 삶을 뒤집을 사건만 터지고 나면 소설을 쓴다며 이 야단이냐? 꼬르륵. 배가 고프다. 그래 국수를 사오던 중이었지. 요리를 하면 그나마 모든 걸 잊을 수 있다. 장금이가 말한 것처럼 머릿속에 맛을 그리고 이 재료 저 재료 썰고 볶고 삶는다. 그러면 내가 생각해도 그럴듯한 요리들이 탄생하곤 했다.

물을 팔팔 끓인 후 적당량의 국수를 넣는다. 강한 불에서 3,4분의 긴장된 탐색전이 시작된다. 물이 끓어 넘치려 하면 살짝 살짝 찬물을 부어준다. 면이 불기 시작한다. 가만히 둘 수 없다. 네 이년, 하고 찰싹 찰싹 저어 올리며 면발을 괴롭혀준다. 부풀어 오르는 면발이 공기와 어우러져 탄성을 가지기 시작한다. 다 익혔다 싶으면 불을 끄고 체에 면발을 올린다. 이제 본격적인 육박전이 기다리고 있다. 면발을 다룰 때는 구애하는 여인의 허리를 끌어안듯 부드러우면서도 단호해야 한다. 찬물을 쏟아 부으며 뜨거움과 냉기 속에서 면발을 빠르고 집요하게 비벼준다. 그녀가 아아, 신음소리를 내며 몸을 맡기듯 면발은 점점 차가워지면서 강해진다. 하지만 면발 속의 부드러움은 은밀한 속살처럼 야들야들하다. 지속적이고 강한 손놀림 끝에 찬물을 쏟아부으면, 오르가슴에 몸을 떨듯 손가락 끝을 스치는 우윳빛의 매혹! 방금 탄생한 미끈한 면발이 그릇으로 옮겨진다.

국수를 괜히 먹었다. 아무리 끙끙대도 다른 소재는 떠오르지 않는다. 오직 면발맨의 스토리만 눈앞에서 아른거린다. 「짬뽕 끓이다 갈분 넣으면……」의 완성만이 답이란 말인가? 이 소설의 장르는 요리 판타지. 면발에만 집착하던 면발맨이 진정한 진리를 찾아

여러 음식맨들과 만나는 이야기다. 눈을 감고 곰곰이 생각해 본다. 왜 하필 이 시점에 「짬뽕……」인가? 생각은 6년 전 학원 잘린 후 창작공장 시절로 다시 거슬러 간다. 소설 창작 모임 '창작공장'에서의 나의 역할은 곱창이었다. 써 내는 소설마다 멤버들에게 씹히고 또 씹히고……. 맛대가리 없는 곱창을 제공하던 나는 결국 소설마저 내 편이 아님을 실감했다. 그리고 심각한 관절염으로 어머니마저 입원했던 그 시점, 생업 전선 복귀냐 소설이냐를 고민하며 썼던 소설 「짬뽕……」. 선배 소설에 에너지가 생기기 시작한 게 「짬뽕……」 때부터였죠. 그때부터 선배는 자기가 가야 할 방향을 찾은 듯 보였어요. 기철이가 했던 말이다. 이후 나의 소설은 곱창에서 벗어나 조금씩 날개를 펴기 시작했다.

그렇지, 그랬었지. 동기부여는 확실하군. 이전에 썼던 내용을 정리하고 다시 고치자. 고개를 끄덕이며 컴퓨터 하드디스크에 산재한 「짬뽕……」 문서를 검색한다. 어라, 그런데 이거 왜 이래? 순조로울 줄 알았던 '짬뽕 프로젝트'는 초반부터 문제에 봉착한다. 같은 제목에 날짜만 바뀐 파일이 자그마치 13개. 인터넷 메일함까지 다 뒤지니 파일은 22개로 늘어난다. 심지어 제목도 제각각이다. 「짬뽕 끓이다 갈분 넣으면 전주 물짜장」, 「우동 끓이다 갈분 넣으면 울면」, 「짬뽕 끓이다 전분 넣으면 유산슬」……. 하지만 제대로 된 소설은 하나도 없다. 모두 다 결말도 못 가서 흐지부지. 아무리 그래도 '창작공장' 멤버들에게 보여줬던 완성본은 있을 것 아니나? 나의 신경은 22개의 파일 중 오직 하나에 집중되기 시작한다.

「짬뽕 끓이다 갈분 넣으면 사천짜장」

그래 사천짜장. 사천짜장에는 사연이 있지……. 일요일 수업에 학원에서 제공하는 점심 가격대는 암묵적으로 정해진 5,000원 이하. 이런 젠장, 노는 날도 없이 출근해서 밥까지 눈치 봐야 되나? 영어쌤의 날 선 한마디에 수학쌤이 동조하고 나섰다. 오늘만큼은 비싼 거 시키면 안 됩니까? 나도 한마디 거들었다. 원장님은 오늘 야유회 갔다면서요? 탕수육도 시켜요! 충성스러운 교무주임의 난처한 표정이 아직도 생각난다. 우린 그렇게 씩씩하게 사천짜장을 먹었고, 그 다음 주부터 일요일 점심은 4,000원짜리 도시락으로 둔갑해 있었다. 가설라무네……. 다시 한글 파일로 돌아와서!「짬뽕 끓이다 갈분 넣으면 사천짜장」에는 암호까지 걸려 있어 속 내용을 볼 수 없다. 이거 대체 암호가 뭐야? 암호를 걸어놓은 파일은 아무리 머리를 써도 열리지 않는다. 강박증에 걸린 듯 시계에 자꾸 눈이 간다. 하아, 또 4시 38분이다. 벌써 저녁시간이란 말인가? 가슴팍을 납덩어리가 누르는 것 같다. 암호를 포기하고 기억나는 대로 글을 써보려 하지만 글 쓰는 머리는 돌아갈 생각을 하지 않는다. 면발맨이 집 나가는 걸 써야 하는데 왜 이리 안 쓰이나? 세상은 나만 놔두고 돌아가고 있겠지. 오늘 하루 일했다면 얼마를 벌었을까……? 생각은 엉켜 가고 눈이 감겨 가는데 휴대폰이 울어댄다. 폴리스에 근무 중인 친구 제로다. 백수 된 걸 벌써 알아내다니……. 역시 대한민국 과학 수사 경찰답다. 시간은 오후 7시, 면발맨은 집에서 못 나갔지만 나는 집에서 탈출할 수 있었다.

　뭐? 갈분은 울면에 안 들어가나? 아니, 그러니까 내 말은 그러니까……. 마, 그냥 찌이싼거 먹어. 찌이싼거! 그게 뭔데? 그냥 짜장! 제일 싼 거! 그건 그렇고 넌 왜 허구한 날 잘리고 다니냐? 너 나이가 몇이야? 이제 또 뭐 할 거야? 다그치니까 반항심이 생긴다. 식당이나 차릴까? 나의 말에 제로가 노려본다. 인마, 자본이나 있냐? 이런, 나의 가장 큰 약점을……. 한 오백이면 안 되나? 미친놈, 너 다니다 망했던 학원 원장한테 빌려준 돈은 받았냐? 그, 그건……. 쓸데없는 소리 말고 며칠 더 쉬다가 학원 면접이나 봐. 제로는 너무 현실적이다. 어머니 요즘도 일하러 다니시지? 확인 사살까지……. 역시 밥맛 제로다. 시험 답안지 제일 늦게 내는 놈이 짜장면 사기! 대학 1학년 시절, 놈은 그때도 짜장면만 외치며 선량한 학우들을 선동했다. 덕분에 한 번 짜장면을 샀고, 두 번 F 학점을 받았었다. 놈은 장학금을 받고 이렇게 말했다. 자신 있는 과목에서 내기를 해야지, 넌 왜 시험도 안 치르고 튀어나오냐? 짜장면 값이 그리 아까워? 군대 제대 후 교내 문학상까지 휩쓸었던 놈의 말은 더 가관이었다. 이런 거 왜 받겠냐? 면접 볼 때 다 가산점이 되는 거야. 졸업 후 놈은 '대한민국은 철밥통!'을 외치며 공무원 시험을 종류대로 다 보았다. 그리고 뜬금없이 폴리스가 되었다. 현찰과 힘을 너무나도 사랑하는 민중의 지팡이. 만약 다시 소설 쓴다고 말하면 권총을 들이댈지도 모른다. 그러게 너도 공무원 시험 치르라고 내가 몇 번을 말했냐? 문학이고 소설이고 먹고 살 길을 만들어놓고 하는 거야. 대책도 없이 전업 작가 한다며 3년 허송세월 하더니 기껏 다시 돌아간 게 학원 아니냐? 쯧쯧. 아니, 그러니까 말이야, 내가 학원 강사였는데 잘려서 소설가가 됐잖아? 근데 그걸 때려치우고 또 학원 강사 했는데, 또 잘려가지고 이제 진짜 소설가가 되려고 하는 중이거든? 시끄러, 대체 뭔 소리야? 그래, 내가 생각해도 뭔 소린지 모르겠다. 배가 꺼지지가 않는다. 그래서 소주가 맛이 없다. 아니, 안주가 맛이 없는 건가? 덕분에 담배도 맛이 없다. 제로가 계속 타박을 준다. 소주 4병이 말라갈 때쯤, 이 술값은 제로가 내는 걸까? 내가 내는 걸까? 하는 의문이 들었다.

하루는 그녀가 명품가방을 몹시 사고 싶어 짜증 섞인 소리로 말했다.

"당신은 레스토랑의 조리장이 될 생각도 없으면서, 면발만 이렇게 뽑으면 뭐하나요?"

"난 아직 제대로 된 면발을 뽑지 못했소."

"그럼 중국집 주방엔 갈 생각 없나요?"

"중국 음식은 배우지 않았는데 어떻게 하겠소?"

"그럼 분식집이라도 열 생각 없나요?"

"분식집 차릴 밑천이 없는데 어떻게 하겠소?"

그러자 그녀가 화를 발칵 내며 소리쳤다.

"밤낮으로 면발만 뽑아내더니 기껏 '어떻게 하겠소' 소리만 뽑아대는군요. 레스토랑도 못한다, 중국집도 못한다, 분식집도 못한다. 그러면 짝퉁 가방이라도 하나 훔쳐오든지!"

면발맨은 레인지의 불을 끄고 나서며 말했다.

"아깝다. 당초 제대로 된 면발을 뽑기 전에 딴 걸……."

면발맨이 뭐라고 중얼거리며 집을 휙 나가려 했으나 먼저 휙 나가버린 건 그녀였다.

"아깝다. 당초 제대로 돈 버는 남자를 만나야 했는데 이게 무슨 웃기는 짬뽕이야!"

라는 말을 남긴 채…….

양파와 당근

집에 돌아오자 컴퓨터를 켜고 나갔다는 걸 알았다. 「……사천짜장」 파일의 암호를 몇 개 더 찍어보았지만 여전히 열리지 않는다. 취한 눈으로 새 파일을 열고 면발맨의 가출을 쓰기 시작했다. 그래, 역시 취중 창작이 죽여주지. 『허생전』과는 반대로 그녀가 면발맨을 버리고 먼저 튀어나가는 걸로 하자! 다음 내용은 양념맨의 등장이었지. 소제목은 양파와 당근! 불현듯 길거리를 활보하던 양파 같은 미니스커트와 당근 같은 핫팬츠들이 눈앞에 아른아른한다. 그래 봤자 술에 취한 아랫도리는 물컹물컹. 취하긴 취했나 보다. 이번 판은 양념맨 등장이란 말이다. 면발맨이 양념맨과 만날 대목이야. 우헤헤, 양념맨! 그런데 지금 왜 이러고 있나? 누가 알아준다고 술 취해서도 소설 타령이냐? 왜 써야 하는 거지? 대체 왜 또 소설이냐고?

내 직업은 소설가…….

"샤파, 초우카네!"

돌아가신 고우영 화백의 명대사가 튀어나온다. 그런데 그 대사가 『삼국지』였나, 『수호지』였나, 『십팔사략』이었나? 그건 그렇고 내 물건은 왜 갑자기 빳빳해지냐? 새벽 4시에 이 무슨 난리 블루스란 말이냐……?

"양념맨을 만나러 왔습니다."

"아, 그럼 저기서 접수하시고요, 강의료는 10만 원이시고요, 바로 강의실로 가시면 되시고요."

접수를 마친 면발맨이 강의실 문을 열자 양념맨의 화통한 목소리가 쩌렁쩌렁 울렸다.

"면발 따위 상관없다! 약품 첨가 면발은 대충 삶아도 쫄깃해. 모든 요리는 양념이 좌우한다. 양념 만들기가 어렵다고? 천만의 말씀. 양파와 당근 두 개만 있으면 된다. 이것들을 믹서에 넣고 확실히 갈아준다. 그쯤 하면 천연 재료 아니겠어? 햇고추, 햇마늘, 햇생강, 신선한 해물, 국내산 1++ 소고기, 안심살, 양지머리, 하루 종일 고은 육수……."

양념맨이 카리스마 작렬의 눈빛으로 좌중을 돌아보았다.

"그런 거 다 필요 없어! 그냥 MSG만 첨가해! 해물맛 MSG, 소고

90

기맛 MSG, 냉면육수 MSG. 원하는 건 얼마든지 있다구. MSG에 양파 당근만 섞어주면 되는 거야. 천연재료 양념, 천연재료 육수! 오늘 내가 알려주는 비빔양념 레시피가 시가 오백만 원짜리야. 알겠어? 냉면 육수 레시피는 천만 원이지. 하하하, 너무 비싸다고 걱정하지 마. 오늘은 둘이 합쳐 사백에 해줄 테니까."

"우와아!"

사람들의 함성 속에 면발맨의 표정이 점점 굳어져 갔다.

"그렇다고 MSG에만 목숨 거는 건 아냐. 양념장엔 정답이 없어! 비빔국수는 그날의 재료에 따라 다양해질 수 있어. 예를 들어 오이, 상추, 꽈리고추, 피망, 당근, 양배추 등등의 야채를 마구 썰어 올리는 거지. 사람들은 고명만 보고 우와아! 하고 감탄한단 말이야. 양념 소스에 신경 쓸 틈이 없다구. 말 그대로 우리가 천연 재료만 쓰는 요리사지. 안 그래? 우울한 손님들한테는 캡사이신 가루를 듬뿍 첨가해 줘봐. 스트레스 해소용으로 짱이지. 난리가 난다구."

"우와아! 짝짝짝!"

정답은 없다……, 맞는 말이다. 그럼에도 면발맨의 가슴은 분노로 뛰기 시작했다.

'양념맨의 생각은 무언가 빠져 있다. 그러나 사람들은 정답이 없다는 사실에만 열광한다.'

"자, 이제 특제 양념장을 면발에 얹어준다. 여기서 잠깐. 참기름과 깨는 미친 듯이 뿌려주라구. 눈과 코를 자극하란 말이야. 사람들은 그런 걸 좋아해."

탁타닥 탁탁! 재빠른 서빙맨들이 그릇을 나르기 시작했다. 사람들이 앉은 탁자 앞에 비빔국수가 한 그릇씩 놓였다.

"자, 이제 맛을 봐. 달콤하고 매콤한 양념이 혀끝을 감돌 때 면발과 야채를 함께 씹어보라구. 아삭아삭 쫄깃쫄깃. 삶이 초조하고 갑갑할 때, 그대 비빔국수와 함께!"

면발맨은 망설이다 비빔국수를 입에 넣었다. 순간 온몸을 자극하는 강렬한 맛의 향연……. 인공의 맛과 식감은 면발맨의 모든 노력과 열정을 송두리째 무너뜨리고 있었다.

"자, 레시피를 구입하실 분은 앞에서부터 줄을 서시고요, 선착순 30분께는 특제 양념장 30봉도 같이 드리니 빨리빨리 나오시고요."

"우와아앗!"

안내맨의 방송에 사람들이 앞으로 달려가기 시작했다. 줄은 삽시간에 길게 늘어졌다. 아우성치는 사람들 사이에서 면발맨은 멍하니 서 있었다.

'그래, 이게 정답이다. 아무리 노력해봤자 화학약품 한 방울을 따라갈 수 없는 것이다…….'

면발맨이 걸음을 옮기기 시작했다. 눈은 이글이글 불탔으나 걸음은 갈지자로 비틀거렸다. 그의 다리는 길게 늘어선 줄의 끝을 향했다.

'이게 정답이다. 어쩌겠는가? 이것이 정답인 세상인 것을…….'

얼마 후, MSG 회관을 나선 면발맨의 손에는 양념맨 특제 레시피가 들려 있었다. 바람이 불어와 면발맨의 머리칼을 날렸다. 쿠구궁, 하늘을 쳐다보자 천둥과 함께 검은 먹구름이 몰려왔다.

"나의 꿈, 나의 열정, 나의 노력……."

면발맨의 중얼거림이 천둥소리에 묻혔다. 레시피를 굳게 쥔 손이 부들부들 떨려왔다.

"이제 나는 다른 길을 갈 것이다!"

쿠과과광! 세상을 집어삼킬 듯한 천둥이 면발맨의 외침에 맞서 듯 다시 울려왔다.

"이제, 다른 길로……."

면발맨의 뺨으로 뜨거운 것이 흘러내렸다. 그러나 막 쏟아지기 시작한 빗발은 그것을 이내 차갑게 만들고 마는 것이었다.

콩나물국밥으로 땀 한 번 쭉 내고 새로운 시작을!

뭐? 선보라고요? 엄마 친구 중에 보험 아줌마 있다고 했지? 그 아줌마가 소개해 주는 거야. 우리 아들도 장가가야지. 어머니의 득의양양한 표정이란……. 세상천지 기댈 데 없는 백수가 된 지금. 이 무슨 청천벽력 이벤트? 한 달 전, 술 마시고 들어와서 어머니께 주정 반 넋두리 반으로 하소연한 일이 있었다. 아들이 이 나이 먹고 이러고 있는데 다른 엄마들처럼 그 흔한 선 한 번 시켜준 적 있어요? 관심 한 번 제대로 가진 적 있어요? 내가 이렇게 있는 건 엄마 탓도 있다고~, 있다고~, 있다고~. 새벽 3시 잘 주무시다 봉창 두드리는 소리를 들었던 어머니의 귓속에는 오래도록 '있다고~'

가 울려왔었나 보다. 그리하여 한 달간 준비해 왔던 회심의 카드를 던지신 거다. 그것도 아주 적절치 못할 때. 학원 잘린 걸 얘기해야 하나 말아야 하나. 열심히 돈 벌 때나 선보는 게 반갑지, 하필 지금이람. 언제는 선보게 해달라고 난리더니 왜 대답이 없어? 밤늦게 또 어딜 나가? 아, 과외 간다고요. 술 마시고 다니지 좀 말고! 아, 참! 과외 간다니깐? 짜증을 부리며 밖으로 나오니 908호 개새끼가 또 날카롭게 짖어댄다. 저, 저 개놈의 모가지를 그냥! 가슴이 울컥하는 게 전투력이 상승한다. 베지타가 손오공 찾으러 지구에 왔을 때, 지금의 날 봤으면 눈에 낀 스카우터가 펑 하고 터졌을 거다. 제기랄, 밤바람이 차다. 최소한의 생활비라도 벌려면 남은 과외라도 열심히 해야지. 열심히. 열심히.

뭐? 10일까지 하고 그만둔다고? 예, 어머니가 저번 달 모의고사하고 내신 성적표를 한꺼번에 보시고는 이번 달까지만 하자고 하시던데요. 원래 안 좋은 건 한 번에 닥쳐온다. 음 그래, 문구야, 어쨌든 이번 모의고사는 목표대로 3등급은 받아야지. 그런데 저번에 몇 등급 나왔다고? 6등급요. 이런 제기랄. 나 같아도 그만두고 싶겠다. 뭐 이런 자식이 다 있지? 문학이 오르면 비문학이 내려가고, 비문학 가르쳐놓으면 문학이 내려가고. 1시간 30분이 지나고 녀석의 반쯤 감긴 눈이 '이제 제발 마치죠.'란 신호를 보낼 때, 똑똑 하는 노크 소리가 들려왔다. 선생님, 이제 마칠 시간이지요? 아, 예, 어머니. 진짜 그만두는가 보다. 말이라도 잘해서 연장할 수 있으면 좋을 텐데. 우리 문구 성적표가 나왔는데요. 문구 어머니의 하소연은 30분간 계속된다. 반쯤 감기려 했지만, 인내하는 성인의 의지력을 가진 나의 눈은 똘망똘망하게 어머니를 바라본다. 언어가 오르면 수학이 내려가고 영어는 그대로고, 이번에는 언어가 또 내려갔는데 수학이 좀 오르고 영어는 그대로네요. 성적이 오르려면 다 같이 올라야지……. 아하, 역시 보는 관점이 국어선생보다 넓다. 이놈은 문학, 비문학만 시소 타는 놈이 아니고 전범위적으로다가 시소를 타는 놈이었어. 그래서 날짜를 보니까 10일부터 수업을 시작했더라고요. 일단 이번 모의고사 성적을 보고 혼자 공부를 시켜보려고요. 예, 알겠습니다. 수업료도 밀리고 죄송해서 어떻게 하죠? 아닙니다. 천천히 차근차근 챙겨주시면 됩니다. 수업이 끝나더라도 종종 문구를 불러서 조언도 하고 책도 챙겨주고 하겠습니다. 수능 치기 전에 마무리할 기회가 또 생기면 불러주십시오. 그동안 감사했어요. 지하주차장으로 내려와 차의 시동을 걸다 방금 전의 대화를 다시 생각해 보았다. 이건 쿨한 건지 처절한 건지……. 그나저나 마시지 말라는 술 생각만 나는구나. 휴대폰을 보니 문자가 와 있다. '술 사도.' 제기랄, 이건 뭐, 시기적절하구먼. 이런 문자 보낼 놈이 하나밖에 더 있나? 친구 용호였다.

갈분은 탕수육 소스에나 넣는 것 아냐? 으음, 탕수육 소스라……. 그건 그렇고 기철이 얘기 들었어? 예술인 복지재단에 등록했다는데 이거 참, 눈앞에 창작 지원금은 좋지만 예술인 등록이란 게 아직 논란의 대상이란 말이지. 뭐? 예술인 복지재단 창작 지원금? 응. 정권 초라 그런지 다들 잘 받데. 용호가 심드렁하게 대답했다. 왜, 왜 나한테는 얘기 안 해줬어?라는 말이 올라왔다가 목구멍으로 꼴깍 넘어갔다. 소설 때려치우고 돈 버는 놈이 그것까지 받아챙기려고?라는 대답이 날아올 게 뻔하니까. 사실 소설 쓰기를 중단하고 다시 생업으로 돌아간다고 했을 때 가장 심하게 반대했던 친구가 용호이다. 너 그러다가 아예 글이고 뭐고 다 끝난다. 눈앞에 떨어진 것만 보지 말고 조금만 더 참아보란 말이야. 이 자본의 시대에 예술가란 어차피 결핍된 존재야. 그래도 그 결핍은 이 폭압적인 구조 안에서 새로운 대안을 모색하기 때문에 생기는 결핍이야. 그건 장애가 아니라구. 아아 씨바, 말 좀 쉽게 해……. 닥치고 들어. 기껏 2,3년 용써서 간판만 대충 만들고 양쪽에 두 발을 담그시겠다? 내가 알기로 넌 절대 천재가 아냐. 그렇다고 가진 것도 없잖아? 소설 하나 제대로 하기도 버거운 판에 두 가지를 제대로 할 것 같아? 이도 저도 아닌 병신 되기 십상인 거야. 용호의 예상은 분하게도 정확히 맞아떨어졌다. 그저 그런 소설가와 학원 강사 사이에서 밑천은 점점 떨어져갔고, 쪼그라들 대로 쪼그라진 나는 현재 갈피도 못 잡고 있는 상태이다. '이도 저도 아닌 병신'이란 말이 머리통 속에서 윙윙 울려댄다. 용호는 문학평론가다. 강의도 하는 똑똑한 친구이다. 그러고 보니 기철이도 문학평론가에 대학 강사지. 이놈들 잘 나가는군. 하여간 용호는 싸가지가 좀 없긴 하지만 틀린소리는 하지 않는다. 국문과라서 말 잘한다는 소리를 신물 나게 들었지만 놈 앞에 서면 벙어리가 된다. 알지 못할 질투심을 느낀 적도 있었다. 같은 과 동기인 제로는 그래, 그리 잘난 놈들이 돈은 못 벌잖아, 하고 대놓고 욕을 하곤 한다. 으이그, 그놈의 돈 번다고 요 모양 요 꼴이 된 나는? 지난 3년간 하늘 한 번 제대로 처다봤나? 책 한 권이라도 제대로 읽은 적 있나, 소설 한 편이라도 써보려 한 적이 있나? 하루하루를 사는 게 아니라 살아내기 바빴던 거다……, 그렇다고 통장에 몇 억씩 꽂혀 있는 것도 아니고.

뭐, 돈도 많이 버는데 비싼 거 시키면 되나? 창작 지원금이란 말을 듣고 한참 멍하니 있었나 보다. 용호의 큰소리가 현실로 오라이! 한다. 방금 완벽 백수 되고 오는 길이다, 인마. 난 맨날 비정규직 백수여. 뭐 그런 걸 갖고 그러나? 여태 벌어놓은 돈 많잖아? 한 방 쏴! 아놔, 오늘 스카우터 여러 개 터지겠네. 시킨다? 저기요, VIP 스페셜 코스 B 말고 코스 A로! 저, 저 용호 쌍빠 시키!

"네가 진짜로 원하는 게 뭐야?"

신해철 작사 작곡의 노래 제목이 아니고 용호가 던진 질문이었다. 술기운에 한참 떠든 것 같은데 그 질문에 할 말이 없었다. 용호의 공격이 계속 되었다. 돈? 명예? 잘난 척? 에헤이, 네 꿈이 대체 뭐냐고? 뭘 하고 싶어하는지도 모르면서 무슨……? 네가 초조하고 갑갑하다고 했지? 그럼 다시 학원에 가서 면접이나 봐. 한 달에 한 번씩 통장에 돈이 꽂히면 최소한 지금보다 초조하진 않을걸? 네가 좋아하는 걸 찾고 싶다고? 지금 네가 좋아하는 건 안정이야, 안정.

학원에서 일하면서도 내가 있을 곳은 여기가 아닌 것 같다고 느꼈다면, 그건 등단씩이나 했다고 가지는 알량한 자존심일 뿐이야. 그럼 적어도 그 자존심에 맞게 치열하기라도 했어? 생각해 보라고. 진짜 네가 원한다면 지구 끝까지 가서라도 싸울 각오는 돼 있어야 할 것 아냐? 재미고, 좋아하는 거고, 그 뒤에 생각하란 말이야. 면접도 보고 선도 보고 와. 이 말 저 말 비겁하게 돌리지 말고. 소설도 못 쓰는 게 뭔 변명이 그렇게 많아? 소설 쓰려면 넌 아직 멀었어, 인마.

아, 씨발, 그렇게 할 거라고!

우리 용호 쌍빡님에게 당당히 외쳐버렸다. 물론 술이 떡이 되어서. 하나하나 맞는 소린데 화가 났다. 새끼, 지 앞가림이나 제대로 할 것이지 왜 불쌍한 나한테 지랄이냐고?라며 같잖게 덤벼들었지만 정작 화가 나는 건 용호가 아니라 나 자신이었다. 바깥에는 동이 터 오고 있었다. 눈도 감기고 속도 안 좋고 성질은 배배 꼬여갔다.

집으로 돌아가는 택시는 어지러웠다. '면접도 보고 선도 봐라.' 전혀 다른 세계의 친구 두 놈이 똑같은 소리만 해대는군. 그래, 이대로는 안 된다. 내가 진짜 원하는 게 뭐냐? 그것부터 찾아야 한다. 이제 그놈의 빨리 돌아가는 세상을 잊자. 이도 저도 아닌 병신 소리를 뭉개버리자. 묵은 때를 씻어내자. 아……, 진짜 소설가가 되고 싶다……. 아니지, 난 소설가야. 등단도 했잖아? 웃기고 있네, 등단만 하면 소설가냐? 진짜 소설가가 되어야지. 눈물이 핑 돈다. 등단해 봤자 산 너머 산일 줄은 알았지만, 이렇게 멀리 돌아갈 줄은 몰랐다. 심지어 지금 타고 있는 택시도 집까지 참 멀리도 돌아간다.

라디오에서 이젠 나보다 훨씬 어려져 버린 김광석이 조용히 나를 다독거린다.

"이제 다시 시작이다. 젊은 날의 꿈이여."

아, 씨발, 그렇게 할 수 있을까요? 광석이 형님……

국밥맨의 레시피 설명이 시작되었다.

"육수는 멸치, 무, 대파, 다시마 등을 넣고 푹 우려내는데 시간과 재료가 없다면 멸치만으로도 국물을 낼 수 있다네. 콩나물은 육수를 끓인 후 한꺼번에 같이 삶아도 되지만 따로 5분간 삶고 찬물에 담아 씻어 첨가해도 좋아. 찬물에 담아 씻으면 비린내도 한결 가시고 질감도 훨씬 좋지. 적당량의 파를 잘게 썰어 넣어주는데 술 마신 다음날, 아낄 것 없이 듬뿍 넣으면 해장에 큰 도움을 줄 수 있네."

국밥맨은 말하고 있는 재료를 신속하게 냄비에 부으며 말했다.

"김치와 육수를, 삶은 콩나물과 같이 끓이면서 간을 맞추게. 국물이 다 끓어갈 때 밥을 넣고 잠시 같이 끓이면 국물이 부드러워지지. 쓰러져 있던 자네가 일어나 제일 먼저 먹었던 국밥이 바로 그런 국밥이지. 허한 속을 보충하는 데 그만한 게 없다네."

멍하니 있는 면발맨을 바라보던 국밥맨은 미소 지으며 계속 말했다.

"다 끓이고 난 다음 새우젓, 청양고추, 양념장을 넣어 각자의 입맛에 맞춘다네. 계란 하나를 풀어 넣는 것도 또 다른 풍미지. 땀을 뻘뻘 흘리며 콩나물국밥을 먹다 보면 어느새 속이 풀리는 게 느껴질 거야. 온몸의 노폐물을 다 빼내고 하루를 새롭게 충전하는 데 이만한 놈이 없지. 콩나물국밥으로 새롭게 시작하는 그대! 어떤가?"

면발맨은 고개를 숙였다. 비록 면발과는 관계없다 해도 자신을 살린 콩나물국밥에 경의를 표할 수밖에 없었다.

눈을 떴을 때는 이미 오후였다. 화장실에서 어제의 음식을 다시 확인했다. 입에 다시 술을 대면 사람이 아니다. 휴대폰에서 거창한 「대항해시대2」 주제곡이 터져 나온다. 선배, 기철입니다. 저녁이나 같이 하지요. 시계를 보니 5시, 오후도 아주 늦은 오후다. 난 대체 뭐냐⋯⋯? 약속 장소로 가는 버스는 무척 힘들었다. 위장과 뇌가 거꾸로 박힌 느낌. 기철은 내 몰골을 보더니 웃으며 말했다. 해장을 뭘로 하시렵니까?

콩나물국밥은 뜨거웠다. 몇 숟가락 뜨자 땀이 쏟아졌다. 해장술도 한 잔 해야지요? 뜨거운 바람에 대답도 제대로 못하는데 소주병이 탁자에 탁, 놓였다. 이런 제길, 술을 보자마자 욕이 나온다. 오늘도 술 마시면 사람이 아니다. 용호 선배가 선배 걱정 많이 하더라구요. 잔에 술을 따르며 기철이 날 흘깃 바라본다. 걱정? 그 새끼가 왜? 말이 곱게 안 나온다. 뭘 또 욕을 합니까? 싱글거리던 기철이 한 잔 마시더니 자기 잔을 쓱 내민다. 안 마셔. 오늘도 술 마시면 사람이 아니다. 아, 일단 받아요. 억지로 내민 잔을 받게 하더니 술을 따르며 말한다. 축하합니다, 소설가 복귀를. 뭐, 뭐? 아, 마셔요. 요즘 세상이 소설 쓰는 사람을 사람 취급이나 합니까? 어차피 사람 아닌데 뭐. 야, 갑자기 뭔 소리야? 하고 얼버무리는데 기철이 한마디 더한다. 「짬뽕」 다시 쓴다면서요? 뒤통수를 세게 맞은 듯 머리가 띵하다. 놀래긴 뭘 그리 놀래요? 선배 소설 막히면 소재나 주제 실실 흘리는 버릇 있는 거, 선배만 모르거든요. 제로 선배하고 용호 선배가 전화로 다 한마디씩 합디다. 소설 다시 안 쓸 거면 그놈의 갈분 타령은 왜 하고 다녔데? 얼굴이 벌게지고 열이 난다. 쌍놈의 새끼들, 눈치 하나는 더럽게 빠른 새끼들, 그러면서 내가 말할 땐 왜 모른 척해? 손에 든 잔을 단숨에 비웠다. 아, 쓰다. 오늘도 마셔버렸다. 역시 난 사람이 아니다. 가슴 저편에서 또 한 번 속삭인다.

내 직업은 소설가

이런, 이런! 이 시점에 대체 왜 이러는 거냐? 잔을 다시 돌려주자 이번엔 자기 잔, 내 잔 두 개에 골고루 술을 친다. 어쨌든 제목 하나는 좋았죠, 「짬뽕 끓이다 갈분 넣으면 사천짜장」. 눈이 번쩍 뜨인다. 야, 그 소설 창작공장에 낼 때 제목을 진짜 사천짜장으로 했었냐? 아니면 뭐, 전주 물짜장이라도 썼게요? 가슴이 뜨끔 한다. 그것도 뭐, 좋구면……. 선배 기억 하나도 안 나 봐요. 사천짜장 그거 내가 붙여준 건데. 응? 네가? 선배가 끝에 말줄임표로 제목을 달아됐더니 끝을 확실히 해야 한다며 멤버 모두 한 입씩 거들었었 잖아요. 유산슬이니, 울면이니, 탕수육이니 하고요. 아, 그랬던 것 같다. 용호 놈은 말도 안 되게 탕수육 소스라며 우겼었지. 울면은 제로 선배예요, 큭큭. 유쾌한 분위기다. 술이 또 잘 들어간다. 술안주엔 남 욕이 최고다. 제로, 용호가 선이나 보고 면접이나 보라고 했다며 욕을 섞어 떠드는데 기철이가 쓴웃음을 짓는다. 선배, 제가 오늘 보자고 한 이유가 있어요. 응, 뭔데? 소설가 복귀 기념으로 원고 청탁 하나 합시다. 엉? 갑자기 그건 무슨 소리야? 애써 태연한 목소리를 내지만 얼굴은 벌겋게 상기된다. 제가 수업하는 학생들과 예술인 복지재단에 신청했던 프로젝트가 하나 있어요. 주제는 '예술가 1명 구하기' 뭐, 그런 건데 운이 좋은 건지 500만 원 지원금을 받았어요. 그걸로 여러 사람 원고를 받아 책을 내는 기획인데요, 소설도 한 편 들어가야 해요. 「짬뽕 끓이다 갈분 넣으면 사천짜장」을 거기에 실었으면 하는데 어때요? 기분이 묘하다. 응, 그러지, 라는 대답이 얼른 나오지 않는다. 원고료도 괜찮아요, 70만 원! 요즘 문학판이 쪼그라들다 보니 단편 소설 한 편에 30도 겨우 챙겨주는 데가 천지예요. 아, 씨팔, 물가는 오르는데 원고료는 왜 내려만 가나? 슬픈 얘기다. 마감은 언젠데? 두 달 남았어요. 그래도 써놓은 게 있으니까 되겠죠? 원래 「짬뽕 끓이다……」가 결말이 밋밋한데다 써놨던 파일을 잃어버려서 몽땅 새로 쓰고 고쳐야 해. 글에서 손 놓은 지도 꽤 돼서 괜찮겠냐? 그런 걱정 할까 봐 마감 열흘 전에 선배 작품 갖고 품평회를 할까 해요. 응? 그건 또 무슨 소리야? 품평회요. 몇 년 만에 다시 시작하는 글인데 세상에 내놓기 전에 한 번 잘 다듬어야죠. 옛날 생각하면서 뜯기기도 좀 하고, 장점 찾아 살리기도 하고. 저도 프로젝트 기획인데 좋은 원고 받아야죠. 갑자기 다크한 기운이 엄습한다. 잠깐만, 너 혹시 그 품평회라는 게……? 딴전을 피우던 녀석이 다크하게 웃음을 흘린다. 흐흐흐, 눈치는 빨라가지고……. 용호 선배, 제로 선배 다 올 겁니다. 미쳤냐? 그 새끼들하고 왜? 목소리를 높이는데 기철이 정색을 한다. 그럼 안 할 겁니까? 그 씨종자들 간섭받으면서 내가 왜? 아니, 간섭할 만하니까 하는 거 아닙니까? 뭐? 간섭할 만……? 차라리 안 써! 안 써? 그럴 거면 저 주세요. 내가 고쳐서 내 이름으로 올리게. 이런……, 씨이! 내 걸 네가 왜? 네 것 내 것이 어디 있어요? 품평회 겁나서 못 쓴다면서? 와아, 진짜 너까지 나한테 왜 이러냐……?

술 술 술 술 술이 들어간다. 쿵짜자쿵짝! 어제 그리 마셨는데 또 다시 술이 들어가다니. 화가 나서 한 잔, 짜증나서 한 잔, 술이 술을 불러 한 잔……. 나락에 떨어질 때마다 소설을 쓸 거라며 달려들었던 나, 아무도 알아주지 않는 짓을 왜 하냐며 소설을 외면하던 나가 함께 엉켜버렸다. 분명한 건 소설이 나에게 다시 손을 내밀고 있다는 사실이다. 문득 눈을 뜨니 떡이 된 나를 택시에 태우는 기철. 출발하려는 택시 문을 열고 기철에게 던진 한마디. 너 혹시 소설 그거, 그러니까 「짬뽕」 원본 갖고 있냐?

"콩나물국밥은 육수, 썰이 김치, 콩나물이 좌우한다네."

면발맨은 참지 못하고 궁금한 것을 물었다.

"하지만 썰이 김치는 일반 가정에서 쟁여놓고 있진 못하잖습니까?"

"없음 말구."

국밥맨의 간단한 대답에 면발맨은 충격을 받았다. 그도 양념맨과 다를 바 없는 인간이었던가?

"그래도 국밥의 깊은 맛을 내려면 ……."

"음식이란 상황에 따라 최선을 다하는 것이지 조리법에 무조건 따를 필요는 없다네."

'정답은 없다.' 양념맨이 했던 말과 다를 바 없다. 국밥맨도 그와 다를 바 없다는 것인가?

"그렇다면 화학 조미료를 써도 된다는 말이군요."

면발맨의 씁쓸한 대답에 국밥맨이 조용히 대답했다.

"한 번이라도 화학조미료를 안 쓰려고 노력해 본적 있나?"

"……!"

"만약 있다면, 한 방울의 화학 조미료가 대신했던 맛을 찾는 것이 얼마나 힘든 일인지 알 것이네."

국밥맨이 자리에 앉아 콩나물을 솎아내기 시작했다.

"미안하지만 나는 자네가 누군지 알고 있네. 한때 세상을 떠들썩하게 했던 사람이지. 하지만 그게 어쨌다는 말인가? 뉘우치고 책임을 졌다면 이젠 그 잘못을 반복하지 않으면 그만이야. 정답이 없다는 말은 상황에 따라 최선을 다한다는 말과 통하지. 하지만 그것은 지킬 것을 지킨다는 신념 속에서나 해당되는 말이야……."

면발맨의 얼굴이 뜨겁게 달아올랐다. 국밥맨의 한마디 한마디가 그의 가슴을 파고들었다. 한 장의 MSG 양념장 레시피로 시작했던 신념의 파괴는 결국 모든 것을 송두리째 갉아먹지 않았던가?

오늘밤에도 별이 바람에 스치우냐

오늘은 품평회 날 저녁. 약속 장소는 용호가 작업실로 쓰고 있다는 낡은 오피스텔. 원고 마감? 흐흥, 결국은 다 못 쓰고 말았다. 결말을 남겨두고 아무리 머리를 써도 나오지 않는 것을 어떡해? 싫다고 아무리 발버둥쳐도 기철의 오지랖에 여기까지 끌려왔으니 남은 것은 또다시 곱창 신세다. 선배, 올라갑시다. 야, 아직 다 못 썼다니까. 저것들 가만히 있겠니? 지금이라도 취소하는 게……. 둘이서 실랑이를 하는데 3층 창문이 드르륵 열리며 제로의 머리가 툭 튀어나온다. 새끼야, 거기서 뭐해? 빨랑 올라와. 다들 기다리잖아! 뭐? 기다려? 또 누가 있어? 올라가 보면 알아요. 아, 거참! 밀려 밀려서 3층 작업실로 올라오니 문짝에 '곱창의 창작공장'이란 작은 간판이 붙어 있고 그 밑에 내 이름이 적혀 있다. 야, 이건 뭐냐? 아, 들어가면 알아요. 기철이 문을 여니 용호, 제로 말고도 세 명의 낯선 얼굴들이 앉아 있다. 전에 얘기했지? 여긴 3년 전에…… 신문사 신춘문예 출신……. 반갑습니다, 반갑습니다. 어색한 인사가 지나가는데 똥 씹은 얼굴의 용호가 프린트 앞에서 뭔가 뽑으며 투덜거린다. 아, 저 새끼 도움이 안 돼, 진짜! 오늘 저 새끼 소설 하는 날인데 왜 내가 곱창이 돼야 해? 낯선 얼굴 중 이쁘게 생긴 여자애 하나가 정말 이쁘게 말한다. 선배는 2주나 지났는데 이제야 초고 내잖아요! 글도 개판이면서! 그 말이 끝나기 무섭게 여기저기서 공격이 들어온다. 선배가 먼저 시작하자 했으면 책임을 져야 되는 거 아닙니까? 이럴 거면 차라리 기획 접는 게 낫지 않겠어요? 이 정도면 욕만 없다뿐이지 비판이 아니라 비난 수준이다. 용호의 얼굴을 슬쩍 보자 평소와 달리 쩔쩔매는 중이다. 기철이 손사래를 치며 중간에 끼어든다. 아이고, 그만들 하자. 자, 자 새 얼굴도 왔으니까 오늘은 살살 하자구. 제로 선배, 오늘은 시 수정본 들고 왔어요? 그러자 제로의 얼굴도 똥 씹은 표정이다. 그, 그러니까 저 새끼가 오늘 한다고 해가지고……. 그러자 이쁜이가 또 한 번 분통을 터뜨린다. 그러니까 선배 시는 한 편만 싣자고 했잖아요? 아냐, 아냐, 세 편 중에 두 편은 다시 써 왔어. 낯설고 어마어마한 분위기에 압도당해 있다가 기철의 귀를 잡아당겼다. 야, 이건 무슨 분위기냐? 여기에 날 왜 데리고 왔어? 두고 보시면 알아요. 저 두 사람이 선배한테 간섭할 만하다고 한 이유를. 제로가 원고를 나눠주다 나와 눈이 마주치자 얼굴이 벌게졌다. 원고를 보자마자 내 얼굴도 벌게진다. 제목은 「우동 끓이다 갈분 넣으면 울면」. 이, 이게 뭐야? 황당해하는 나를 향해 용호의 원고도 넘겨진다. 제목은 「갈분을 넣든 말든 변하지 않는 한 가지?」. 하아, 뭐 이런……! 용호의 평론 원고를 수르르 훑어 넘기는데 일반 사람들은 잘 모르는 낯익은 소설 제목들이 막 지나간다. 「상처받기 전에 물어라! 애완견 리온」, 「언제나 늠름한 자살관리사를 보라」 「Recreated Holmes 사라진 원고」, 「사랑은 씨발 새끼」, 「프린세스메이커 누드플레이」, 「어버이날에나 연합해라」…… 등등. 이건 한 소설가의 소설만 모아놓은 평론이다. 대체 그 소설가가 누구겠는가? 황당과 어이없음이 교차하는데 작업실

간판에 내 이름이 왜 적혔는지 감이 온다. 눈가가 퀭하니 시큰해진다. 이것들이……, 이것들이! 그러고 보니 이 모임의 프로젝트명이 '예술가 1명 구하기'. 라이언 일병 구하기 패러디 정도인지 알았는데…… 이게 무슨! 어, 선배 어디 가요? 야, 어디 가? 아아, 저 새끼저거! 작업실을 뛰쳐나가는 내 등 뒤로 들려오는 소리들. 내가 생각해도 정말 빨리 계단을 뛰어내려왔다. 빛의 속도로 건물을 나서다 뒤쫓는 얼굴들을 향해 소리쳤다.

야이, 씨바알……, 이 새끼들……, 따라오지 마, 씨바알!

어디 연락할 데도 없지만 무작정 걸었다. 바람이 시원한 게 10월의 밤이었다. 터져나왔던 감정이 조금이나마 가라앉는다. 한참을 돌아다니다 앉은 곳은 근처 공원의 벤치. 휴대폰에선 불이 나는데 받고 싶은 생각은 조금도 없다. 하늘을 바라보니 별이 떠 있다. 시원한 바람이 불어온다. 하늘과 바람과 별이라……. 그렇지, 시만 있으면 딱이네. 윤동주가 생각난다. 죽는 날까지 하늘을 우러러 한 점부끄럼이 없기를, 「서시」. 1995년, 2001년 수능 출제. 잎새에 이는 바람에도 나는 괴로워했다. 바람은 시적 화자의 갈등, 시련. 별을 노래하는 마음으로, 이때, 별에다가 별표 다섯 개……. 아, 싸파, 초우카네! 지금 뭐하는 거냐? 현실과 예술 중 현실에 길들어 버린 서글픈 흔적이냐? 좋다. 윤동주가 나온 김에 자아성찰을 해보자. 별을 노래하는 마음으로 모든 죽어가는 것을 사랑해야지. 좋구나. 이 좋은 시를 밥벌이 도구로 지겨워했던 나를 자아성찰 해보자. 그리고 나한테 주어진 길을 걸어가야겠다. 저 친구 놈들은 나를 왜 이렇게 못살게 구는 것이냐? 그리고 나한테 주어진 길을 걸어가야겠다. 내가 대체 뭘 그렇게 잘못한 건지……. 그리고 나한테 주어진 길을 걸어가야겠다. 돈은? 결혼은? 생활은? 그리고 나한테 주어진 길을 걸어가야겠다. 왜 하필이면 문학 따위에 빠져가지고……. 그리고 나한테 주어진 길을 걸어가야겠다. 왜 하필이면 돈도 안 되고 아무도 알아주지도 않는……! 그리고 나한테 주어진 길을 걸어가야겠다. 아아, 이럴 때 **"내 직업은 소설가"** 하는 그놈의 환청이라도 터져나오든지!

오늘 밤에도 별이 바람에 스치운다.

하늘을 다시 쳐다보았다. 동주 형님의 별은 바람에 스치우는데, 나의 별은 흐릿해지더니 이내 뺨을 타고 주르르 흘러내리고, 다시 또 떠오르곤 한다. 갑자기 제로 녀석의 「우동 끓이다 갈분 넣으면 울면」이 생각나 웃음이 터졌다. 웃기는 웃는데 닭똥 같은 눈물이 그냥 펑펑! 뭐? 갈분을 넣든 말든 변하지 않는 한 가지라고? 하하하, 용호 이 새끼……. 웃기는 웃는데 나오는 소리는 엉엉엉! 울고 웃는 벤치의 모노드라마는 클라이맥스를 향해 가는데, 예전 여행에서 날 피해갔던 연인들과 똑같이 생긴 애들이 '어마, 미친 사람인가 봐.' 하고 얼른 지나간다.

지난 줄거리!

"아깝다. 당초 제대로 된 면발을 뽑기 전에……"

순수한 면발의 세계를 탐구하던 면발맨은 능력이 없다는 애인의 타박에 수타면 완성을 포기하고 세상에 나서게 된다. 혼란한 세상으로 뛰어들었지만 꿈을 포기하지 않던 면발맨은 천연 재료와 화학 조미료의 승부에서 무릎을 꿇고 만다.

"돈도 맛도 못 찾는 짓인 줄은 나도 알고 있어. 하지만, 하지만 진정한 요리는⋯⋯."

꿈과 실리 속에서 고민하던 면발맨은 결국 MSG 회관으로 가 양념맨을 만난다.

"양파, 당근만 갈아 넣으면 천연 재료지. 그리고 MSG만 첨가하면 끝이야!"

면발맨은 양념맨의 강의에 분노하지만 결국 MSG 레시피를 손에 쥔 채 자신의 꿈을 버리고 만다.

"이제 나는 다른 길을 갈 것이다!"

수타면을 만들던 솜씨에 화학 조미료까지 첨가한 면발맨의 인생은 이후 탄탄대로를 달린다. 하지만 과도한 MSG의 사용으로 치명적인 수전증이 생기고, 라이벌 스파게티맨과의 경쟁에서 지게 될 위기에 처한다. 재정난에 빠진 면발맨은 양념맨의 음모 속에 사용하지 말아야 할 불법 식재료까지 쓰는 무리수를 두고⋯⋯.

"당신은 변했어요. 제가 원한 건 이게 아니었어요. 차라리 수타면을 뽑던 그때로 돌아가 줘요."

"아무도 알아주지 않는 그 짓을 다시 하라고?"

성공만을 추구하게 된 면발맨은 애인의 만류에도 자신의 뜻을 굽히지 않고, 결국 음모의 희생양이 되어 '먹거리 X파일'에 고발당하고 만다.

"면 요리, 저도 참 좋아하는데요, 하지만 이건 맛을 보지 않겠습니다."

마지막까지 거짓으로 버티던 면발맨은 결국 MSG 회관의 비리를 모두 뒤집어쓴 채 구속되고, 그를 지키려던 애인은 비정한 양념맨의 계략으로 세상을 떠나게 된다. 자포자기한 면발맨은 폐인이 되어 여기저기를 떠돌아다니다 어느 도시에서 쓰러지지만 인정 많은 국밥맨의 도움으로 생명을 건진다.

"사연이 있는 사람 같은데 몸이 나을 때까지 푹 쉬게."

국밥맨과의 만남에서 '모든 길에 정답은 없다'라는 이치를 이해한 면발맨은 다시 여행을 떠난다. 여러 음식들과 조우하며 진정한 요리가 무엇인지 깨달아가던 면발맨은 마침내 지상 최대의 고수라는 짬뽕맨을 찾아가는데……

짬뽕 끓이다 갈분 넣으면 사천짜장

다음날 짬뽕 재료를 준비했다. 홍합, 오징어, 대합, 꽃게, 파, 양파, 청양고추, 석이버섯, 양배추 등등을 펼쳐놓고 열심히 다듬었다. 나는 지금 짬뽕맨. 지상 최고의 고수.

가장 큰 냄비를 올리고 가스레인지의 불을 켰다. 냄비가 달구어질 때, 식용유를 적당량 붓고 고춧가루를 세 숟갈 뿌렸다. 가장 신속하고 명확해야 할 순간이다. 고춧가루가 타기 전에 저어주어야 고추기름이 제대로 나온다. 짬뽕맨이 가장 멋지게 묘사될 부분이다. 손질한 야채와 해물을 각각 3분의 1정도만 남기고 볶아주며 물을 조금씩 부어주었다. 얼큰한 맛을 위해 고춧가루를 조금 더 뿌리고 마저 볶다 물을 부었다. 소금으로 간을 맞추고 끓는 국물에 남겼던 해물과 야채를 넣었다. 해산물의 시원한 맛을 좀 더 느끼기 위해서다. 5분간 끓이니 집안이 짬뽕 냄새로 진동했다. 맛을 보니 조금 싱거웠지만 완성된 짬뽕 국물이었다. 난 역시 요리의 천재인가? 소금을 더 넣으려 싱크대의 양념 칸을 건드리는데, 저 구석에서 이봐, 나 안 보여? 하며 브이 자를 그리는 뭔가가 있었다.

넌 누구냐? 나? 감자 갈분.

'감자 전분'은 들어봤어도 감자 갈분이 세상에 어디 있어? 순간 갈분이 UFO처럼 신비하다. 어라? 대뇌피질이 제 맘대로 편대비행하며 맛을 그리기 시작한다. 아아, 어지러워진다. 이건 생각도 못했던 것이다. 넣고 싶다. 넣고 싶어……. 만약 성공한다면 이건……!

흐읍, 심호흡을 하고 넓은 냄비를 꺼냈다. 양파, 칼집 낸 오징어, 새우, 설탕, 고춧가루, 후추…… 등등 들어가야 할 양념과 재료들이 하나 둘 그려진다. 후다닥 모든 것을 준비했다. 덜어낸 짬뽕 국물과 추가된 재료가 끓기 시작했다. 그릇에 물을 붓고 정체불명의 '감자 갈분'을 녹였다. 이윽고 다 녹인 갈분을 냄비에 부으려 할 때, 가슴이 떨려왔다. 마치 새로운 발명을 하는 느낌. 에디슨이 전

등불을 처음 켰을 때 이런 느낌이었을까……? 투하! 짬뽕 국물이 탕수육 소스처럼 걸쭉해지며 탁해져갔다. 적당량을 덜어 식용유와 설탕을 조금 넣고 후추를 뿌린 뒤 계속해서 볶아주었다. 2분 뒤 나는 가스레인지의 불을 껐다.

면발맨은 놀라운 변화에 눈을 크게 떴다.

"아니 저것은, 사천짜장!"

짬뽕맨은 쑥스러운 듯 이야기했다.

"짬뽕을 많이 드셔봤다길래 따로 준비했습니다. 자신의 길이 아니라 생각하면, 그 사람에겐 옳은 길이 아닐 수도 있는 겁니다. 어느 것 하나 정답은 없는 것이지요. 다만 최선을 다하다 보면 새로움을 보게 되더군요. 자, 만드신 면발을 가져오시겠습니까?"

면발맨은 감동의 눈물을 흘렸다. 뭐가 문제였던가! 면발에 집착하며 자신의 장점은 약점이 되었고, 약점은 한없이 자신을 옭매어 갔다. 면발맨은 자신의 방황을 드디어 끝낼 때가 되었단 생각을 했다. 머릿속이 맑아지며 새로운 조합을 그리기 시작했다.

"아닙니다."

짬뽕맨이 면발맨을 바라보았다.

"혹시 제가 실례를 한 건 아닌지."

"아닙니다. 저는……, 저는……!"

면발맨은 크게 소리쳤다.

"저는 사천짜장에 밥을 비벼 먹겠습니다!"

112

사천짜장은 맛있었다. 면이고 밥이고 비비는 대로 다 먹어치워 배가 볼록했다. 바깥에는 10월의 태양이 반짝였고 베란다 사이로 불어오는 바람은 시원했다. 옆집의 옆집 908호 개새끼는 여전히 왈왈. 개새끼 언젠간 네 목을 따고 말리라. 난 휘파람을 불며 뒹굴다 다음 소설을 쓸 수 있을까 잠시 고민했다. 미래, 결혼, 통장, 생활, 가족들의 얼굴이 몰려왔지만 굳은 얼굴에 억지로 미소를 띠었다. 어디서부터 잘못 됐나? 이제 나는 어디로 가나? 갈 곳 없는 나를 떠밀면! 이제 난 어디로 가나…… . 육각수를 흥얼거리던 나는 갑자기 피식 웃고 말았다. '예술인 1명 구하기' 프로젝트는 아무래도 성공한 것 같았다. 짬뽕맨과 면발맨의 환청이 쉴 새 없이 쏟아져 나왔기 때문이었다.

"그렇다면 사천짜장에 볶은 두부를 넣어보겠나?"
"아니, 그것은……!"
"그래, 이건 바로 마파두부다!"
"오오!"

너의 선택

길과 하나가 됐던 여행을 기억한다.

눈앞에 펼쳐졌던 들판과 바람, 수평선 그리고 하늘……

그 속에서 가슴 벅찬 꿈을 꾸었고, 생이 다할지라도 그 꿈을 놓치지 않으리라 다짐했던 적이 있었다. 1초는 1분으로 쌓이는 법. 그리고 1분은 1시간으로, 시간은 다시 모여 일과 달과 년의 단위로 바뀌어 갔다. 어느 날이었던가? 문득 잊고 있던 꿈을 들춰본 적이 있었다. 여전히 들판과 수평선이 펼쳐지고 바람이 불어왔었다. 하늘은 변함없이 머리 위에 얹혔었고 안도의 한숨이 위로하듯 가슴에서 새어나왔었다. 그리고 먼지처럼 쌓인 시간을 실감하며 이런 말을 했었다……

"하아, 씨발."

너는 욕설을 씹듯이 중얼거린다.

어느 누구를 향하기보다 갑갑한 상황에 무심코 흘린 한숨 같은 것이다.

시간은 토요일 오전 10시가 다 되어갈 무렵, 사무실의 공기는 착 가라앉아 있다. 간간히 들리는 대화들과 웃음들도 썩 유쾌하진 않다. 토요일 오전의 여유 따위는 찾아보기 힘들다. 조금 있으면 8월의 뙤약볕 밑에서 목적 없이 걸어야 할 등산이 기다리고 있기 때문이다.

"봉사센터 집행부 직원들은 입부 당시 초심의 자세를 항상 되새기고, 시민들의 권익과 권리장전 능력을 향상시키기 위해 항상 고민할 것입니다. 이런 사명감을 다지고자 집행부 임직원들에게 주기적으로 의식개혁 집체교육을 실시할 것입니다."

센터장은 취임사에서 이렇게 일갈했다. 센터장이 바뀌면서 많은 변화가 닥쳐왔지만 그중 직원들이 가장 우려했던 것은 바로 저 의식개혁이었다. 원래부터 사명감을 강조해 왔던 직장이지만 다짜고짜 사명감의 플러스를 외친다면 그 대상이 되는 사람들의 스트레스도 플러스가 될 것은 당연지사였다. 게다가 센터장은 본부장으로 있을 때부터 끊임없이 직원들의 주말 등산을 시도해 왔던 인물이었다. 이제 월례 등산이 의식개혁 운동의 실천이 될 것은 불 보듯 뻔한 일이었다.

첫 번째 등산이 선언되던 날 센터장은 사무실 중앙에 서서 큰소리로 대못을 박았다.

"이번 주 토요일, 일인 열외 없이 등산에 참여합니다. 한 달에 한 번 정기 산행은 업무의 연장이니까 뭐 약속이 있다느니 뭐니 그런 거 없습니다. 앞으로도 제 날짜 정해지면 무조건 가는 겁니다."

그때 너는 속에 불이 나는 것을 느꼈다. 최대한 표정 관리를 하려 했지만 인상이 구겨지는 것을 막을 순 없었다. 그러자 반응은 매섭게 나타났다. 무겁게 내려앉은 사무실의 공기를 헤치고 센터장의 목소리가 또 한 번 울려퍼졌던 것이다.

"이 대리, 왜? 불만 있어?"

당시 너는 주말을 이용해 동창들과의 대대적인 봄 소풍을 계획하던 중이었다. 무려 20명이 서로 역할을 나누어 맡으며 이것저것 함께 준비하는 과정은 참 즐거운 것이었다. 식당 알선과 이벤트를 맡은 너는 한 달 전부터 소풍을 위해 많은 시간을 투자했었다. 심지어 동창회장은 격주로 휴무를 가지는 너를 배려해 소풍 날짜를 한 주 연기하기도 했었다. 바야흐로 너는 주말만 기다리는 상태였던 것이다.

너는 왜 하필 이번 주 토요일이냐며 소리 높여 묻고 싶었다. 이건 아주 심각한 폭력이라는 말도 하고 싶었다. 그러나 결국 한마디도 하지 못했다. 신임 센터장이 신나서 휘둘러대는 칼춤에 엇박자를 냈다간 당장 모가지가 뎅겅 날아갈 판이었다.

요즘 같은 시대에 사람을 함부로 해고할 순 없을 것이다. 하지만 웃어가며 일해도 죽을 맛인 직장판에서 상사에게 찍힌다면 그보다 더 죽을 맛이 어디 있겠는가?

그러하다 해도!

너는 분했다. 아니, 원통했다. 뭐 이런 법이 다 있냐고 가슴이 외쳤지만 결론은 버킹검이었다.

"아, 아닙니다. 불만 없습니다!"

대답과 동시에 카톡! 소리가 울렸다.

'이번 주 토요일 오전 일과 마치고 사무실에 집결해 자유산을 등반합니다. 등산 후 평화산장에서 점심식사 예정입니다.'

직장 단톡방에 아로새겨진 쐐기 문자…….

너는 나라를 잃은 심정으로 휴대폰을 들었다. 그리고 때 아닌 '시일야방성대곡'을 동창 단톡방에 남겼다. 그리고 무슨 소리냐, 네가 빠지면 되느냐, 제정신이냐, 마치고 올 순 없느냐, 어차피 등산하네 ㅋㅋㅋ 등의 수많은 답글을 받았다.

그리고 너는 그때 대단히 슬펐다.

오전 10시를 조금 넘겨 센터장이 사무실로 등장한다. 간편한 등산복 차림이다.

"어……, 오늘은 조금 일찍 출발하지. 아침 일과는 다 끝났을 테니."

별 대답이 없다. 주위를 둘러보던 그가 말을 잇는다.

"오늘 간단히 걷는 정도로 끝낼 건데 등산 못하는 사람 있나?"

너는 사무실 직원들을 살펴본다. 자신도 모르게 나오는 한숨은 할 수 없다. 저 질문은 등산 부적격자가 많이 있다는 걸 알고 하는 질문이다. 한 사람은 항암 치료를 받고 있고, 한 사람은 700만

원 상당의 허리 시술을 받고 입원 이틀 만에 출근했다. 또 한 사람은 퇴원한 지 한 달이 지났지만 척추와 갈비뼈 골절을 당했던 이다. 너는 도무지 이해할 수 없다. 온갖 미사여구를 다 갖다 붙여도 도대체 뭘 위한 등산이란 말인가? 그나마 온전한 이는 너와 센터장과 남녀 직원 통틀어 다섯이 전부이다. 윗사람 둘은 휴가로 빠진 상태다.

그러나 센터장은 한 명 한 명에게 직접 참여 여부를 체크한다. 병을 가지고 싶어 가진 것도 아닌 직원들은 업무의 연장이라는 등산 앞에서 죄인이 된다.

죄송한데 저는 지금 면역이 떨어져서 지금 상태로 햇빛 받고 산에 가면……, 저는 아직 허리가 온전치 않아서 등산은 아직 무리라……, 저도 아직 치료 중이라 가파른 데로 올라가서는…….

잠시지만 센터장의 얼굴이 일그러지는 걸 너는 목격한다.

"그래, 알겠어. 그런데 두 사람은 아니더라도 넌 퇴원한 지 한 달이나 됐잖아? 오늘은 간단한 코스로 걷기만 할 거야, 가파른 데는 안 가니까 참석해."

골절을 당했었던 한 부장이 뭐라 말도 못하고 '네'라는 대답을 한다.

제1회 정기 등산이 치러진 날, 너는 비 오듯 땀을 흘리며 산을 올랐다. 휴대폰은 친구들이 올리는 등산 사진으로 쉴 틈 없이 징징 울음을 울었다. 벗들은 만개한 진달래 앞에서 웃고 있었지만 너는 똑같은 진달래 앞에서 쓴웃음을 지어야 했다. 같은 음식을 먹어도 같이 먹는 사람에 따라 맛이 다르다고 했던가? 아무리 좋은 마음을 먹고 원효대사의 해골 물을 떠올려 봐도 뺏긴 주말의 상처는 아물지 않고 벌어지기만 했다.

"날씨 좋고! 이 대리, 이리 나오니까 좋지? 땀도 흘리고……."

센터장이 한마디 던졌을 때 너는 억지로 웃음을 지었다. 하지만 다음 말에는 가슴속 응어리가 울컥 튀어나오는 것 같아 잠시 걸음을 멈추어야 했다.

"이 다음에는 전 직원 다 같이 한라산도 한 번 가자고. 1박 2일로."

너는 단박에 수명이 줄어드는 것을 느꼈다. 담배 세 갑을 몰아 피워도 이 정도는 아니리라고 생각했다. 너는 문득 하늘을 쳐다보았다. 한숨이 새어나오는 건 할 수 없는 일이었다.

센터장이 두 손을 비비더니 주위를 돌아보며 큰소리로 말한다.

"그나저나 점심 메뉴는 뭐로 하지? 백숙? 야, 고 차장. 저번에 회식비 남은 거 있지?"

너는 때 아닌 울컥증을 다시 느낀다. 자신도 모르게 올라간 손에는 놀랐지만 할 말은 하기로 했다.

"저……, 저는 애가 입원해 가지고 점심은 힘들 듯합니다."

단 1초도 안 되는 시간이지만 무거운 정적이 너를 짓누른다.

"뭐? 그럼 오늘 왜 왔어?"

"등산은 같이 하려고 해……."

"현정이 너는?"

센터장이 너의 말을 끊고 김 주임에게 질문을 던진다.

"저도 오늘 점심 약속이 있어 등산만……."

"하아……!"

무게 중심이 뒤틀렸다고 느끼는 순간은 잠시다. 이후엔 디디고 있던 기반이 무너지게 마련이다.

"잠깐만, 전 직원 모두 이쪽으로 모여주세요."

"예, 예?"

"안 들려? 이쪽 소파로 모두 모이라고!"

직원들은 좀비처럼 일어나 서서히 소파 주위로 모이기 시작한다. 소파로 걸어가던 너는 문득 지금의 장면을 어디선가 본 것처럼 느낀다. 8년 전 네 주위를 감싸던 공기, 그리고 피부에 와 닿던 그 무거운 촉감……. 마치 그날의 공기를 캡슐 속에 담았다 이제 뚜껑을 연 듯 너는 똑같은 촉감에 흠칫 놀란다.

그때나 지금이나 바뀐 것은 없구나…….

너는 쓸쓸한 웃음을 지그시 씹으며 센터장 앞 소파에 앉는다.

8년 전 어느 일요일 아침.

너는 출근을 증명하기 위한 절차를 밟는 중이다. 전자출근카드를 꺼내려던 너는 당황해하며 손을 바삐 움직인다. 주머니에 분명 있어야 할 출근카드가 아무리 뒤져도 나오지 않는다.

"아, 진짜 씨……."

욕설이 튀어나오려는데 너의 왼손이 와이셔츠 앞섶에서 카드를 발견한다. 서둘러 단말기에 가져다 대자 삐익! 하는 소리와 함께 AM 8:57이란 시간이 기록된다. 다른 말로 9시 3분 전, 그러니까 출근 시간을 겨우 맞춘 것이다.

교무실로 들어서자 교무주임 혼자 무언가 복사하는 중이다. 무미건조한 인사가 교무실을 잠시 채웠다가 사라진다. 영어 선생의 자리엔 가방만 놓여 있고 수학 선생과 과학 선생의 자리는 아예 비어 있다. 조용한 아니, 중량감 가득한 침묵이 실내 공간을 가득 메우고 있다. 그것은 가슴을 내리누르는 침묵이다. 너는 큰 심호흡으로 심장을 달래다 문득 들려오는 구두 소리에 고개를 돌린다.

원장이다. 일요일 아침부터 웬일일까?

원장이 교무실을 살피더니 인사도 없이 원장실로 들어간다. 교무주임이 시계를 흘깃 살핀다.

정각 9시.

원장실의 문가 틈으로 드러난 책상이 너의 자리를 노려보는 듯하다. 가슴이 이내 끓어오르기 시작한다. 참아보려 했던 흡연 욕구가 폭발한다. 보이지 않는 사슬과 감시망이 더욱 강하게 펼쳐지는 듯하다. 너는 더 이상 견딜 수 없어 담배를 사러 자리에서 일어선다.

평일 저녁마다 교통 대란을 겪는 편의점 앞 교차로는 일요일의 휴식을 취하는지 자동차 두 대를 제외하곤 텅텅 비어 있다. 등산 차림의 중년이 휘파람을 불며 너를 스쳐 지나간다.

편의점에서 너는 영어 선생을 만난다. 아침의 공복을 빵으로 채

우던 그는 원장이 나타났다는 소식에 눈을 크게 뜨고는 뛰어 나간다. 출근카드를 찍지 않은 모양이다. 너는 일요일 오전 속에 얽힌 팽팽한 씨줄과 날줄을 다시 확인한다.

교무실로 다시 돌아가자 책상 위에 둥글레차가 놓여 있다. 교무주임이 올려놓았을 것이다. 평소 커피를 즐기지 않는 너를 파악한 배려이다. 하지만 0.1%의 미소도 나오지 않는다. 원장의 일요 근무 연장을 한 치의 망설임 없이 찬성했던 그녀이다. 평소 오후에 출근하는 학원의 생리상 일요일의 오전 출근은 상당한 피로감을 가져온다는 주장이 있었지만 "우리 학원은 원래 그래 왔어요."라는 말 한마디에 간단히 묵살되고 말았었다. 너는 둥글레차를 바라보며 커피를 마셔야겠다고 생각한다. 오전 출근의 스트레스로 새벽까지 불면증에 시달렸기에 카페인의 힘을 빌려야 한다.

커피를 들고 옥상으로 오르자 주변 풍경이 한눈에 들어온다. 평화로운 일요일의 풍경이지만 넌 심각한 괴리를 느낀다. 며칠 전 너는 이곳에서 바보라 불린 대통령의 죽음에 뒤늦은 울음을 터뜨린 적이 있다. 그때도 너는 담배를 피웠었다. 독하고 알싸한 담배연기가 가슴을 돌다 내뿜어져 나온다. 지극히 적은 위로가 가슴을 매만진다. 너의 가슴은 갑갑하다. 갑갑증은 도무지 가라앉을 생각을 하지 않는다. 담배는 얼마간의 위로와 함께 연기로 사라지지만 현실은 딱히 변한 게 없다. 문득 쳐다본 하늘은 푸르기만 하다.

'왜 이렇게 효율성 없는 소모를 하는가?'라는 질문은 '이래야만 조직을 지켜나갈 수 있다'는 명제를 낳았다. 고용과 피고용, 조직의 상하, 노동자와 사용자 사이에서 끊임없는 대립을 낳은 저 문답은 아직도 세상 구석구석에서 크고 작은 스파크를 일으키곤 한다.

너는 자신이 속한 학원에서 사소한 견해 차이들을 목격하곤 했었다. 일변의 소통이 존재하고 서로간의 이해가 존재한다면 그것은 계속 사소함으로 포장될 수 있을 것이다. 하지만 두 달의 시험 기간 동안 벌어졌던 상명하복의 상황들은 견해 차이를 결코 사소하지 않게 만들어버렸다. 교무실을 보이지 않게 잘 묶고 있던 결연의 끈은 잘근잘근 씹혔고, 각 개인이 베풀 수 있는 사소함의 관용은 이미 으깨어져 버렸다.

너는 너의 자리로 돌아온다. 언제 왔는지 과학 선생이 고개를 숙이고 앉아 있다. 시간은 9시 30분, 학생은 한 명도 나타나지 않는다. 이미 많은 학교의 시험이 끝난 지 오래다. 오전 수업을 듣는 학생은 고작 5명이다. 엘리베이터 소리가 나더니 수학 선생이 열뜬 얼굴로 들어선다. 토요일 밤 예의 불면증에 시달린 듯 피곤이 다 풀리지 않은 모습이다. 그녀는 자리에 앉다 수상한 낌새에 원장실을 흘깃 바라보더니 이내 인상을 구긴다.

"에이씨, 이제 감시까지 하나……."

그녀가 한숨처럼 내뱉는 탄식은 교무실로 나온 원장의 목소리에 묻혀버린다.

"이제 다 온 거지? 지금 몇 시야. 응, 9시 반? 그래, 알았어. 선생님들, 모두 회의실로 모여주세요!"

"모두 모이라고 하는 이유는 내가 불편한 기분이 들어서야. 나도 주말에 시간 빼서 사무실 나온 건데 분위기가 그렇잖아? 이왕 이런 얘기가 나온 김에 솔직하게 얘기를 한 번 해보자. 자, 정기 등산에 대해서 허심탄회하게 얘기를 해보자고. 좋으면 좋다 싫으면 싫다, 아, 등산 왜 가는데요? 해도 되고. 자기 생각을 한 번 얘기해 보라고. 아, 왜들 말이 없어?"

허심탄회…….

너는 이런 상황의 결말이 어떻게 날 것이란 걸 뻔히 알고 있다. 부하 직원이 털어놓은 속마음을 명심(銘心)하는 사람이 있었으면 있었지, 단 한 번도 허심(虛心)하거나 탄회(坦懷)한 직장 상사를 만나본 적은 없다.

그럼에도 불구하고!

너의 가슴이 끓어오른다. 다시 한 번, 그리고 다시 또 한 번 현재의 상황을 곱씹어 본다. 부조리. 너는 현재 처해 있는 상황을 저 세 글자로 요약한다. 그러자 더욱 뜨거워진 가슴은 불 보듯 뻔한 결말을 향해 달려가길 종용한다. 그 달리기의 끝이 철 지난 CF송 가사처럼 '안 되는 줄 알면서 왜 그랬을까?'로 마무리될지라도…….

"지금 당장 전화해서 원장을 부르기로 합시다!"

수학 선생이 휴대폰을 꺼내들며 단호하게 말하자 다른 세 명도 아우성치듯 동의의 뜻을 표했다. 너는 잠시 당황했다. 맥주 한 잔에 원장 욕을 먼저 꺼낸 것은 너였지만 동료 선생들이 이토록 분노

하고 있을지는 몰랐던 것이다. 어슴푸레 짐작하긴 했지만 총대를 멜 사람은 이미 정해져 있었다. 비공식적 강사 노조가 결성됐고 넌 어느새 노조위원장이 되어야 했다.

여섯 달 전 잘려나간 영어 선생의 상황도 지금과 비슷했는데……. 생각이 여기까지 미치자 신음 같은 탄식이 흘러나왔다. 그러나 어쩌겠는가? 잘못된 것은 바로잡아야 하지 않는가? 그러나 널 향해 흘러오는 물살은 너무도 급했다. 말릴 틈도 없이 수학 선생은 전화를 걸었고, 곧 있지 않아 학원장은 빛의 속도로 교무주임과 함께 등장했다.

학원장은 농담 몇 마디로 분위기를 가늠하더니 사태의 심각성을 파악했다. 그러고는 예의 그렇듯 '허심탄회'의 시간을 제의했다. 몇몇 선생의 발언이 지나가고 너의 차례가 오자 너는 양쪽의 기대를 한 몸에 받는 것을 느낀다. 그리고 너는 두 저울추 중 한쪽을 선택해야 함을 잘 알고 있다.

센터장은 각자의 발언권을 골고루 분배했다. 아니, 그것은 권리가 아닌 의무이다. 일방적인 지적에 사람들은 다물고 있던 입을 열어야 했다.

한 사람이 등산에 찬성합니다, 라고 말했다. 지금은 안 좋지만 몸만 나으면 언제든 더 열심히 할 수 있다고도 했다. 벙 찐 표정의 직원들을 쳐다보던 센터장은 그런 얘기 말고 반대 의견은 없냐며 다음 사람에게 바통을 넘겼다. 지적받은 이는 잠시 망설이다 등산을 두 달에 한 번씩 하면 어떠냐고 했다. 꼭 등산 말고 다른 걸 할 수 없느냐고도 했다. 말의 물꼬가 살짝 트인 셈이었다. 그러자 한 사람이 용기를 내어 솔직히 주말을 바라보고 일하는데 조금 힘든 부분이 있다고 했다. 또 한 사람은 잡힌 날짜에서 다른 일정이 있으면 등산을 취소하지 않고 다음 주로 계속 미루다 보니 항상 쫓기는 느낌이란 얘기도 했다.

너는 센터장의 얼굴이 점점 불편해지는 걸 바라본다.

"다음은 누구야, 이 대리? 하고 싶은 말 해봐."

뛰던 가슴이 조용히 가라앉는 것을 느낀다. 뜨거운 열기가 혈관 사이를 비집고 돌아다녔지만 어느새 너는 그것조차 제어하고 있는 중이다. 냉철해진 너는 가슴속 어딘가의 하하하……, 넋 나간 웃음소리마저 감당한다. 정신이 맑다. 너는 센터장의 눈을 바라보며 입을 뗀다.

"어제 노동부 장관을 새로 임명하기 위한 국회 청문회 소식을 들었습니다. 새로 부임할 노동부 장관이 이런 말을 했다고 하더군요. 이제 우리나라에서 업무로 인해 개인의 휴식이 박탈되고 가족과 함께하는 시간을 뺏는 일은 사라져야 한다고 말입니다."

너는 사무실의 체감 온도가 영하를 향해 치닫는 것을 느낀다. 모두 바위라도 된 듯 정지된 모습이다. 너는 하하하……, 웃음소리가 커지는 걸 느끼며 다음 얘기를 잇는다.

"저는 이 이야기가 우리 센터에서도 적용되는 이야기라 생각합니다. 우리 센터 직원들은 평소 각자 업무에서 사명감을 가지고 일하고 있습니다. 업무 능력이 떨어진다는 평이 있을지는 몰라도 모두 최선을 다하고 있다는 말입니다. 그런 의미에서 직원들의 휴식은 더 양질의 업무 능력을 위한 것입니다. 그런데 업무의 연장이라고 말씀하신 등산이 도리어 평소 업무에까지 영향을 끼치는 점도 있다는 점을 알아주셨으면 합니다……."

　너는 두 달간 휴일 없이 달려온 선생들의 피로감을 대변했다. 아무리 시험 기간이라 할지라도 토·일 9시 출근이 얼마나 비합리적인 것인가도 설명했다. 그리고 거기에 더해 선생들이 주말 수업에 매달리는 동안 학원장이 가족과 함께 여행 삼아 다녀왔다는 죽은 대통령의 노제에 대해서도 언급했다. 그것은 사실 건드리지 말아야 할 부분이었다. 평소 자신이 얼마나 진보적인 생각을 가지고 있는가를 강조해 왔던 원장이었다. 진보 흉내 내지 말고 당장 눈앞의 실천이나 제대로 하라는 너의 메시지를 눈치 채지 못할 리가 없다. 원장의 얼굴이 붉으락푸르락 하는 걸 느끼며 넌 잠깐의 후회를 했었다.
　고개만 잠깐 숙이면 폭풍의 순간은 지나갈 것이고, 또 하루 살아 낼 수 있을 것인데…….
　그로부터 한 달 뒤 너는 원장과의 술자리에서 퇴직 권고를 들어야 했다.

　"제일 먼저 나는 이 대리 네 말에는 반대다!"

센터장은 허심탄회의 시간이 끝난 뒤 잠시 숨을 고르더니 이글거리는 눈으로 너를 지적한다.

"뭐? 노동부 장관? 그 씨발년이 뭐라고 씨부려댔는지 모르지만, 업무로 인해 개인의 시간 운운하는 게 우리하고 맞다고 생각해?"

센터장의 욕설이 터져나온다. 너는 그 욕설을 뒤집어쓰며 너의 반론이 가지고 올 파장을 온몸으로 맞이한다.

"너희들 똑바로 알아. 여긴 회사가 아니야, 봉사센터라고! 영리를 추구하는 일반 회사가 아니란 말이야. 우리가 뭘 어떻게 해야 사람들에게 편의를 제공해 줄 수 있을까 끊임없이 고민하면서 사명감을 가지고 봉사하는 게 우리 업무야. 그냥 저냥 대충 와서 시간만 때우다가 월급 받아가는 데가 아니라고! 집행부 직원 너희들이 착각하는 게 있는데 너희들 토요일 출근은 센터 근무요강에 명시돼 있어. 그걸 직원들 연차, 월차 개념으로 격주로 쉬게 해주는 거야. 그리고 직원들 챙기려는 개념에서 연차비도 지급되는 거라고. 그렇게 생각할 거면 연차비 받지 말고 토요일에 안 나오면 돼!"

이 와중에 너는 '그래, 그거 안 받고 안 나올게……'라며 속으로 중얼거린다. 그러고는 곧 중얼거린 말과 현실의 괴리를 깨닫고 한숨을 작게 내쉰다.

'내가 왜 여기에서 고개 숙이고 있는가? 달마다 통장에 찍히는 월급의 숫자가 달콤해서? 그래, 그 유혹을 뿌리치지 못해서가 아닌가?'

너는 결국 조직의 일원으로 여기에 앉아 있다. 그리고 그 조직을 위해 움직이고 그 대가를 받는다. 조직을 우선하는 것이 직장의 방향이라면 네가 몸을 담고 있는 동안은 그 논리에 따라……

아니다!

너는 지그시 이를 악문다. 봉사센터라는 조직이 가져야 할 사명감은 분명 존재한다. 하물며 그 조직을 움직이는 집행부의 사명감은 아무리 강조해도 지나치지 않다. 하지만 조직의 논리가 중요하다 해도 그 조직을 구성하는 개개인의 권리를 무시할 순 없는 법이다. 설혹 근무요강이 그렇다 하더라도 잠정돼 있던 구성원의 권리를 편의에 맞추어 줬다 뺏었다 한다면 그 또한 문제가 아닌가. 인간의 조직은 기계의 시스템과 분명 다르다.

센터장의 목소리가 높아진다.

"조직이란 곳이 만만해 보여? 우리 모두 여기서 월급 받는 사람들이야. 조직이 굴러가려면 각자가 자기 맡은 바 소임만 다 하면 되는 게 아니야. 옆도 쳐다보면서 서로 부족한 부분을 도와주고 자기가 모자라면 도움 받고 그러면서 하나의 목표로 같이 가는 거란 말이야. 그런데 너희가 그렇게 하고 있어? 에라 씨발, 딴 사람은 뭘 하든지 말든지! 전부 자기 일만 중요하고 남의 일은 신경도 안 쓰잖아? 자, 너희들 잘 들어. 아무 의미도 없이 그냥 등산하자고 하는 거야? 서로간의 협동 정신도 기르고 새로 입사할 때의 정신으로 멤버십을 다지자는 거야. 한 달에 한 번이야, 한 달에 한 번! 센터장이 나서서 지시하는데 이마저도 안 되면 이게 조직이야? 엉?"

조직의 논리……. 우두머리 한두 사람이 가진 절대적 신념은 위험한 것이다. 제 아무리 선의의 신념이라 할지라도 어떠한 협의도 없는 강요의 형식을 띠기 때문이다. 그리고 그 신념이 조직의 상하 체계에서 힘을 발휘한다면 그 속에 속한 개인의 권리는 철저히 무시당하기 십상이다. 조직을 위한 업무수행과 조직을 위한 애정은 분명 다르다. 권리를 무시당한 개인들로 이루어진 조직이 제대로 된 역할을 담당할 수 있을까? 과연 그것이 그토록 소중히 여기는 조직을 위한 것일까? 왜 희생을 요구하는 방식만이 조직을 우선하는 방식이라는 생각을 벗어나지 못하는가?

"나는 도저히 불편해서 오늘 등산 못 가겠어. 할 말 다 했으니 직원들 모두 마무리하고 퇴근해!"

센터장의 선언에 직원들은 서로 얼굴만 바라볼 뿐이다.

"세, 센터장님이 퇴근하라 하시면 저희가 도리어 불편해서……."

"너희도 같이 불편해 봐야 할 거 아냐?"

"하하……, 센터장님 또 왜 이러십니까?"

진담 같은 농담들이 굳은 웃음 속으로 흘러간다. 너도 억지로 그 굳은 웃음에 동참하는데 아까부터 울려오던 하하하……, 웃음소리가 다시 네 속을 헤집는다. 너의 얼굴이 벌겋게 상기된다.

"이 대리, 안 들려? 말 세게 하더니 정신을 못 차리네."

어느새 센터장이 나갔는지 직원들의 대화가 오고 간다.

"말 시원하게 한 건 좋은데 센터장 뒤끝 있는데 괜찮겠어?"

"그러게 허심탄회하게 말하란다고 할 말 다하면 어떡해?"

"아니, 그러면 다음부터 등산 완전히 없어지는 겁니까?"

"설마 그러겠어? 하여간 우리는 월요일부터 죽었다 봐야지."

"그런데……, 이봐 이 대리, 괜찮아? 얼굴이 왜 그래?"

"괘, 괜찮습니다."

너는 애써 밝은 표정을 짓는다. 하지만 잊고 있던 기억들이 스멀스멀 살아나 너를 부끄럽게 만든다. 하하하, 하하하……! 경멸 섞인 비웃음이 사방에서 울린다. 너는 정신 차릴 새 없이 10년 전의 시간으로 빨려 들어간다.

너는 신설 보습학원의 교무실장으로 근무했었다.

이제 갓 30대를 넘겼던 너는 제법 패기만만했었다. 원장의 지시를 받기는 했지만 교무실 선생님들의 수업과 업무를 총괄 담당했고 신설 학원의 성공을 위해 모든 걸 바쳤었다.

너는 5명의 강사들과 매일 회의를 했다.

"이제 신설한 학원입니다. 학생들이 늘기 위해서는 선생님들이 조금씩 더 수고해 주셔야 합니다. 학부모들에게는 빠짐없이 상담 전화를 해주시고, 아직 수업들이 다 안 찼으니 수업 외 보충수업을 철저히 해주십시오."

학원의 발전이 너의 성공이라 여길 때였다. 만약 회의에서 의견이 어긋나는 부분이 있다면 너는 선생을 따로 불러 학원이 가야 할 길을 재차 강조하곤 했다.

그러나 너와 의견이 맞지 않는 사람도 있게 마련이었다. 원장이 뽑은 영어 선생은 둘이었다. 한 명은 수업도 무난하고 지시에 잘 따르는 편이었는데, 또 한 명은 사회생활에 영 젬병인 사람이었다. 그녀는 새로 들어온 학생들에게 보충수업을 해주라는 말을 어기고 성적이 열등한 학생 하나만 끌어안고 보충을 하곤 했다. 너는 몇 번이고 지적했지만 그녀는 지시를 어기곤 했다. 학원의 입장은 아랑곳없이 학생의 입장과 교육자의 태도만을 주장하던 그녀에게 너는 이렇게 말했었다.

"선생님, 여긴 학교가 아닙니다. 학원이라고요."

"어쨌든 학원도 교육기관 아니에요? 새로 온 애들은 반에서 1~2등 하는 아이들이에요. 정작 보충이 필요한 아이한테 수업하는 게 뭐가 잘못됐죠?"

틀린 말은 아니었지만 너는 속에서 불이 났다.

"머리가 나빠서 집에서도 포기한 열등생이야. 그 한 명에만 붙어 있으려면 차라리 과외를 하지 그래요? 걔는 수업료도 반밖에 안 낸단 말이야!"

너는 속으로 몇 번이고 이런 말을 외쳤는지 모른다.

누구는 참교육을 몰라서 이러고 있느냐고, 다시 말하지만 여긴 학원, 그것도 학생들을 모으고 있는 신설 학원이라고 몇 번을 말해도 의견은 좁혀질 생각을 하지 않았다.

며칠 뒤 원장이 너를 불러 신입생 영어 보충은 왜 하지 않느냐고 물었다. 너는 잠시 망설였다. 사실대로 말했다간 한 달도 안 된 선생이 잘릴 수도 있을 것이다. 그러나 너는 결국 있는 그대로를 이야기했다. 심지어 너의 난감했던 입장까지 설명해 가면서…….

퇴근 후 원장에게서 전화가 왔다. 영어 선생에게 해고 통지를 하든지 계속 가든지 교무실장이 결정하라는 얘기였다. 너는 차에서 한 시간을 고민하다 영어 선생에게 해고 통지를 했다.

"어떻게……, 어떻게 이런 얘기를 전화 통화로 할 수가 있죠?"

그녀는 이런 질문을 하고 전화를 끊었다.

너는 담배를 피워 물었다.

이 학원에 오기 3년 전 자신도 비슷한 경우를 당한 적이 있었다. 자기 옆에 앉았던 과학 선생이 퇴근 5분을 남겨두고 잘려나가는 걸 두 눈으로 지켜봤던 것이다. 심지어 그 학원의 원장과 실장들은 선생들의 동요를 막기 위해 그날 다 같이 회식을 열었었다. 물론 해고당한 과학 선생은 제외하고서.

그날 회식에서 약간의 반항기를 보이긴 했지만, 너는 '이건 정말 잘못된 것 아닙니까?'란 말은 하지 못하고 소주만 삼키고 말았다. 동틀 무렵 비틀거리며 귀가하던 너는 결국 길가에 주저앉아 엉엉 울고 말았었다. 그때 너는 오바이트 하듯 쏟아지는 눈물을 닦으며 너의 비겁함과 너의 무력함과 세상의 부조리가 모두 담긴 것이라 여겼었다.

그런데……, 너는 3년 후 한 선생에게 해고 통지를 했다. 그것도 전화 한 통으로, 그것도 자신이 결정해서, 그것도 원장이 해고를 결심하도록 유도하는 치밀함까지 갖추고서.

"학원이 살아야 내가 산다. 학원이 살아야 내가 산다. 학원이 살아야⋯⋯."

새로 붙여지는 담뱃불과 연기 사이로 너의 중얼거림은 반복해서 흘러나왔었다.

퇴근길의 버스.

너는 자신에게 몰려왔던 부끄러움을 곰곰이 씹어본다. 시간이 지날수록 옅어지는 건 당시의 욕망과 관계들이다. 하지만 내밀하게 다가왔던 부끄러움은 이렇듯 생생하게 되살아나곤 한다.

"그래서 어쩌라고?"

너는 먹고 살기 위해 고개 숙이는 것만으로도 삶은 벅차다며 애써 변명한다. 불편한 부끄러움을 떨치려 고개를 흔들자 현실이란 괴물이 기다렸다는 듯 달려든다.

"차라리 시키는 대로 가만히 있든지⋯⋯."

으르렁 아가리를 벌리고 한 입 물어뜯자 뻐근한 두통이 네 머릿속에 가득 퍼진다. 거울을 보지 않아도 충혈됐을 게 뻔한 눈을 몇 번 껌뻑인다. 앙상히 뼈만 남은 반항심으로 너는 뱉듯이 중얼거린다.

"그래도 할 말은 하고 살아야 될 거 아냐? 그것도 못하면 죽는 게 낫지⋯⋯."

그러나 입안의 중얼거림은 불안의 외침을 이겨내지 못한다.

때려치우면 어쩔 거야? 이제 어쩔 거야? 앞으로는 어쩔 거야?

밀려오는 후회와 불안이 두통과 함께 너의 목을 죄어 온다. 너는 탈출하는 심정으로 하늘을 쳐다본다. 흰 구름과 태양이 푸른 바탕에 걸쳐져 눈부신 풍경을 선사한다. 너는 고개를 숙이지 않는다.

꿈…….

너는 먼지 가득한 뚜껑이 열리는 걸 느낀다. 목청껏 노래를 부르며 걷던 드넓은 들판이 펼쳐진다. 어느 절벽에서 바라보았던 동해안의 수평선이 눈앞에 있는 듯 너는 눈을 잠시 감는다. 그리고 이유를 알 수 없는 뜨거움이 눈시울을 데우는 걸 느낀다.

너는 대체 무엇을 위해 살고 있는가!

카톡!

문득 울리는 휴대폰의 알림음이 너를 현실로 소환한다. 가끔씩 눈으로 확인하지 않아도 알 수 있는 일들이 있다. 단체 채팅방에 올라온 메시지를 너는 천천히 읽어본다.

「공지」

봉사센터 집행부 산행 일정은 매월 첫째 주 토요일에 실시합니다.

이제부터 부득이 다른 일정과 중복되거나 사정이 있는 경우에는 다음 월로 순연됩니다.

다음 산행은 0월 0일이오니 빠짐없이…….

가슴이 끓어오르는 건 할 수 없는 노릇이다. 너의 입에서 한숨이 새어나온다.

"하아……."

욕설을 씹어 뱉든, 입을 다물든, 아니면 잊었었던 말을 하든……, 그것은 너의 선택이다. 햇살이 쏟아지는 버스 창가로 먼지가 떠다닌다. 너는 심호흡을 크게 한 번 하고 창문을 연다. 바람이 불어 들어와 먼지와 함께 들뜬 열기를 휘감고 지나간다.

썩은 다리

세 번의 웃음

어머니 졸업장 찾기

날이 갈수록 학생 수가 줄어드는 지금, 멀쩡히 있던 학교가 폐교되고 다른 학교와 합쳐지는 경우를 목격하곤 한다. 학교가 사라진 자리엔 아파트나 고층 빌딩, 또는 무언가 새로운 것이 들어설 것이지만 그곳에서 공부하고 뛰어놀았던 사람들의 추억은 구체적 공간을 상실한 채 어떻게 변해 가는 것일까? 없어진 학교는 그렇게 기억만으로 남아 더 아련해지고 헛헛해지기 십상이다.

얼마 전 가족들과 명절을 보내던 중 어머니께서 초등학교 졸업장을 받지 못한 것이 화제가 돼 이야기꽃을 피운 적이 있었다. 덕분에 장남인 나는 '어머니 졸업장 찾기 위원장'이 되어야 했는데……, 어찌된 영문인지 졸업장 찾기의 실무는 점점 산으로 산으로 올라가기만 했다. 나는 제일 먼저 관련 지역 교육청에 전화를 걸어 졸업장을 다시 받을 수 있는지 문의부터 했다. 하지만 공공기관에 전화를 해 문의한다는 게 다 그렇듯이, 제대로 된 담당 부서와 담당자에게 연결되는 데에만 대체 몇 사람을 거쳤는지 모를 일이었다. 게다가 어머니가 나온 학교는 분명 부산 범천동에 있는 '신창국민학교'라는데 담당자는 그런 자료조차 없다고 잡아떼니 갑갑하기만 했었다. 어머니의 기억마저 의심해야 할 지경에 이르자 오기가 생긴 나는 인터넷과 자료를 뒤지고 뒤져서 신창국민학교의 흔적을 결국 찾아냈다. 그 내용은 이러했다.

'釜山(부산)에 火災(화재) 凡川洞(범천동)서, 米倉倉庫四棟(미창창고사동)도 전소……. 四九一(사백구십일) 명(名) 九九(구십구) 가구의 이재민을 냈다. 이재민을 인근 新昌(신창)국민학교와 平和村(평화촌) 敬老堂(경로당)에 분산 수용하였으며……「동아일보」, 1963년 2월 27일.'

분명 신창국민학교가 존재했다는 사실이 밝혀지는 순간이었다. 지역 교육청 담당자에게 다시 전화를 해 따져들던 나는 결국 항복을 받아내어 부산교육청의 기록 담당자와 연결되는 쾌거를 이룰 수 있었다. 하지만 그쪽 담당자도 난색을 표하긴 마찬가지.

다행히 그 담당자는 꼭 조사해 보겠다며 약속을 했고, 며칠 뒤 전화를 해 새로운 사실을 알려왔다. 벌써 몇 십 년 전에 신창국민학교는 다른 학교에 흡수되었고, 그 학교마저 현재는 성동초등학교와 합쳐졌다는 것이었다. 게다가 어머니께서 학교를 다니실 무렵의 신창국민학교는 신창공민학교가 국민학교로 개칭되던 시점이라 입학과 졸업 문서가 폐기되었을 가능성이 높다고 했다. 그리고 졸업생이나 여러 자료들은 이미 남아 있지 않고, 신창공민학교의 졸업장과 명부를 부분 발견했지만 그것은 교육청 자료가 아닌, 지하 박물관의 사료라서 함부로 꺼내볼 수 없다는 것이었다. 나는 잠시 말을 잊었었다. 황당해하며 더 따져들기보다 '그래, 그렇겠지…….'라는 포기 섞인 한숨이 먼저 나왔기 때문이었다. 심지어 '자료'가 '사료'가 된 상황……. 그렇게 어머니의 졸업장 찾기는 수포로 돌아갔고, 어머니의 학창 시절은 더욱 아련한 추억으로 남게 되었던 사실.

그런데 누군가의 추억이란 전혀 다른 경우임에도 불구하고, 자신의 추억과 비슷한 이미지를 불러오는 습성이 있는가 보다. 어머니의 모교가 이리저리 바뀌는 과정을 들으며 나는 잊고 있던 어린 시절의 흩어진 조각들을 이리저리 맞추고 있었으니…….

부산 남구의 대연동과 문현동, 그리고 우암동을 연결하는 높은 고개엔 지금도 군부대가 있어 사람들은 이곳을 '포부대'라고 부른다. 고개 밑으로는 지게골 또는 새마을이라 불리는 문현동 끝자락이 있고, 조금 더 가면 대연 2동의 신정 시장이 있고, 조금만 더 가면 천지동, 또는 동네마당이라 불리는 곳이 있으며, 반대편 우암동 쪽으로는 5부두가 펼쳐져 있다. 그 세 곳의 중심에는 우룡산이란 작은 산이 자리 잡고 있는데 포부대와 우룡산 사이에는 작은 초등학교가 하나 있다. 학교의 이름은 신연초등학교. 신연초등학교는

1983년 새로 생긴 학교로 그 시작이 좀 특이했다. 먼저 인근에 위치한 초등학교의 학생들 중 신연초등학교의 구역 주소에 해당되는 학생들을 선별했다. 그러고는 아예 반을 따로 만들어 수업을 했고, 학교 건물이 완공된 뒤 단체로 학생 전체를 이전하는 방식으로 학교를 세웠다.

어른들의 계획에 따라 학생들이 움직이는 거야 당연하지만, 몇 년간 같은 학교에서 친구, 형, 언니, 동생으로 지내던 수백 명의 학생들이 생이별하게 되었던 셈이니……, 그 속에는 꽤 많은 눈물들이 숨겨져 있었으리라. 온 국민의 군대화를 실천하던 1980년대 초반의 시절이니 아이들의 심정 따위야 신경이나 썼겠는가? 다만 지금도 그때 겪었던 섭섭함이 가슴을 적실 때가 있으니 그 아린 생채기는 어디에서 보상받을 수 있을까?

페스탈로치는 아이들이 전학하며 겪는 어려움에 대해 이런 말을 했다고 전해진다.

"전학하는 것은 아이들이 새로 태어나는 것이다."

포부대 특공대

공사로 가파르게 깎여버려 흉하게 된 언덕 끝에서 똥천강파 5명이 당당히 줄지어 섰다. 바람은 세차게 불었지만 우리들의 얼굴은 무척 늠름했다.

"야, 여기서 뛰이내리면 맹세 되겠나?"

성칠이 한마디 하자 종도와 철수가 어깃장을 놓았다.

"뭐라 하노? 여어서 뛰이내리면 죽는다. 철수, 맞제?"

"그래, 각도로 치면 20도도 안 된다. 이거는 자살이다!"

성칠이 픽 웃더니 덕남이 형과 눈을 마주쳤다. 형은 무심한 표정으로 잠시 생각하더니 대뜸 내 쪽으로 고개를 돌렸다. 그러자 성칠이 내 어깨를 툭 쳤다.

"꼭 맹세할 필요는 없다. 병욱이 니가 안 하면 우리도 안 한다."

종도와 철수, 성칠, 그리고 덕남이 형이 내 입을 주목했다. 갑자기 모든 결정권을 쥔 나는 약간 긴장한 채, 고개를 쭉 내밀어 아래를 내려다보았다. 철수가 분석한 20도보다 완만했지만 아찔하기는 마찬가지였다. 불과 석 달 전만 해도 계단식 논과 밭들이 가득하던 언덕은 이제 포클레인에 파헤쳐져 휑한 절벽으로 바뀌어 있었다. 파헤쳐진 땅에는 새로운 학교가 들어선다고 했다. 그러면 이 학교로 옮기게 될 성칠과의 사이도 언덕처럼 파헤쳐져 점점 멀어질 것이다. 갑자기 몰려오는 갑갑증에 나는 숨을 크게 들이마셨다. 고개를 들자 언덕 밑의 탁 트인 풍경이 한눈에 들어왔다. 넓게 이어진 우암동의 공장과 집, 도로……, 그 끝으로는 감만 부두와 바다가 펼쳐졌다. 부두에는 비행기가 오르내린다는 미국 항공모함이 정박해 그 위용을 자랑했다.

"우짤끼데?"

종도와 철수가 동시에 나를 재촉했다. 가뭄이라 그런지 바람이

불 때마다 발밑 절벽엔 흙먼지가 일었다. 언덕의 흙은 누렇고 붉었지만 분명 바위나 돌 따위는 없었다. 문득 멀리 감만 부두의 항공모함이 무척 가까운 듯 느껴졌다. 당장이라도 뛰어내리면 항공모함의 비행기 위에 털썩 떨어질 듯한 기분이 들었다. 난 고개를 원상복구 시키고 오른손을 쭉 뻗으며 큰소리로 외쳤다.

"전부 다 총공격억!"

내 외침이 끝나기도 전에 성칠이 종도의 엉덩이를 무릎으로 슬쩍 밀었다.

"어, 어? 어!"

팔을 내젓던 종도가 장렬하게 선봉대로 뛰어내렸다. "성칠이, 이 개새끼야아아아." 하는 소리가 점점 멀어졌다.

"소, 손대지 마라. 내 발로 간다아아아!"

얼굴이 하얗게 질린 철수는 머리를 쥐고 괴로워하다 결국 스스로 자폭을 해버렸다. 철수까지 처리한 성칠이 나와 눈을 마주치며 소리쳤다.

"하나 둘 셋!"

성칠은 이내 20도 내지 30도의 절벽 밑으로 사라졌다. 덕남이 형은 언제 뛰어내렸는지 벌써 절벽 중턱에서 몸을 굴리는 중이었다. '휘이잉' 하는 바람만 불어올 뿐 언덕 위는 조용했다. 이제 나도 총공격에 동참할 때였다. 만화 「미래소년 코난」에서 코난과 포비가 처음 만나 달리기하던 장면이 생각났다. 나도 그렇게 멋들어지게 뛰어내려야지……

"후우우!"

뒤로 물러섰던 나는 숨을 크게 내쉬고 목표 지점을 향해 달리기 시작했다. 세상의 끝은 금방 다가왔다. 오른발은 힘차게 땅을 박찼고, 내 몸은 감만동과 영도 사이의 하늘을 향해 한껏 솟아올랐다. 지금도 거칠 것 없이 펼쳐졌던 허공의 맛은 내 뇌리에 깊게 박혀 잊히지 않는다.

눈부신 햇빛, 논밭, 도로, 공장, 부두, 바다, 항공모함……, 그리고 '쉭쉭' 귀를 스치는 추락의 소리!

"우와아아아아아!"

나의 고함소리는 이내 바람 소리에 묻혀버렸다. 착지하는 발밑의 흙무더기는 사방으로 파편을 튀기며 무너져 내리기 시작했다. 아무리 발을 재빠르게 놀려도 뛰는 발은 중력의 속도를 이길 수 없었다. 몸이 거꾸로 뒤집히고 놀이기구를 탄 양 세상이 팽그르르 돌았다. 멈추려고 애를 써봤지만 이미 속도를 감당할 수 없는 형편이었다. 어지럼증이 엄습하는 가운데서도 어머니의 화난 얼굴이 슬쩍 스쳐지나갔다.

'옷 다 버렸다…….'

그러나 걱정은 잠시.

아, 어지러운데 걱정되는데……, 그런데……, 재밌다. 헤헤헤. 아, 어지러워. 그래도 재밌긴 재밌다. 흐흥! 코난, 포비보다 내가 멋졌지? 그리고 코난 노래는 '하모니카 박차고'가 아니라, '땅을 힘껏 박차고'란 말이다……! 아이고, 어지러워라. 그러고 보니 성칠이하고 처음 만났을 때도 정신없이 달렸었지. 성철이가 전학 안 가면 좋겠는데……. 광래 형도 광수 형도 생각난다. 형들! 외삼촌하고 썩은 다리 건너갈 때 내가 얼마나 불렀는지 알아? 형들은 지금 대체 어디 있는 거야? 왜 좋은 친구들은 이렇게 전부 떠나는 거지? 그런데, 그런데 왜 자꾸 이렇게 눈이 감기는 걸까……?

성철이 합류 — 하나

동천강의 홍수로 광래, 광수 형이 떠난 이후 우리 똥천강파는 기운이 쭉 빠져 있는 상태였다. 형들과 연락할 방법은 도무지 없었다. 용기를 내어 광래, 광수 형의 담임선생님께 이사 간 곳을 물어봤지만 전학 절차조차 밟지 않았다는 말만 들었을 뿐이었다. 종도는 두 형의 소식을 듣자마자 대뜸 이렇게 반응했다.

"인마, 니는 내한테 먼저 말을 하지. 뭐했노?"

탓하는 말투에 답이 곱게 나갈 리 없었다.

"그때 급하게 가는 거를 우째 말리노? 시간이 없었다 안 하나?"

"그래도 인사도 못하고 이기 말이 되나?"

"말했다 치도 니는 뭐 별 수 있나? 니가 뭐 우쨌을 낀데?"

투닥거리는 우리 둘의 어깨에 덕남이 형의 손이 올라왔다.

"그, 그만해라."

형의 목소리가 떨렸다. 무던해도 마음은 여린 형이었다. 종도가 뭐라고 더 말하려는데 난데없이 울음 섞인 목소리가 터져나왔다.

"내, 내가 광래 행님한테 우리 집 오뎅 갖다 준다 했는데……."

"……."

"으허헉! 광래 행님, 으허헉!"

눈물 콧물 다 쏟을 준비를 마쳤었는지 철수는 곧바로 통곡의 수준까지 슬픔을 끌어올렸다. 처음엔 울컥하는 마음이 들었으나 너무 심하게 울어 젖히니 도리어 눈물이 쏙 들어가 버렸다. 종도나 덕남이 형도 마찬가지였는지 멍하니 철수만 바라보며 한숨을 쉬었다. 우리의 이별식은 그렇게 마무리되는 듯했다. 하지만 예의 그렇듯 그냥 넘어가는 법은 없었다.

내 귓가에 '쉬익' 하는 소리가 나는가 싶더니 '퍽!' 소리와 "아이고!" 소리가 동시에 튀어나오면서 사건은 시작됐다. 놀라서 돌아보자 철수가 얼굴을 감싸고 씨름장 모래에 나뒹구는 중이었다. 운동장 가운데서 날아온 축구공이 철수의 얼굴을 정통으로 맞히고는 화단으로 슬그머니 굴러갔다.

"뭐꼬? 어떤 새끼고?"

종도가 소리를 높이며 고개를 돌리다가 공을 쫓아 달려오는 몇몇을 보더니 목소리를 슬그머니 낮췄다. 땀에 젖어 다가오는 범인들은 6학년들이었다. 그중 하나는 키가 워낙 커서 나도 이름을 알고 있는 6학년이었다. 말하자면 우리 학교 '통'인 원국이 패거리가 우리들 앞에 나타난 것이다. 다가온 패들 중 하나가 철수를 흘깃 보더니 손가락질 하며 피식 웃었다.

"인마 이거 제대로 맞았네."

아직도 머리를 싸매고 있는 철수를 살피던 덕남이 형이 그 소리를 듣고 벌떡 일어났다. 평소에 보이지 않던 눈빛이었다.

"미, 미안하다는 말은 하지요."

덩치로는 밀리지 않는 덕남이 형의 말에 웃고 있던 패거리의 웃음이 싹 거둬졌다. 하지만 저쪽은 학교 통을 포함한 6학년 다섯 명이었다. 심상찮은 분위기에 종도가 얼른 앞을 막아섰다.

"해, 행님. 원국이 행님, 내 알제? 그라니까 방금 핸 말은……."

"마, 조또. 야아들 너거 동네 아아들이가?"

"그, 그런데……."

"운동장에서 놀다 보면 공 잘못 찰 수도 있지, 니 아까 뭐라 했노?"

"어? 뭐, 뭐라 했는데……."

"마! 공 찬 게 어떤 새끼냐고 했다 아이가?"

옆에 섰던 다른 6학년이 씹듯이 내뱉자 종도의 얼굴은 사색이 되었다.

"조또, 니 전에 내가 조심해라 했제? 걸리면 직인다고."

상황이 이상하게 흘러갔다. 철수의 얼굴을 문지르던 나도 심상찮은 느낌에 얼른 일어났다. 철수의 얼굴은 보기 흉할 정도로 점점 달아올랐다.

"점마 저기 가시나처럼 질질 짜다가 공도 못 피한 거지. 운동장에서 축구도 못하냐고?"

철수를 손가락질 한 손이 이내 종도의 가슴을 세게 밀쳤다. 괜한 시비였다. 철수가 울고 있는 것까지 알았다면 일부러 철수를 맞혔을 수도 있다는 얘기였다. 덕남이 형이 더 참지 못하고 앞으로 나서려 했지만 나는 형의 옷자락을 꽉 잡고 놓지 않았다.

"행님아, 참아라. 저 아이들 6학년……, 어어?"

말을 채 잇지 못한 이유는 또 한 번 내 귓가에 '쉬익' 소리가 지나갔기 때문이었다. 동시에 "우와악!" 하는 비명 소리도 또 한 번 터져나왔다.

"아야! 아아아!"

학교 통이 얼굴을 감싸고 뒤로 덜렁 넘어갔고, 그 발밑에는 언뜻 봐도 딴딴해 보이는 중큐 야구공이 스르르 흘러갔다.

"아아, 제대로 맞았네. 미안, 미안! 괜찮나?"

어디서 나타났는지 글러브를 낀 낯선 아이가 학교 통에게 달려들어 상태를 살폈다. 원국이 형은 충격이 셌는지 눈을 감싸고 데굴데굴 굴러대고 있었다. 갑자기 벌어진 일에 정신을 못 차리던 주위의 6학년 중 하나가 야구공을 주워들더니 험악하게 외쳤다.

"인마, 미쳤나? 학교 운동장에서 중큐를 던지는 새끼가 어딨노?"

"아, 운동장에서 놀다 보면 공 잘못 날아갈 수도 있지."

"뭐어? 이 자슥이……!"

보기에도 야무지게 보이는 녀석은 6학년들에게 둘러싸여도 전혀 꿀리지 않고 맞받아치고 있었다.

"크큭!"

그때 어디선가 웃음소리가 터져나왔다. 주변이 갑자기 조용해진 것 같았다. 각자만의 웃음 코드라는 게 있다. 그리고 절대 웃으면 안 되는 상황이란 게 있다. 문제는 그때의 상황과 나의 웃음 코드가 절묘하게 맞아 떨어진 데 있었다.

"……."

주먹을 움켜쥐던 6학년이 고개를 돌렸다. 그 6학년뿐만 아니라 모두가 뒤를 돌아보았다. 덕남이 형 뒤로 아무리 숨어봤자 소용이 없었다. 덕남이 형마저 나를 내려보고 있었으니까…….

웃음에 흥분한 6학년들이 모두 고함을 지르기 시작했다.

"마! 니 방금 웃었나?"

"이 새끼들 전부 미쳤구마!"

하지만 글러브는 태연하게 손을 들더니 대뜸 큰소리로 외쳤다.

"저기요! 쌤요! 여기 다친 아아가 두 명이나 있어요! 빨리요!"

아까는 분명 없었는데 글러브가 소리친 쪽에는 누가 데려다놓은 듯이 선생님 한 분이 서 있었다. 호랑이 선생님하고 똑같이 생긴 6학년 담임선생님 중 한 분이었다. 발광하던 6학년들은 '어?' 하는 표정으로 서로 눈빛을 교환했다. 선생님은 쓰러져 있는 두 명을 발견하고 급하게 이쪽으로 달려왔다.

"뭐꼬, 야아들 와 이라노?"

"야아는 야아가 찬 공에 맞고, 야아는 방금 날아온 공에 맞았습니더."

"엉? 그게 무슨 소리고?"

"하나는 울다가 축구공에 맞고, 하나는 깡패짓 하다가 야구공에

'탱' 하고 맞았뻤습니다. 어……, 그라니까, 야아하고 이 아아들이 축구공으로 저 아아를 먼저 맞찼습니다."

글러브는 아주 친절하고 상세하게 여기저기 손가락질 해가며 내막을 설명하기 시작했다. 설명을 듣던 선생님의 표정은 점점 일그러지기 시작했다.

"……, 그래 갖고 이 아이가 저 아아 가슴을 탁 때리면서 시비를 거는데 야구공이 날아와가 타악……!"

선생님이 얘기를 듣다 6학년들을 둘러보자 모두 난처한 표정으로 손을 내저었다.

"아, 아인데요, 선생님."

"맞다 아이가? 너거가 일부러 야아를 딱 꼴라갖고 축구공으로 안 맞찼나? 일부러 맞추는 거 내가 다 봤다."

글러브의 속사포 고자질에 선생님의 표정이 싸늘해졌다.

"야아가 한 말이 진짜가?"

"선생님, 아인데요."

"그기, 그라이까 그기 아이고요……."

"이 자슥들 봐라. 너거 몇 반이고? 말끝에 '요' 자 붙이지 말라고 담임 쌤이 안 그라더나?"

언어 순화를 한다며 말끝에 '요' 자 쓰지 않기 캠페인이 펼쳐질 때였다. 호랑이 선생님이 그냥 넘어갈 리가 없었다.

"너거는 딴 데 가지 말고 거어 있어라. 그란데 야구공은 누가 던짓노?"

6학년 통은 이제 통증이 멎었는지 눈을 문지르며 선생님의 눈치를 보고 있었다.

"그거는 저기 중학생 행님들이 야구하다가 친 공이 날아가가 그래 됐습니더. 와아, 그라고 보이 이 행님들 다 튀낏나, 어디 갔노?"

글러브가 이마에 손을 대고 운동장을 살피자 선생님도 중학생들이 있는지 두리번거렸다. 질서경진대회 연습을 하느라 다 같이 '우향 앞으로 가!'를 하고 있는 무리만 보일 뿐, 원래 중학생이 있었는지 없었는지도 알 수 없는 노릇이었다. 그때 글러브가 철수를 업더니 냅다 소리쳤다.

"엄마야, 야아가 눈을 못 뜨네? 잘못하면 실명입니더!"

등에 업힌 철수의 고개가 마침 옆으로 픽 넘어갔다. 선생님도 놀랐는지 눈을 크게 떴다.

"쌤님! 하이튼 간에 야아는 양호실 가야 되겠습니더!"

"어, 그, 그래. 빨리 가라."

"야, 너거는 따라 온나!"

글러브가 양호실을 향해 달리자 우리는 덩달아 달리기 시작했다. 뒤가 궁금해서 잠깐 돌아보니 학교통이 정신을 차리고 비틀비틀 일어나는 중이었다. 하지만 다른 6학년들은 호랑이 선생님 앞에서 앉았다 일어났다 바닥에 굴렀다 난리도 아니었다.

"크크큭!"

나도 모를 웃음이 또 터져나왔다.

"병욱이! 야이, 똘갱이야. 웃지 마라. 담에 걸리면 우리는 코되는 기다."

옆에서 뛰던 종도가 인상을 쓰며 한마디 했지만 이해 못할 웃음은 그칠 생각을 하지 않았다.

"야아! 거기는 수돗가다. 양호실은 저쪽이다."

운동장에서 학교 건물로 오르는 계단을 다 오르자 덕남이 형이 소리쳤다. 좌우를 살피던 글러브는 운동장이 보이지 않는 안쪽 수돗가에 도착해서야 뛰던 걸음을 멈추었다. 우리도 그 뒤에 서서 숨을 헐떡이는데 글러브가 한마디 했다.

"야, 헉헉, 인자 내리라."

신기하게도 그 말이 끝나자마자 정신을 못 차리던 철수가 몸을 쭉 펴고 등에서 내려왔다.

"뭐, 뭐꼬? 니 괜찮은 기가?"

또다시 놀란 우리가 묻자 철수가 고개를 끄덕였다.

"이 행님이 그냥 죽은 척 있어라 하던데?"

"응? 내 4학년인데 너거 3학년이가?"

글러브의 말에 철수까지 포함한 우리의 입이 쩍 벌어졌다. 6학년들한테 말을 탁탁 놓고 약 올리던 녀석이 동갑이라니……. 간이 배밖에 나와도 한참 나온 녀석이었다.

"와아, 내 미치겠네. 야, 니 우리 학교 아이제?"

종도가 기가 찬 표정으로 물었다.

"내? 여기 성서국민학교 맞다."

"그란데 원국이 행님을 모르나? 그 행님 6학년이란 말이다. 이,

인자 우짤 낀데?"

"흐흥! 미안타, 오늘 전학 왔는데 내가 우예 알끼고?"

"뭐, 뭐? 전학? 와아, 미치겠네. 와아, 미치뿐다."

캐묻고 따질수록 미쳐가는 건 종도였다.

"니 혹시 그라믄……, 일부러 야구공 던지가 맞춘 거가?"

"누구?"

"에이씨! 누구긴 누구야? 아까 그 행님!"

"행님? 아아, 난 또 누구라고? 그런 놈이 무슨 행님이고? 깡패 새끼지."

"와아, 덕남이 행님아, 야아가 던진 거 맞다. 와아, 내 미친다. 내 가……."

덕남이 형이 슬며시 다가와 종도의 등을 두드렸다.

"조, 종도야, 됐다. 이 아아가 우, 우리 도와줬다 아이가?"

"맞다, 아까 잘못했으면 종도 니가 맞을 뻔했다 아이가?"

나도 같이 나서 글러브를 두둔하자 종도는 '끄응' 소리를 한 번 내고 입을 다물어버렸다. 뭔가 어색한 참인데 철수가 스윽 고개를 내밀며 물었다.

"니 전학 왔다고? 그라믄 몇 반인데?"

"5반이라더라. 근데 늦게 와가 아아들은 벌써 집에 갔더라."

"5반? 그라믄 우리 반인데? 병욱아, 야아 우리 반이란다. 야아도 우리 반이다."

철수가 나를 소개하자 글러브가 환하게 웃으며 손을 내밀었다.

"아까 대차게 웃은 아아가 니제? 대단하더라."

"미친 기지. 거어서 우째 웃을 수가 있단 말이고?"

종도가 다시 생각해도 화가 나는지 나를 째려보았다.

"뭐, 나는 멋지던데? 내는 전성칠이다. 친하게 지내자."

종도의 눈빛에 움찔하던 나는 반갑게 성칠의 손을 잡았다.

"나, 나는 이병욱이다. 야아는 철수. 이 행님은 덕남이 행님, 5학년이다. 그라고……."

가만히 있던 종도가 재빠르게 자기를 먼저 소개했다.

"내는 이종도. 그라이까 내 이름이 누구하고 똑같……."

"어? 야구 선수? 내 이종도 억수로 좋아하는데."

"마, 맞나?"

항상 그랬듯이 MBC 청룡 이종도 선수를 갖다 대려던 종도의 얼굴이 발그레해졌다. 그 한마디에 삐딱선을 타던 마음이 모두 녹아내린 모양이었다. 그런데 또 웃음이 터져나오기 시작했다. 철수의 부은 얼굴, 6학년들의 쩔쩔매던 얼굴, 학교 통의 멍든 얼굴, 종도의 발그레한 얼굴이 왜 그리 웃긴지 모를 일이었다. 광래, 광수 형의 얼굴이 갑자기 겹쳐졌지만 일단 터진 웃음은 도무지 그칠 줄 몰랐다.

"하하하, 크크크킥! 방금 저기, 저기 6학년……. 크크킥!"

"인마 오늘 진짜 미쳤나? 웃지 마……. 흐흑! 뭐꼬? 니 지금 침 흘리는 기가? 크크킥!"

신경질 내던 종도도 침까지 흘리는 내 모습에 결국 웃음을 터뜨리고 말았다. 철수는 벌써부터 배를 잡고 있었고 덕남이 형도, 성칠도 서로를 손가락질하며 웃어대기 시작했다. 어느새 해가 기울어 학교를 발갛게 물들이고 있었다. 우리는 수돗가에서 물 한 모금씩 마시고 학교 뒷문을 빠져나갔다. 괜히 6학년들과 마주쳐서 재밌지는 않을 것 같아서였다.

성칠이는 그렇게 갑작스레 나타났고 자연스레 똥천강파에 합류했다. 그렇다고 광래, 광수 형을 잃은 아픔이 바로 사라진 건 아니었다. 두 형제의 집을 찾아가 대문 앞을 기웃거리다 고개를 숙이며 돌아 나온 적도 많았다. 하지만 새로운 일상과 사건들은 우리를 가만 두지 않았고 우리들은 또 다른 추억들을 만들어나가고 있었다. 성칠과 처음 만났을 때의 이해 못할 웃음은 그런 새로움을 맞이하기 위한 것이었을까? 가끔 아주 가끔이지만 웃지 말아야 할 곳에서 웃음을 터뜨리는 실수를 할 때가 있다. 분노, 공포, 슬픔, 엄숙 등 진지한 상황 속에서 터진 그 웃음들은 상황을 급작스럽게 악화시키거나 180도로 바꾸어버리곤 했다. 모두가 주목하는 그런 난처한 상황, 그럴 때마다 "뭐, 나는 멋지던데?"라며 밑도 끝도 없이 편을 들어주던 성칠이 떠오른다. 물론 종도처럼 "미쳤나?" 하는 말을 뒤통수로 듣는 경우가 훨씬 많지만 말이다.

이불 사건 ― 둘

"아이고, 엄마. 이번에는 인천에 올라가야 되겠다."

숙제를 하느라 엎드려 있던 내가 고개를 들었다. 어머니는 저녁을 먹자마자 걸려온 전화에 상도 치우지 않고 여기저기 전화를 돌리는 중이었다. 하긴 통화료가 많이 나온다며 할 말만 하고 끊던 평소와는 다를 수밖에 없었다. 걸려왔던 전화가 아버지의 입항 소식이었기 때문이었다.

"아아 둘이를 다 데리고 갈 수가 있나? 경미는 인천에 데리고 가고 병욱이는 엄마가 좀 봐주야겠다. 덕미나 미영이가 와가 있어도 되고."

1년이나 2년 만에 귀국하시는 아버지는 유조선을 타셨는데 부산으로 들어오지 않고 인천으로 가시는 경우가 많았다. 어머니는 동생을 데리고 가고, 나는 외할머니와 이모들에게 맡길 생각인 모양이었다.

"병욱아, 아빠 인천에 배 오신단다. 엄마가 경미하고 가봐야 될 긴데, 너는 학교 가야 되니까 이모들하고 외할매가 봐 줄끼다."

아버지가 들고 오셨을 바나나와 장난감 생각에 침을 꿀꺽하던 나는, 아쉬움 속에서도 왠지 모를 설렘에 고개를 힘차게 끄덕였다.

"내가 남자니까 집 지킨다 아이가? 이모 온다매? 엄마, 경미하고 잘 갔다 온나."

씩씩한 내 대답에 어머니는 싱긋 웃으면서도 걱정스러운 표정을 지으셨다.

어머니가 동생과 인천으로 간 지 일주일 동안은 아무 일도 없었다. 중학교에 다니던 막내 이모와 신발 공장을 다니던 덕미 이모는 아예 우리 집에서 묵으며 날 챙겨주었다. 또 주말엔 대연동에 있는 외갓집에서 자기도 했다. 인천에 올라가신 어머니는 생각보다 늦게 내려와서 원래 예정된 날짜보다 일주일을 더 넘겨야 한다고 했다. 이모들은 외할머니의 감시에서 벗어나서 좋았고, 누나가 없던 나는 이모들을 워낙 좋아했기에 별탈이 있을 리 없었다. 그런데 일주일이 넘어가자 슬슬 이상 징후가 보이기 시작했다.

학교를 마치고 친구들과 뛰어놀던 나는 평소보다 늦게 집으로 돌아갔다. 집에 가봐야 사람이 없었기 때문이었다. 미영이 이모는 교회 행사에 가고, 덕미 이모는 야근이라 늦게 집으로 온다고 했다. 해가 질 무렵이라 배에서 꼬르륵 소리가 나기 시작했다. 어둑해진 집안엔 아무도 없었고 구석방에 세 들어 사는 할머니의 방엔 벌써 불이 들어와 있었다. 이모가 아침에 차려놓은 밥상보를 치우고 보니 밥이 없었다.

"사나이로 태어나서 할 일도 많다만……. 혼자 밥 차려 먹을 수 있다!"

이모한테 큰소리친 대로 밥통을 열었는데 하필 코드가 빠졌는지 밥이 차갑게 식어 있었다. 시장한 참이라 물에 말아 김치를 얹어 먹어도 맛은 있었다. 아침에 해놓았지만 식은 계란 프라이도, 오뎅 볶음도 제법 먹을 만했다. 그런데 자꾸 슬픈 생각이 감겨 오르기 시작했다. 해는 점점 져서 어두워지는데 불도 안 켜고 밥을 씹던 나는 마당을 쳐다보며 나도 모르게 중얼거렸다.

"엄마 있으면 따신 밥 묵을 낀데……."

왠지 모를 한기가 내 몸을 훑고 지나갔다.

"엄마 있으면 계란도 지금 굽어 줄 끼고……."

혼잣말로 청승을 떨던 나는 갑자기 뜨거워진 눈가를 쓱 문질렀다. 차가운 밥 위로 뜨뜻한 것이 뚝뚝 떨어졌다. 갑자기 덤벼든 서러움들이 총공격을 감행하고 있었다.

엄마는 한참 동안 못 내려올 수도 있다. 나는 앞으로도 계속 밥을 혼자 먹을지도 모른다. 이렇게 어두운 곳에서 혼자 살아가야 하는 것이다…….

감성으로 치자면 이미 모든 고독을 겪은 나는, 눈물 섞인 밥을 먹고 어두운 방 안에 불도 켜지 않은 채 멍하니 앉아 있었다. 태어나서 처음으로 겪어보는 혼자라는 경험은 그렇게 호락호락한 것이 아니었다. 그 좋아하는 텔레비전 만화도 켜기 싫었고, 어두워지는 게 두려우면서도 불을 켜기 싫었다. 온몸을 엄습하는 한기 때문인지 웅크리고 웅크리던 나는 더 이상 견디지 못하고 바닥에 이불을 펴기로 했다. 아직 이불 펴기를 제대로 해본 적 없는지라 이불장 앞에서 낑낑대다 스펀지로 된 요 하나를 겨우 꺼내었다.

"엄마가 있으면 이불도 잘 피아 줄 낀데……."

청승 대사를 또 중얼거리자 눈물이 자동으로 주르륵 흘러내렸다. 아아, 인생은 슬픈 것, 혼자 이 세상을 이겨내야 하는 것, 결국에 나는 혼자서만 남게 되겠지……?

스펀지로 된 요를 덮고 맨바닥에 누운 나는 하염없는 설움에 꾹

꾹대다 나도 모르게 잠이 들고 말았다.

꿈을 꿨는지 모른다. 엄마가 나오고 동생이 나오고 친구들도 나왔다. 광래, 광수 형도 얼핏 지나가고 철수, 종도도 뛰어갔다. 이모가 엄마와 함께 얘기를 나누더니 나를 큰소리로 불렀다. 모두가 손짓하는데 나는 그쪽으로 가지 못하고 계속 무언가에 붙잡혀 있었다. 가슴이 너무 갑갑해서 뿌리치고 보니 스펀지 요가 벌떡 일어나 나를 끌어안는 것이었다.

"우와아, 살려줘! 살고 싶다. 살고 싶어!"

덮쳐오는 요를 차고 좁은 마루로 뛰쳐나왔다. 스펀지 요는 집요하게 나를 붙잡고 늘어졌다. 고함을 지르며 몸싸움을 하다 현관문으로 도망가서 얼마나 덜거덕댔는지 모른다. 하도 안 열려서 뒤를 돌아보는데 스펀지 요가 벌떡 일어나 다시 나에게 달려들었다. 문을 어떻게 열었는지 마당으로 뛰쳐나갔다. 이거저거 따질 것도 없이 구석 셋방 부엌으로 뛰어 들어가 셋방 할머니를 불렀다.

"하, 할매요! 할매! 할매!"

다급한 내 목소리에 놀란 할머니가 드르륵 문을 열며 외쳤다.

"아, 아이고! 야야, 야아가 와 이라노!"

할머니가 내 어깨를 치는데 정신이 번쩍 들었다. 눈을 뜨고 있었는데 눈을 또 떴다는 느낌이 이런 것이리라.

"아이고……, 야야, 뭔 일이고? 니 와 이리 난리고?"

"하, 할매. 이불이, 이불이……."

"응? 이불? 아야, 괜찮다. 이거 물부터 마시라."

셋방 할머니는 나를 안정시키더니 한참 동안 내 어깨를 주물렀다. 내가 좀 진정되자 할머니는 손을 잡고 마당으로 나섰다.

"아이고, 현관문을 다 열어놨네. 니 아까 뭐가 우쨌다 했노?"

이제 겨우 정신이 든 나는 왠지 모를 부끄러움에 고개를 숙이다 움찔하며 놀라고 말았다. 좁은 마루와 현관문 사이에 스펀지 요가 널브러져 있었기 때문이었다. 벌떡 일어서 나를 덮치던 모습이 생각나 몸을 부르르 떠는데 옆방 할머니가 혀를 쯧쯧 차며 큰소리로 말했다.

"아아를 혼자 놔뚜고 전부 뭐하는고? 엄마는 인천 가가 아직 안 온다더나?"

어린 마음에도 어머니와 이모들을 탓하는 말투에 괜히 미안해졌다. 아무 소리 못하고 고개를 숙이고 있는데 대문에서 소리가 들렸다.

"어? 병욱아, 무슨 일 있나? 왜요. 무슨 일 있어요, 할머니?"

이모들이 마침 집에 돌아오는 길이었다. 할머니가 현관에서 요를 가리키더니 한마디 했다.

"어린 아아를 혼자 놔뚜니까 경끼를 하지……. 이불이 지 혼자 절로 날아왔겠나? 야아가 들고 이래저래 댕깄는갑다."

이모들은 그게 무슨 소리인지 영문을 모른 채 나와 할머니의 얼굴을 번갈아 바라보았다. 나중에 자려고 이불을 깔다 자초지종을 들은 막내 이모가 스펀지 요를 들고 물었다.

"병욱아, 이거 밑에 깔지 말까?"

"아니, 괜찮다. 이모야."

무슨 용기인지 나는 스펀지 요를 깔라고 했다. 왠지 이번에도 지면 영원히 질 것 같은 기분이 들어서였다. 이모들이 텔레비전을 보는 동안 한참 동안 엉덩이에 깔린 요를 내려보았다. 아무리 보아도 제 혼자 일어서서 설친 게 믿어지지 않았다. 문득 막내 이모가 자지러지게 웃으며 나에게 손가락질 했다.

"와? 또 일어나서 니한테 덤비들까 봐?"

"아니, 아이다."

"아하하하! 언니야, 생각해 봐라. 병욱이 야아가 혼자 이불을 들고 뛰이다녔을 거 아이가?"

혼자 발광하며 이불과 씨름하는 내 모습을 상상해 보았다. 불이 꺼진 방과 마루에서 고함을 질러가며 원맨쇼를 하는 모습을 떠올리자 갑자기 웃음이 툭 튀어나왔다.

"이 새끼!"

나는 엉덩이를 들었다 놓으며 스펀지 요에 복수를 했다. 베개를 놓고 주먹질을 수차례 가했다. 기분이 좀 풀리는 듯했다. 나의 입가에도 웃음이 씰룩씰룩 넘치기 시작했다. 그런 내가 재밌었는지 이모들은 깔깔깔 웃으며 내 머리를 쓰다듬었다. 그런데 기분이 씁쓸했다. 저녁 동안 너무 많은 것을 겪은 탓이었다. 웃기긴 웃긴데 이렇게 씁쓸한 기분은 처음이었다. 내 최초의 쓴웃음은 사람에게 지은 것이 아니라 이불에게였는지도 모를 일이다.

이불 사건이 있은 며칠 후 어머니는 동생과 함께 돌아왔다. 아버지는 부산에 오지 못하고 바로 외국으로 떠나시고 말았다. 나는 어머니의 품에서 다시 따뜻한 밥을 걱정 없이 먹게 되었지만 그날의 지독한 외로움을 잊은 것은 아니었다.

가끔이지만 집에 돌아오면 아무도 없을 때가 있었다. 그러면 나는 이불장을 활짝 열어놓고 스펀지 요를 노려보곤 했다.

"이 새끼! 이 새끼!"

그런 날마다 있는 힘을 다해 주먹질을 하며 쓴웃음의 복수를 한 것은 물론이다. 벌떡 일어서 날 깔아뭉개던 스펀지 요의 강렬한 악몽은 지금까지도 오래오래 남아 있다. 여담이지만 이불장에 주먹을 날리던 중 쌓아놓은 이불이 왕창 무너져 내린 적이 있었다. 덕분에 어머니께 혼난 것은 물론이다. 여담을 더 하자면 나쁜 놈의 스펀지 요 때문에 이렇게 됐다며 요를 이로 물어뜯기까지 했던 것을 고백하는 바이다.

포부대 특공대 2

대연동과 우암동 사이의 포부대에 똥천강파가 진출한 것은 특별한 일이었다. 동천강 썩은 다리와 엄청나게 먼 곳은 아니지만 쉽사리 찾아갈 곳은 더더욱 아니었기 때문이다. 하지만 우리는 드높은 언덕으로 진출했었다. 밑으로 대연, 오륙도, 감만항, 북항, 영도를 깔아놓고는 원탁의 기사들처럼 당당히 섰던 것이다. 물론 당시만 해도 어디가 어딘지 잘 알지도 못했지만……

"와아, 직이네. 저거, 저거 항공모함 아이가?"

언덕을 오를 때만 해도 툴툴거리던 종도가 부두 저쪽을 가리키며 소리를 높였다. 탁 트인 풍광 하나만으로도 소년들의 감탄을 불러일으키기엔 충분한 곳이었다.

"봐라, 내가 오면 좋다고 했제?"

"병욱이 니는 언제 와봤는데?"

"전에 성칠이 집에 한 번 와봤다 아이가? 그때는 저기 학교 공사 안 할 땐데 사회 교과서에 나온 계단식 논하고 밭이 있었다. 그때 억수로 좋았는데……."

"병욱이 또 어른 같은 소리 하제."

철수와 가게에 갔다 온다던 성칠이 언제 뒤에 섰는지 한마디 했다.

"와아, 100원짜리 반디 사탕 없더라. 그래도 신호등 사탕 있어가 두 개 샀다. 어어? 그거 말고 나는 노란 사탕 도라!"

50원짜리 신호등 사탕은 빨강 초록 노랑 세 가지 색 사탕이 들어 있었다. 철수는 유독 노란 사탕에 집착하곤 했는데, 세상의 어떤 일이라도 중간에 끼면 살 수 있다는 철수의 인생관이 그대로 담겨 있었다. 우리는 철수에게 노란 사탕 두 개를 양보하고 각자 사탕 하나씩을 빨며 풀밭에 앉아 땀을 식혔다.

"성칠아, 니 집이 여긴데 우째 우리 학교로 전학 온 기고?"

"우리 아부지가 군인이다 아이가? 하도 발령이 자주 나서 이사를 얼마나 댕깄는지 모른다. 그래갖고 이번에 할아버지 집으로 주소를 아예 옮깄다 아이가?"

실제 사는 집은 대연동인데 주소지가 문현동으로 되어 있다는 얘기였다.

"너거는 진짜 잘 모를 끼야. 전학이 얼마나 싫은지……."

성칠의 목소리가 갑자기 잠겼다.

"그라믄 집에서 안 머나? 힘들 낀데?"

"할아버지 집에서 잘 때도 있고……, 나는 그냥 너거하고 계속 같이 학교 다니고 싶은데……. 에취! 에이취!"

몇 마디 하던 성칠이 갑자기 재채기를 해댔다.

"으음……, 그라이까 에이취! 에이취! 아, 와 이라노……? 에이취!"

성칠의 재채기는 그치지 않았다. 뭔가 수상한데 철수가 내 옆구리를 찌르며 우는 시늉을 했다. 재채기를 하며 연방 눈가를 닦아대는 성칠은 사실 울고 있었다. 서로 눈치를 보던 중 종도가 뭐라 하려다 덕남이 형에게 눈짓을 보냈다. 눈을 끔뻑이던 덕남이 형이 성칠의 어깨에 손을 올렸다.

"서, 성칠이 니, 오, 오늘 뭔 일 있나?"

"에이취! 그라니까, 그라니까……."

성칠이 말을 끊고 잠시 우리들의 얼굴을 살폈다. 그러고는 고개를 푹 수그리더니 '흐으!' 하고 어깨를 떨기 시작했다. 죽어도 우는 모습을 보이지 않으려고 발버둥치는 게 더 안쓰러웠다. 바람의 방향이 바뀌어 저쪽 학교 공사장에서 먼지바람이 날아왔다. 새로 생기는 학교…… . 문득 나는 성칠의 고민이 뭔지 알 수 있을 것 같았다. 뭔가 위로하려 입을 달싹거리는데 고개 숙인 성칠이 떨리는 목소리로 말했다.

"저 학교 생기면 할아버지 집 주소라도 무조건 전학 가야 된단다…… ."

우린 잠시 멍하니 있었다. 성칠이 왜 우리를 이곳으로 데려왔는지 그때서야 이해가 갔다. 광래, 광수 형을 떠나보낼 때와 같은 슬프고 찐득한 것이 솟아오르는 느낌이었다. 그런데 광래, 광수 형의 얼굴이 떠오르자 가슴속 한쪽이 울컥거리기 시작했다. 옆에 앉은 성칠을 보자 가슴속의 열기는 더더욱 뜨거워졌다. 왜 전부 마음대로 보내는데? 왜 자기들 맘대로 하는데? 나는 인자 안 보낼란다! 누가 두드리는 듯 누가 떠미는 듯 나는 벌떡 일어서서 큰소리로 외쳤다.

"야! 너거 혹시 똥천강파 말고 포부대 특공대 같이 안 만들래?"

포부대 특공대 3 ― 셋

눈을 번쩍 뜨고 나서야 잠시 정신을 잃었단 걸 깨달았다. 여기가 어딘지조차 잠시 헷갈렸다. 다행히 비탈의 흙은 부드러웠고 다친 데는 하나 없는 모양이었다. 정신을 차리자 나를 반긴 것은 친구들의 웃는 얼굴이었다.

"아하하하! 병욱이 니도 엄마한테 죽었다. 옷 꼬라지 봐라."

녀석들은 내가 잠시 기절했다는 걸 모르는 모양이었다. 종도와 철수의 웃음 사이로 성칠의 손이 내 얼굴 앞으로 다가왔다.

"병욱아, 괜찮나?"

고개를 끄덕인 나는 성칠의 손을 잡고 일어났다. 모두 웃으며 옷을 터는데 갑자기 쇠그릇을 긁는 목소리가 터져나왔다.

"너거 이노무 새끼들, 여기가 어디라고? 전부 일로 안 오나?"

덩치가 산만한 아저씨가 우리 쪽으로 다가오는 중이었다. 아저씨가 쓴 헬멧엔 '안전제일'이란 문구가 적혀 있었다. 뒤로 슬금슬금 물러나는데 성칠이 재빠르게 속삭였다.

"야, 안 되겠다. 전부 튀자!"

성칠의 말이 채 끝나기도 전에 누군가 뒤로 돌아 냅다 달리기 시작했다. 누군지 살필 필요도 없었다. 항상 그래왔듯이 철수의 위기관리 능력은 오늘도 빛나고 있었다. 문제는 덩치가 산만 한 아저씨가 하나가 아니라 둘이었다는 데 있었다.

"으아아아! 잘못했어요. 아저씨, 우와앙!"

먼저 뛰쳐나가던 철수의 비명 소리에 우리는 깜짝 놀라 발을 멈추었다. 우리를 불렀던 아저씨가 한라산이라면 철수를 허리에 끼고 나타난 아저씨는 백두산이었다.

김철수 대원을 인질로 잡힌 우리 포부대 특공대는 결국 전원 체포되는 신세가 되고 말았다.

"이 자슥들! 학교하고 이름 말하기 전에 안 보내줄 줄 알아라."

쾅! 하고 문이 닫혔다. 판자로 만들어진 창고에 갇힌 우리는 어둠에 익숙해지기 위해 한참 동안 눈을 끔뻑여야 했다.

"성칠이 이 새끼, 니 때문이다. 이 쌍쌍바야!"

창고 문을 흔들던 종도가 성칠을 노려보았다.

"욕하지 마라. 탈출하면 된다."

"어떻게?"

"우짜기는? 저게 삽 보이제? 흙바닥이 맨들맨들 하니까 땅을 파는 기다."

질질 짜고 있던 철수와 손톱을 물어뜯던 내가 눈을 동그랗게 뜨고 성칠을 바라보았다.

"전부 포기할 기가? 학교로 넘어가가 퇴학당해도 나는 모른다."

"빠, 빨리 파자! 행님아, 뭐하노? 삽 갖고 온나!"

어느새 삽을 들었는지 종도는 벌써 삽질을 시작하고 있었다.

"자, 잠깐만!"

내 목소리가 창고 안에서 크게 울렸다. 모두 행동을 멈추고 날 주목했다.

"그라니까⋯⋯, 우리 벌써 특공대 된 기제? 성칠이 학교 바뀌도 우리 전부 뭉치는 기제?"

진지해진 내 목소리가 떨렸다. 또 한 번 심장이 울컥거리는 순간이었다. 그때 철수가 한마디 했다.

"뭐라 하노, 빙시가?"

"어······?"

"그라믄 뭐한다고 뛰이내맀겠노? 마, 비키라!"

내가 비키자 모두는 기다렸다는 듯이 다시 삽과 도구를 들었다.

"병욱이 점마는 가끔 가다 와 저라는지 몰라."

"니, 뭐하노? 빨리 흙이나 퍼라."

날 제외한 4명이 순식간에 날 성토하더니 땅을 파기 시작했다. 뒤에서 머리를 긁적이던 나는 그제야 고개를 끄덕이고 벌게진 얼굴을 쓰다듬었다.

'아, 맞다. 뛰이내리면서 맹세는 벌써 끝난 거제······. 아, 쪽 팔린다······.'

우린 제법 진지했고 탈출 의지가 군건했다. 11살, 12살의 특공대는 그렇게 제법 깊게 땅을 팠던 걸로 기억한다. 그렇게 20분쯤 지났나? 문이 벌컥 열렸고 밝은 빛이 흙투성이의 죄수들을 비췄다. 그리고 한라산, 백두산 아저씨의 웃음소리가 들렸다.

"아따, 별종들이네. 그 자슥들! 그거 판다고 도망치겠나?"

"껄껄껄. 이 자슥들, 빨리 나온나. 그리고 여기 위험하니까 앞으론 오지 마라이."

포부대 특공대의 맹세가 끝나자마자 주어졌던 첫 미션, 땅굴 프로젝트는 그렇게 수포로 돌아갔다. 하지만 덕남이 형, 철수, 종도, 성칠이, 그리고 나. 우리 포부대 특공대는 어떠한 시련도 이겨낼 자신감에 넘쳤다.

"와, 아깝다. 땅굴 좀만 있으면 다 파는 긴데."

"저 아저씨들 착하다. 사실 가만있었으면 그냥 보내줬을 낀데 이기 뭐꼬?"

"돼, 됐다. 어, 어쨌든 탈출했다 아이가?"

"행님 말이 맞다. 지금 우리 집에 아무도 없다. 가서 씻고 라면 끓이 묵자."

"맞나?"

우리는 환호하며 공사장을 빠져나갔다. 아무리 다물려 해도 입이 자꾸 벌어졌다. 얼굴을 마주치는 종도도 그랬고 성칠이도 그랬다. 가슴이 벅차고 뭐든지 할 수 있을 것 같은 기분이었다. 소리 내지 않아도 이렇게 같이 웃을 수 있는 거구나……. 언덕 밑 바다 쪽은 밝은 햇빛이 눈부시게 반사되고 있었다. 흙투성이 5명이 달려가자 어른들이 무슨 일이 있나 고개를 기웃거렸다. 사이좋은 게 부러웠는지 동네 강아지 하나가 왈왈거리며 우리의 뒤를 쫓아왔다.

PS

창고에 갇혀 부산하게 삽질을 하고 문틈으로 망을 보는 가운데 성칠이 물었다.

"병욱아, 니는 꿈이 뭐고?"

내가 무언가 대답하려는데 종도가 답을 가로챘다.

"내는 MBC 이종도처럼 야구 선수가 될 기다. 철수 니는 과학자

맞제? 덕남이 행님은?"

"어……, 나? 나, 나는 사업가."

"맞나? 내는 선장이 될 끼다. 저기 항공모함 선장."

입만 우물거리던 내가 파놓은 흙을 치우는데 철수가 나를 가리켰다.

"종도, 나는 과학자가 아니라 박사라니까, 박사? 그란데 병욱이 말 할라는데 니 땜에 말 못했다 아이가?"

네 명이 또 한 번 동시에 나를 쳐다보았다. 오늘따라 주목을 왜 이리 받나? 망설이던 내가 용기를 내어 말했다.

"어……, 나는 있다 아이가……."

정글북

친구와 마유미

약속 장소인 H 중공업 입구는 농성시위용 천막들과 여기저기 걸린 현수막들로 혼잡했다. 한 잡지의 현장 인터뷰를 청탁받은 나는, 대학 선배의 소개로 H 중공업 금속노조 위원장을 만나기 위해 시위 현장으로 나온 길이었다. 시간이 지나도 선배가 나타나지 않아 전화를 걸었다.

"선배님, 전 벌써 와 있는데 어디십니까?"

"아, 미안해. 빨리 서둘렀는데 차가 말썽을 일으켜서 말이야. 1시간은 더 걸릴 것 같은데……. 어디 가서 먼저 식사라도 하고 있지?"

"그럴까요? 그런데 근처에 마땅한 식당이 없네요."

"아마 좀 나가야 있을 거야. 미안해."

시간을 보니 벌써 늦은 점심때였다. 버스 한 정거장 정도를 걸어가다 보니 식당이 드문드문 나타났다. 내가 찾은 정식집은 낡았지만 나오는 밑반찬이 정갈했고 손님도 많은 편이었다. 밥을 먹다 무심코 바라본 TV 뉴스는 찬으로 놓인 땡초보다 자극적인 단어들을 뱉어내는 중이었다. 헌재의 정당 해산 심판에 종북이니 국가안보란 말이 연결되는 걸 보니 보수 언론의 종편 채널인 모양이었다. 생전 처음 보는 대한자유총연대 대표란 이가 입에 거품을 물고 있었다. 그때 옆 테이블의 어르신 한 분이 큰소리로 청했다.

"아지매, 테레비 소리 좀 키아주이소."

아주머니가 리모컨을 드는데 다른 자리의 키 큰 중년 남자가 어깃장을 놓았다.

"거, 안 그래도 시끄럽구면. 밥 묵는데 정신 사납소."

그는 H 중공업 노조원인지 '단결투쟁'이 적힌 조끼를 입고, 어깨에 띠를 두르고 있었다. 리모컨을 든 아주머니의 표정이 난처해졌다. 뉴스에 시선을 고정시키던 다른 어르신이 다짜고짜 목청을 높였다.

"나라가 망해 가는데 밥이 문제가? 소리 캐소!"

아주머니가 눈치를 보다 볼륨을 높이려 하자 중년 남자가 숟가락을 탁 내려놓으며 대거리를 했다.

"식당에 왔으면 밥이 제일 큰 문제지 뭐가 문제요? 그리 중요한 뉴스면 집에 가서 보면 되지, 와 남한테 피해를 주냐고?"

"거, 젊은 사람이 말을 막 하는구마."

"뭐? 가만히 밥 묵는 거 방해한 쪽이 누군데 그라요?"

슬슬 고성이 오고 가는데 식당 아주머니가 중간을 막아섰다.

"아이고오, 와 이라십니까? 여기 영업하는 집입니다. 그냥 식사들 하시고 가세요."

아주머니가 어르신들 쪽으로 두둔하듯 몇 번 눈짓을 주자 그 애교에 녹았는지 '어흠' 하며 자리에서 먼저 일어났다. 개중엔 아직 화가 덜 풀렸는지 식당 문을 나서면서도 아까의 중년 쪽을 보고 투덜거리는 어르신도 있었다.

"세상이 우째 될라꼬 이라노? 빨갱이 같은 것들 못 설치구로 옛날맨치 다 바까야 돼."

자리에 앉아 있던 중년 남자와 눈까지 마주쳤으나 그는 이내 모른 척 식사를 이어갔다. 괜스레 가슴 졸이던 나는 안도의 한숨을 쉬고는 원망스러운 표정으로 TV를 흘깃 쳐다보았다. 그 와중에 뉴스 꼭지가 바뀌었는지 패널도 바뀌었는데, 얼굴을 알아보자마자 볼륨을 올리고 싶은 충동에 침을 꿀꺽 삼켜야 했다. 화면에 나온 이는 마유미 아니, 김현희였다. 생방송은 아니고 재방송인 모양인데 그 옛날 그녀가 떠들썩하게 입국하던 자료화면이 지나갔다.

"저거 마유미 아이가? 아이고오, 인자 별 지랄을 다하는구마. 아지매, 제발 내가 밥 묵으러 올 때만이라도 저런 거 쫌 틀어놓지 마소."

중년 남자가 식사를 마치고 계산하다 아주머니에게 한마디 했다.

"내사 틀고 싶어 트나? 나아 많은 사람들이 먼저 찾으이까 그렇지. 거기도 성질 좀 죽이라. 뭐한다고 맨날 시비고?"

"할 만하니까 하는 기지. 아따, 김현희 저 여자도 인자 늙었네. 하! 그라고 보이 KAL기 사건 났을 때가 내 중학교 1학년 때네."

두 사람의 대화를 흘려듣던 나는 뜻밖의 말에 그의 얼굴을 다시 한번 쳐다보았다. 그의 말대로라면 나와 동갑일 터인데 아무리 잘 봐도 40대 중반은 훨씬 넘어 보이는 얼굴에 한쪽 눈은 시퍼런 멍까지 들어 있었다. 그런데 놀라운 일이 또 하나 벌어졌다.

"사, 상진이……?"

사내의 주름진 눈매를 살피던 나의 입에서 누군가의 이름이 불쑥 튀어나왔기 때문이었다.

"아지매, 오늘도 잘 묵고 가요."

"그래, 가소. 그눔의 승질 좀 죽이고……."

그가 인사를 나누는 사이 나는 약간의 갈등을 해야 했다.

인사를 해야 하나? 정말 상진이 맞을까? 혹시라도 아니면 무안해서 어떡하나……?

머뭇거리는 사이 그는 이미 식당 아주머니와 인사를 마치고 문을 나서는 중이었다. 한발 늦게 뒤를 따라나섰으나 길을 서둘렀는지 그는 온데간데없이 사라진 뒤였다.

"이런, 쯧쯧……."

계산도 하지 않고 밖으로 나섰던 터라 아주머니가 수상한 눈초리로 나를 주시하고 있었다. 밥값을 계산하면서도 겸연쩍은 생각이 들어 망설이다 용기를 내어 그에 관해 물어보았다.

"아주머니, 아까 말씀 나누던 사람 이 집에 자주 옵니까?"

"방금 나간 사람요? 가끔 오긴 오는데 와예?"

아주머니가 약간의 경계심을 품고 대답했다.

"아아, 아는 사람 같아서……."

"H 중공업에 일하는 사람인데, 내도 잘은 모르지예. 사람은 좋은데 승질이 불같아서 한 번씩 오면 조마조마하다니까."

"그래요……?"

"아지매, 여기 주문 받으이소."

뭔가 더 물어보려 했으나 주문 때문에 말을 이을 수 없었다.

"아 예에 갑니더. 손님, 여기 잔돈예."

잔돈을 받아든 나는 바쁜 아주머니를 더 잡지 못하고 식당을 나서야 했다. 식당 앞 재떨이 옆에서 담배를 피워 무는데 교복을 입은 중학생 아이들이 우르르 앞을 지나갔다.

"인마, 또 짜증나게 한다. 저얼로 꺼지라."

"마! 니가 뭔데?"

한 녀석이 뒤통수를 때리고 도망치자 맞은 아이가 욕을 하며 뒤를 쫓았다. 나는 문득 그 아이들 속에서 어릴 적의 상진과 내가 섞여 있는 듯한 착각에 빠져들었다. 아련하면서도 쓸쓸한 추억의 맛은 이내 나의 어딘가를 건드렸는지 팔뚝 전체에 소름이 돋아나게 만들었다.

위치 찾기

때는 1987년 2월. 나는 국민학교를 졸업했다. 어머니는 대학생, 고등학생 남매를 둔 주인집 아줌마의 조언대로 어린 놈의 시절을 쓱싹 잘라버리란 의미에서 돈가스를 사주셨다. 그리고 며칠 후인 1987년 3월 2일, 나는 며칠간의 무소속에서 벗어나 D 중학교 1학년 3반에 소속되었고, 어머니는 새로운 환경을 잘 이어가라는 의미에서 긴 면발을 가진 짜장면을 사주셨다. 물론 주인집 아줌마의 조언이 있었음은 말할 필요가 없다.

중학교에서 보낸 며칠은 무언가 대단히 살벌했다. 아이들은 서로간의 수컷 냄새를 감지하고, 현재 영역에서 자신이 위치한 계급이 무엇인지를 서둘러 설정하기 시작했다. 그것은 본능이었고 2,3학년들과 조우할 수 있는 운동장에만 갔다 오면 아이들의 수컷 냄새는 더더욱 진해지곤 했다.

"와아, 가시나들 없으니까 너무 좋다."

아이들은 유행어처럼 '가시나들 없으니까'를 남발했다. 일단 여자애들이 없다는 게 수컷 냄새의 증폭제 역할을 하는 건 확실했다. 학교의 주입식 교육에 익숙했던 아이들은 여자애들에 대한 배려도 주입식으로 받아왔었기에 수컷 냄새는 말 그대로 자유의 냄새였는지도 모른다. 하지만 그 자유는 오직 힘으로 결정되는 서열 정리에만 쓰일 뿐이었다. 입학한 지 일주일쯤 지나자 아이들은 눈에 띄게 험해져 갔다.

"개새끼, 직이뿔라!"

아이들은 장난을 치다가도 조금만 수틀리면 욕을 하며 주먹을 치켜들곤 했다. 쉬는 시간, 점심시간, 할 것 없이 떠들어대는 화제는 모조리 싸움에 관한 것뿐이었다. 3반에 누구는 C 국민학교 통이었다느니 누구는 태권도부 출신인데 고등학생과 붙어 이겼었다느니……. 대부분의 이야기는 직접 확인한 것이라기보다 들려오는 풍문이었고, 그 주인공들은 하나같이 무시무시한 철권의 소유자였다. 아이들은 직접 듣거나 뒤로 들려오는 이야기를 다시 떠벌리거나 속삭였고, 이야기들은 살이 붙을 대로 붙어 어느새 전설로 바뀌어 갔다.

"그때 고등학생하고 싸운 기 아니라 그 행님이 그냥 미안하다 핸 기다."

"아이다, 내는 그때 그 자리에서 원주하고 싸운 고등학교 행님이 피 흘리는 거 봤다."

"니가 원주하고 아나? 나는 국민학교 5학년 때 원주하고 같은 반이다. 원주는 그때부터 학교 통이었다."

"마, 내가 봤다 안 하나? 새끼야."

"니가 보긴 뭘 봤노? 뻥치지 마라."

"야이, 개새끼야. 그라믄 내가 대뽀 치나?"

"뭐? 개새끼? 이 씨발놈이……!"

아이들은 이야기에만 머무르지 않았다. 아무것도 아닌 일에 욕을 했고 그냥 넘어갈 일에 주먹을 처들었다. 따라오라느니, 어디서 만나 싸우자 따위의 준비 단계는 필요 없었다. 무작정 날아가는 주먹에 와당탕 하고 책걸상 넘어지는 소리가 나면 아이들은 우르르 몰려가 주위를 둘러싸고 '으쌰 으쌰' 소리를 질러댔다.

싸움에는 승자와 패자가 있는 법.

한 명은 승리의 쾌감을 느끼며 한껏 으스댔지만, 남은 한 명은 코피나 눈물을 줄줄 흘리며 분노와 수치에 몸을 떨어야 했다. 그렇게 패배자에게는 약간의 위로와 대다수의 비웃음, 그리고 혼자만의 인내의 시간이 주어졌다.

한동안 싸움은 계속되었다. 산발적 서열 전투는 끝도 없이 진행되는 듯 보였지만 그 뜨거운 열기는 한 달도 채 되지 않아 점점 식어갔다. 중학교에서 처음 치르는 중간고사 기간이 다가와서이기도 했지만 싸움의 횟수가 준 이유는 분명 따로 있었다. 사실 아이들 대부분은 자신이 전설의 주인공이 될 수 없다는 걸 잘 알고 있었다. 전설은 어디까지나 전설일 뿐이었다. 그렇다면 아이들이 그토록 싸움에 열중했던 이유는 무엇이었을까?

"야, 준식이. 니 그때 민기하고 싸울 때, 와 그랬는데?"

"내가 뭐?"

"사실 민기하고 니하고 친했다 아이가? 그란데 와 갑자기 욕하고 싸웠냐고?"

"금마가 자꾸 욕한다 아이가? 아아들 보는 앞에서."

"그란다고 먼저 선빵 날맀다나? 니 국민학교 때는 싸움도 한 번 안 했다 아이가?"

"금마가 며칠 전에도 욕하더라고. 근데 다른 국민학교 아아들이 내보고 킥킥거린다 아이가."

"누구? 니 앞줄에 금마들?"

"그래, 그 새끼들이 저 앞자리에 1번 아아 괴롭히는 거 봤제? 뭣도 모르는 새끼들이 민기가 내한테 욕하는 거 보고 만만하게 보더라고. 씨발, 니 같으면 딴 아아들 앞에서 욕 묵고 가만있을 끼가?"

"하기사……. 그런데 민기도 원래는 욕 안 했다 아이가?"

"지도 빙신되는 거 싫어서 욕하고 다녔겠지."

"그래, 그거는 그런 거 같다."

그것은 희생자가 될 수 없다는 공포심이었다. 난생처음 맡아보는 수컷 냄새에 대다수의 아이들은 가슴을 졸였고 신경을 곤두세워야 했다. 거친 욕설과 주먹, 그리고 인내……. 그것은 중학교란 낯선 환경에서 자신을 지키기 위한 가장 쉬운 무기였다. 입학 후의 한 달은 이렇듯 공포와 폭력에 적응하는 시간이자 자신의 위치를 찾는 시간이기도 했다.

적응 기간

어머니는 등교할 때마다 항상 이런 말을 하셨다.

"학교에 가면 싸우지 마라."

그것은 금기였고 철없는 나를 철들게 하는 진득한 가르침이었다. 그러나 어머니의 말씀은 한 달간의 적응 기간을 거치며 차츰 귀에 거슬리는 말로 바뀌어 갔다. 국민학교에 들어가기 전부터 알고 지낸 상진은 친구끼리라도 주먹을 내지를 수 있단 걸 처음으로 알게 해준 아이였다. 녀석은 어릴 적 고추친구라서 봐줬다고 했지만 매운 주먹맛으로 내 광대뼈에 시퍼런 멍을 안겨주었다. 서로 때리고 조르는 험한 장난을 치긴 했지만, 그놈의 '계급 찾기'에 제대로 적응하지 못했던 나로서는 도무지 이해가 되지 않는 대목이었다. 왜 이러지? 우린 친구인데……. 그날 저녁 밥상에서 어머니는 얼굴에 멍이 왜 들었냐며 다그쳤고 난 깡패를 만났다고 거짓말을 해야 했다. 그것은 고추친구라는 추억에 대한 마지막 의리였다. 어머니는 반은 믿고 반은 못 믿겠다는 표정으로 날 바라보다 TV로 고개를 돌렸다.

"깡패 잡아야 될 경찰이 저러고 있으니……."

화면 속에서는 북한의 사주를 받은 전대협 대학생들이 경찰들에게 화염병과 돌을 집어던지고 있었다. 전투경찰들은 늠름히 불을 끄고 돌을 막아대는 중이었다. 도대체 대학생들이 공부는 안 하고 뭐하는 짓인지 모를 일이었다.

하루는 D 국민학교 통 출신 원주를 마주친 일이 있었다. 명목뿐인 서클 활동 시간에 정해진 교실에서 무작위로 앉게 되었는데 하필 내 앞에 녀석이 앉게 된 것이었다. 소문으로만 듣던 아이라 신기하게 여기긴 했지만 크게 신경 쓸 필요까진 없었다. 담당 선생님도 나가고 없어 교실은 왁자지껄 시끄럽기만 했다. 나 또한 옆자리 친구와 한창 잡담을 나누는 중이었다. 그런데 내 주먹보다 반 이상이나 큰 주먹이 갑자기 내 머리를 쥐어박았다. 고개를 드니 앞에 앉은 원주가 날 내려보고 있었다.

"마! 조용히 해라. 엉?"

난 뒤통수의 충격으로 말을 잊은 채 원주의 얼굴을 바라보았다. 원주는 먹잇감을 앞발로 누른 맹수처럼 내 대답을 기다렸다. 머리통을 울리는 불쾌한 고통과 치욕스러움에도 불구하고 난 이렇게 대답하고 말았다.

"응, 미안, 알았다."

반말을 붙이는 것조차 어색했다. 이미 그 아이는 내 한계를 벗어난 1학년 통이었다. 원주는 씨익 웃더니 고개를 돌려 옆 친구와 다시 이야기를 시작했다. 나나 옆자리의 친구나 둘 다 말이 없었다. 우리는 앞자리의 원주가 떠들어대는 지저분한 얘기를 다음 시간 종 칠 때까지 가만히 듣고 있어야 했다.

뒤통수 사건은 나에게 많은 충격을 주었었다. 원주란 이름을 들을 때마다 가슴은 뜨끔거렸고, 응어리는 조금씩 커져만 갔다. 하지만 영화 속의 복수극은 내게는 해당되지 않는 것이었다. 가끔 뒤통수에 남겨진 분노를 쓰다듬으며 "개새끼……." 하고 중얼거리기도 했지만, 결국 그 응어리를 조금씩 삭혀가는 것만이 내가 할 수 있는 전부였다. 나의 적응 기간은 그렇게 서글픈 인내를 가르치며 조용히 지나가고 말았다.

적응과 부적응

7년 대통령 임기가 끝나가고, 88올림픽을 1년 남겨두었던 1987년은 뭔가 이상한 해였다. 도덕 교과서와 사회 교과서대로라면 희망찬 내일을 향해 쭉쭉 달려가야 하는데도 뉴스에 나온 국회의원들은 열심히 싸움질을 했고, 거리에선 툭하면 데모가 터져 교통이 마비되곤 했다. 어른들은 아이들이 뭘 하든 관심도 없이 나라 걱정에 여념이 없었다. 그래도 가게에서 막걸리를 마시던 동네 아저씨들은 가끔씩 아이들의 행동에 관심을 보이곤 했는데 그것은 아이들의 잘못된 소비 풍조를 바로잡는 데 있었다.

"니 부산 사람 아이가? 그라믄 해태 꺼를 사 묵으면 되나? 롯데 꺼 사 묵어라!"

이렇듯 어른들의 관심이 아이들에게서 멀어진 사이, 아이들은 여러 폭력적 상황에 그대로 노출되었다. 등굣길은 매일 벌어지는 데모 탓에 항상 최루탄 냄새가 풍겼고, 골목 군데군데 숨은 깡패들은 아이들의 주머니를 노리곤 했다. 학교 안이라고 안전할 것은 없어 운동장에서 눈이 잘못 마주쳤다간 선배의 주먹이 날아들기 십상이었고, 수업 시간엔 선생님들의 압도적 폭력이 아이들을 지배했다. 훈계를 위한 조곤조곤한 대화 따위는 눈을 씻고 봐도 찾아볼 수 없었다. 숙제를 안 해도 쫙! 떠들어도 쫙! 기분이 나빠도 쫙! 기술 선생의 별명은 하도 뺨을 때려 쫙쫙이였고, 화가 나면 있는 힘을 다해 배를 걷어차는 체육 선생의 별명은 사커맨이었으며, 자기분에 못 이겨 목소리를 쨍쨍 울리며 매를 드는 생물 선생의 별명은 소프라노였다.

"야, 오늘 수학 숙제 안 했다고 뺨 다섯 대나 맞았다 아이가?"

"재수 없네. 나는 오늘 한 대도 안 맞았지."

"재수 존나 좋네. 나는 아침에 지각했다고 또 맞았다 아이가? 길에 깡패 있어갖고 돌아온 건데 안 봐주더라."

아이들은 폭력이 난무하는 속에서 점차 공포에 무심해졌다. 맞고 안 맞고는 재수 좋음과 나쁨으로 구분되었다. 대신 아이들은 시도 때도 없이 눈치 보는 법을 배웠다. 매를 맞을 때도 어떻게 해야 적게 맞을지 생각해야 했고, 깡패를 만나도 적게 맞고 적게 뺏기기 위해 노력해야 했다. 너무 튀지도 않고 너무 약하지도 않게. 아이들은 중간에 숨는 법을 먼저 배웠고, 중간으로 숨어들기 위해 약한 아이를 자신 앞에 내세우기를 서슴지 않았다.

한 달에 한 번씩 실시되던 '생활 검열'이란 제도가 있었다. 군대 점호라도 받듯 수업 시간까지 잡아먹어 가며 먼지 하나 없도록 청소를 해야 했고, 머리를 스포츠로 박박 깎고, 손톱을 끝까지 깎고, 책가방에는 교과서와 노트, 필통만 들어 있어야 했다. 명찰, 배지, 손수건을 꼭 소지해야 하는데 덕분에 학교 매점의 매출만 불타나게 올라갔다. 그러고 보면 1987년은 군사 정권 시절이니 학교에 그런 제도가 있는 게 당연했는지도 모를 일이다. 우리 반 담임은 우리 반이 1등을 하지 않으면 분해서 못 사는 스타일이었다. 우리 반은 그 등쌀에 생활 검열과 월례고사에서 항상 1등이었는데 딱 한 번 1등을 놓친 적이 있었다.

준비물과 청소 모든 걸 갖추고 반 전체가 긴장한 가운데 감독 선생들을 기다리고 있자 뒷문이 스르르 열리며 생활 검열이 시작되었다.

"교장 선생님 성함은?"

"학교 교가 불러봐."

아이들은 훈련된 대로 잘 대답했고 또 한 번 만점으로 우리 반의 우승이 확정될 순간이었다.

"넌 왜 손수건이 없어? 감점!"

청천벽력 같은 지적 사항이 터져나왔다. 얼굴이 항상 빨개서 '빨갱이'라는 별명을 가진 녀석이 별명답게 빨간 얼굴을 하고 쩔쩔매는 중이었다.

"하기 전까지 있었는데……, 어…… 없어졌습니다."

하필 녀석을 심문하는 선생이 담임과 라이벌인 4반 담임이었다.

"이 반에는 도둑놈도 있는 가베?"

비웃음이 섞인 한마디에 우리 담임의 얼굴은 붉으락푸르락 말도 아니었다. 생활 검열이 끝난 후 우린 책상 위로 올라가 단체 기합을 받았다. 1시간이 넘도록 무릎을 꿇고 손을 들고 있어야 했다. 도둑을 잡는다는 구실로 허벅지에 멍이 가도록 몇 차례씩 매를 맞았다.

"넌 병신이야? 자기 손수건도 못 챙겨?"

빨갱이는 담임에게 혹독하게 당하면서도 말 한마디 못했다.

"빙신 새끼 때문에 이기 뭐꼬? 가만 놔뚜나 봐라."

상진의 중얼거림이 들려왔다. 단체 기합이 끝나고 집에 갈 때 빨갱이는 몰매를 맞았다. 교실 뒤에서 코피를 흘리며 두들겨 맞았다. 무서웠든 미웠든 상관하지 않든 간에 아무도 말리지 않았다. 나도 마찬가지였다. 교실 문을 나서는데 상진의 말이 들려왔다.

"개새끼, 내가 도둑놈이가? 니 보고 하나 더 사 오라고 했제, 응?"

그렇다고 빨갱이가 왕따가 되진 않았다. 빨갱이는 자신 나름대로 살아남는 법을 알았기에 입을 꾹 다물고 있었을 뿐이었다. 단체 기합의 원흉이란 죄는 몰매로 면죄부를 받은 셈이었고 녀석은 언제 그랬냐는 듯 웃고 떠들고 잘 놀았다. 상진 또한 아무런 죄의식 없이 잘 생활했다. 학기 초의 적응 기간에 가장 잘 적응한 아이가 상진이었다. 상진은 공부도 잘했고, 나설 때와 안 나설 때를 분간할 줄 아는 친구였다. 시비도 가려 가며 했기에 싸움에서도 진 적이 없었다. 덕분에 특별한 강자가 없었던 우리 반에선 상진의 목소리가 더욱 커질 수밖에 없었다.

물론 적응하지 못하는 친구도 존재했다.

인호는 겉보기에도 여린 아이였다. 얼굴에 박힌 주근깨는 여자애 같은 인상을 주었고 항상 연필로 뭔가 그리기를 좋아했다. 미술을 좋아하는 인호의 짝은 정반대의 인상을 가진 쩨쩨였다. 이름이 제재우라서 쩨쩨란 별명이 붙었지만 사실 녀석은 별명과 딱 어울리는 쩨쩨한 녀석이었다. 선생들 앞에서 착한 척도 제법 하며 곰살

맞게 굴었지만 강자 앞에서 약하고 약자 앞에서는 한없이 강한 놈
이었다. 쩨쩨는 하루 종일 인호를 괴롭혔다. 툭하면 욕을 하며 어
깨를 때렸고 수업 시간에는 눈에 띄지 않게 종아리를 차곤 했다.
이유는 자기 말을 안 듣고 맘에 들지 않는다는 것이었다.

"하지 마란 말이다아!"

안쓰러울 정도로 울먹이는 인호의 목소리가 울리면 어김없이
쩨쩨의 변성기에 접어들은 목소리가 맞장구를 쳤다.

"씨발놈이……, 내가 뭐 어쨌는데?"

욕설이 쏟아지고 나면 인호는 항상 걸상과 함께 우당탕 나뒹굴
곤 했다. 인호는 시간이 지나 짝이 바뀌길 바랐지만 기말고사가 다
가와도 우리 반의 자리 배정은 바뀌지 않았다. 반 성적이 가장 우
수했기에 자리 배정도 가장 잘 되었다는 게 우리 반 담임의 생각이
었다. 쩨쩨는 특별한 방식으로 인호를 매일 보살폈고, 인호의 눈은
갈수록 증오에 찬 눈으로 바뀌어 갔다. 한편 섬뜩한 느낌이 들기도
했지만 무슨 일을 벌일 거라고는 아무도 생각지 않았었다.

장마철의 어느 날이었다. 에어컨은 말할 것도 없고 선풍기조차 없
었던 교실은 항상 후덥지근했고, 불쾌지수는 오를 대로 올라간 상태였
다. 평소 같으면 벌써 몇 번이나 전투 아레나로 바뀌어야 할 교실이었
지만 그날은 웬일인지 알 수 없는 평화가 유지되는 중이었다.

"야, 오늘 생물 시간은 과학실에서 한데이."

반장이 앞에서 외치자 아이들은 저마다 책과 필통을 챙기기 시

작했다. 나도 자리에서 일어나다 고개를 숙이고 있는 인호를 발견하고는 어깨를 흔들었다.

"인호야, 과학실 안 가나?"

인호가 슬며시 고개를 드는데 연필을 쥐고 있었고 책상에는 노트가 펼쳐져 있었다.

"아, 그림 그리고 있었나? 나는 자는 줄 알았⋯⋯."

나는 무심코 공책을 보다 깜짝 놀라고 말았다. 누군가의 목을 칼로 자르는 그림이 그려져 있었기 때문이었다.

"니 이거⋯⋯, 쩨쩨가?"

"씨발 새끼. 가만 안 놔둘 끼다."

인호의 입에서 어울리지 않는 욕이 튀어나왔다. 난 인호와 근처에 앉아 있어 쩨쩨의 만행을 잘 알았다. 하지만 딱히 말릴 도리도 없었고 끼어들 이유도 없었다. 하지만 인호의 상태가 이 정도로 심각할 줄은 생각지도 못했었다. 마침 종소리가 울렸다. 뭐라고 해야 할지 모르던 나는 그냥 인호의 어깨를 두드리고는 급히 과학실로 달려갔다. 생물 시간은 개구리 해부 이후 두 번째 해부 시리즈인 붕어 해부가 있는 날이었다. 생물 선생은 해부에 대해 몇 가지 설명한 후, 붕어 비린내에 질린다는 표정을 짓고 과학실을 나가버렸다. 아이들은 한 시간의 자유에 서로의 얼굴을 바라보며 싱글거렸다. 해부는 솔직히 징그러웠다. 하지만 우습게 보이지 않으려면 이를 악물고 버텨야만 했다. 해부용 메스가 붕어를 난도질하자 한 아이가 웩, 하며 구역질을 했다. 그러자 모두가 낄낄대며 한마디씩

했다.

그런데 난데없이 인호의 목소리가 찢어질 듯 과학실에 울려퍼졌다.

"그만 좀 해라 안 하나!"

얼른 고개를 돌리자 창가의 테이블에서 인호가 손을 절레절레 저어댔다. 피 묻은 메스를 든 쩨쩨가 인호를 괴롭히는 중이었다.

"빙신 새끼, 그라믄 니가 해보든지."

쩨쩨가 메스에 묻은 피를 인호에게 튕기자 인호가 구역질을 하며 주저앉았다.

"우욱!"

"착한 척하고 있네. 니는 생선 안 처묵나?"

쩨쩨가 빙글거리며 발로 툭툭 차는데 갑자기 일어난 인호가 팔을 쭉 뻗으며 달려들었다.

"개새끼! 죽어라!"

인호의 손이 쩨쩨의 목을 조르고 있었다.

"저 새끼 목이 약점이데이……. 큭큭!"

내 뒤에서 상진이 속삭였다. 상진이는 쩨쩨와 같은 학교 출신이었다. 아닌 게 아니라 쩨쩨는 얼굴이 달아오르며 한참인가 고전했다. 한참을 끙끙대던 쩨쩨는 인호를 겨우 넘어뜨리고는 분풀이를 하려 달려들었다. 그때 아이들 몇몇이 소리를 질렀다.

"어어? 비키라!"

언제 주웠는지 인호가 메스를 들고 허공을 획획 그어댔기 때문이었다. 아이들은 그때서야 심각함을 알고 싸움을 말리기 시작했다.

"말리라! 점마 저거 좀 말리라!"

쩨쩨도 고함을 지르며 뒤로 물러났다. 흥분한 인호는 마구잡이였다.

"개새끼들아! 꺼지라! 너거들이 한 번이라도 저 새끼 말린 적 있나? 씨발놈들아!"

가슴을 졸이던 활극은 오래 가지 못하고 끝나버렸다. 큰 아이 몇몇이 인호의 뒤를 덮쳤고 메스를 빼앗아 던져버렸다. 인호의 마지막 불꽃같은 모습은 안쓰럽기만 했다. 자기 분을 못 이겨 부르르 떠는 인호를 쩨쩨는 가만두지 않았다. 말릴 틈도 없이 쩨쩨의 발길질이 인호에게 쏟아졌다. 보다 못한 내가 쩨쩨를 말리려 나서는데 누군가 먼저 쩨쩨의 어깨를 뒤로 잡아당겼다.

"마! 그만 해라."

쩨쩨를 말린 건 상진이었다.

"놔라, 니가 뭔데?"

쩨쩨가 불타는 눈으로 상진을 째려보았지만 상진 또한 기를 죽이진 않았다.

"뭐? 한 번 해볼래?"

대답 없이 눈싸움을 하던 쩨쩨가 침을 퉤 뱉고 물러섰다. 그동안 다른 애들의 도움을 받아 인호를 교실로 옮겼으나 인호의 상태는 걱정이 될 정도로 좋지 않았다. 조퇴를 했던 인호는 다음날부터 학교에 나오지 않았다. 인호 부모님의 항의로 사고 후 조사가 있었으나 쩨쩨는 생각보다 약한 징계를 받았다. 교무실 청소를 했던 아이들이 선생들의 얘기를 흘려들었는데, 메스를 휘둘렀다는 이유로 인호는 정신병자 취급을 받고 있다는 거였다. 생물 선생이 과학실을 비웠다는 사실을 덮기 위해 칼을 쓴 인호에게 몽땅 책임을 넘겼다는 말도 있었다. 쩨쩨의 옆자리는 계속 비어 있었고, 한 달쯤 지난 후 인호가 다른 학교로 전학을 갔다는 소식이 들려왔다.

첫 사냥

1학년이 끝나갈 무렵 나에게도 1전이라는 전적이 붙게 되었다. 상대는 다름 아닌 쩨쩨였다. 난 가끔씩 인호의 꿈을 꾸곤 했는데 개구리, 붕어가 돌아다녔고 피 묻은 인호가 쩨쩨의 목을 조르든가, 두들겨 맞는 식의 악몽이었다. 난 어떤 도움을 주고 싶었지만 팔다리가 말을 듣지 않아 갑갑하기 그지없는 꿈이었다. 난 꿈에서도 현실에서도 쩨쩨가 싫었다. 작은 아이들을 괴롭히는 것도 꼴불견이었지만 가끔 내게도 시비를 걸어올 때가 있었다. 그런 내게 동기를 부여한 것이 상진이었다. 나에겐 고추친구였지만 상진은 이미 전교 주먹 서열에 거론될 만큼 자라나 있었다. 그런 상진에게 쩨쩨는 항상 눈에 거슬리는 존재였다. 학기 초만 해도 같은 국민학교를 나왔다는 동질감이 있었지만, 지금 상진 입장에선 쩨쩨는 쳐내고 싶은 대상이었다. 말하자면 난 상진이가 고른 해결사였을지도 모른다.

"저 새끼, 전에 말한 대로 목이 약점이다. 한 번 시비 걸리면 바로 목만 조르면 된다."

이상하게도 그 말은 힘이 됐고 내 뒤에 누군가가 받치고 있단 생각에 든든한 마음까지 생기곤 했다. 그런 중에 쩨쩨와 맞붙을 기회가 찾아왔다. 쩨쩨와 내가 같이 주번이 되었던 날이었다. 녀석은 칠판을 어지간히 지우지 않았고 난 서서히 기회를 엿보기 시작했다. 마침 녀석이 칠판 앞에서 키 작은 아이의 책상을 발로 차며 장난을 치고 있었다.

"야, 아까부터 칠판 내가 다 지웠으니까 니가 해라."

쩨쩨는 날 힐끗 보더니 건성으로 알았다고 하며 방금 주워 올린 노트와 샤프를 떨어뜨리는 장난에 열중했다. 너 따위는 아랑곳없다는 태도였다. 인호의 얼굴이 떠오르며 가슴이 두근대기 시작했다.

"마! 그만 괴롭히고 칠판이나 닦으라고!"

"씨발놈, 니가 뭔데 이래라저래라 하노?"

"뭐? 씨발놈?"

난 기회를 놓치지 않았다. 순식간에 녀석의 목을 한쪽 팔로 감싸 안았다. 어디서 그런 힘이 났는지 모르지만 발악을 하는 쩨쩨와 교실 바닥을 뒹굴면서도 끝까지 팔을 풀지 않았다.

"잘한다, 병욱이! 그래, 목만 안 놓치면 된다!"

상진이의 목소리가 들려왔다. 과연 쩨쩨는 목이 약점이었다. 놈은 내 팔에서 벗어나지 못해 버둥거렸고 친구들이 달려들어 우리 둘을 떼놓을 때까지 내 눈엔 아무것도 보이지 않았다. 쩨쩨는 켁켁

거리며 정신을 못 차렸다. 자리로 돌아가 떨리는 손으로 교과서를
꺼내 드는데 그때서야 어머니의 목소리가 울려왔다.

"학교에 가면 싸우지 마라."

"개새끼! 니가 내를……"

갑자기 눈앞에서 불이 번쩍 났다. 어느새 정신을 차린 쩨쩨가 복
수를 감행했던 것이다. 눈앞에서 불꽃이 번쩍거리는 경험은 그때
가 처음이었다. 어지간히 맞은 것 같은데 아픔은 느껴지지 않았다.
달려들어 같이 주먹을 날릴 기운이 남아 있는데도 꿈속에서처럼
팔다리가 말을 듣지 않았다. 어머니의 목소리만 귓속에서 맴돌아
댔다. 쩨쩨와 나의 전투는 그렇게 일진일퇴의 공방전이 되고 말았
다. 하지만 내 얼굴은 이상할 만큼 멀쩡했고, 쩨쩨의 얼굴은 시뻘
겋게 부어올라 붉은 반점이 곳곳에 퍼진 상태였다.

"헤드락! 병욱이, 니 진짜 멋지더라. 니가 완전히 이긴 거다."

그날 하교하는 길에서 상진은 내게 떡볶이를 샀다.

"어? 으응……."

난 쩨쩨와의 싸움 이후 왠지 모를 우울에 사로잡혀 있었다. 어머
니의 말이 계속 떠올라 뒷맛이 영 개운치 않았던 것이다.

"표정이 와 그렇노? 아까 좀 맞은 데 아픈 기가?"

"아, 아니. 괜찮다."

"후후, 새끼. 보기보다 세다니까……. 니 내일 뭐하노? 내일 대통
령 선거한다고 쉰다 아이가? 내하고 3반에 근우하고 롤러스케이트
타러 갈 건데 같이 안 갈래?"

"응? 롤러스케이트?"

"그래, 남포동 신천지 백화점에 갈 기다. 같이 가자."

"어어……, 그래. 같이 가자."

상진은 전에 없이 나를 살갑게 대했다. 난 어린 시절의 고추친구를 다시 찾은 느낌과 새로운 친구를 사귀는 느낌이 반반 섞인 이상한 기분이 들었다. 무슨 말을 할까 고민하는데 마침 방금 만든 떡볶이가 나왔다. 뜨거운 떡과 오뎅을 같이 찍어 후후 불며 입에 가져가는데 분식집 아줌마가 TV를 보며 혀를 찼다.

"아이고오, 여자가 이쁘게 생겼구만 무슨 그런 짓을 했는고?"

문득 쳐다본 TV엔 젊은 여자가 입에 큰 반창고를 붙인 채 어디론가 호송되는 장면이 나왔다. 멍하니 떡볶이를 씹는데 'KAL기 폭탄 테러범 마유미 입국'이란 자막이 커다랗게 떠오르고 있었다.

승리와 패배

겨울방학이 지나고 2학년이 되자 아이들은 더욱 성장했다. 새로운 반 배정은 설렘보다는 험한 아이들이 없었으면 하는 걱정을 먼저 안겼다. 2학년 11반 46번. 그것은 나에게 주어진 새로운 표식이었다. 상진은 2학년 11반 44번이 되어 옆 분단에 앉아 날 보고 씩웃었다.

새로운 반에서 일주일간 탐색전을 펼치던 아이들은 서서히 계급 정하기에 들어갔다. 입학 때와는 비교도 못할 수컷 냄새가 교실과 복도에 가득 찼다. 상진은 이미 다른 반 아이 하나를 해치웠고, 우리 반 안에서도 끼리끼리 네댓 번 싸움이 벌어졌다. 서서히 말로 표현하지 못하는 서열이 생겨났다. 나에게도 또 한 번의 전투가 찾아왔다. 상대는 짝이 된 동우라는 아이였다. 좀 말랐지만 매서운 눈빛이었고, 욕을 시작하면 그 자리에서 열 마디 스무 마디도 마음껏 뱉을 줄 아는 녀석이었다. 동우는 내가 싫어하는 짓은 골라서 할 정도로 나와 맞지 않았다. 특히 욕을 섞어 비웃듯 던지는 말은 도저히 참을 수 없었다. 난 또다시 전투의 기회를 엿보기 시작했다. 뭐니 뭐니 해도 내 뒤엔 상진이가 있었다. 며칠 후 수업 시간에 계속 방해한다는 이유로 녀석의 멱살을 잡고 소리쳤다.

"따라 나온나!"

동우는 의외로 빨리 꼬리를 내렸다. 눈은 살아 있었지만 왠지 자신감이 떨어졌다. 그건 나에 대한 불안이 아니라 상진에게 향한 것임을 모르는 바 아니었다. 아무래도 좋았다. 남들이 날 우습게 여기지 못하게 하고 싶었다.

"내 지금 팔 다쳐서 한쪽 팔을 잘 못 쓴다. 싸우기 싫다."

"그라믄 까불지를 말든지! 따라 나온나, 나도 한 팔 안 쓰면 된다 아이가!"

주위의 아이들이 우와, 하는 감탄사를 터뜨렸다. 나는 아이들을 이끌고 학교 건물 옆 등나무 벤치로 갔다. 학교에서 푸른 교실이라고 이름 붙인 그곳은 1대 1 맞짱이 이뤄지는 단골 장소였다. 나는 그곳에서 한쪽 손을 주머니에 넣고 활극을 펼쳤다. 상진과 대여섯 명이 지켜보는 가운데 동우의 얼굴에 세 방의 주먹을 먹였고, 한 팔을 못 쓴다던 동우는 두 팔로 내 목을 감고 낑낑댔다. 타격전은 끝나고 그라운드로 싸움은 옮겨갔다. 우리 둘은 서로의 목을 감고 한참 동안 힘 대결을 펼쳤다.

"자, 인제 그만 됐다. 그만 해라. 병욱이가 이겼네. 동우, 씨발놈, 니는 인자 까불지 마라."

상진이의 목소리가 들려왔고 아이들이 고개를 끄덕였다. 난 동우에게 승리했다. 교실로 돌아가자 한쪽 팔로 승리한 나를 아이들이 부추겨 세웠다. 난 으쓱거리며 승리를 만끽했다. 이제 이 정글에 나의 영역이 표시된 것이었다. 영역을 표시한 후 그르릉대는 산고양이처럼 나의 가슴은 한껏 부풀어 올랐다. 하지만 바로 다음날 운명의 장난이 시작되었다. 우습게도 똑같은 장소에서 무참히 패배하는 반전이 기다리고 있을 줄은 꿈에도 몰랐던 것이다.

다음날 교실에서는 이상한 장난이 유행했다. 아무 이유 없이 누군가의 뒤통수를 때리면 다 같이 키득대며 웃어댔다. 맞고 바로 복수를 하지 않으면 웃음거리가 되기 십상이었다. 아침부터 시작된 장난은 점점 험한 물살이 되어 내게 닥쳐왔다. 쉬는 시간은 물론이고 수업 시간까지 연장된 이 장난에서 수진이란 아이가 내 뒤통수를 때린 것이 화근이었다. 난 지기 싫었다. 선생님이 필기하는 틈을 타 다섯 발자국이나 걸어가 뒤통수를 다시 때리고 돌아왔다. 그러자 녀석은 똑같이 다섯 발자국을 다가왔다. 대담한 녀석이었다.

뒤로 몰래가 아니라 눈앞으로 걸어와 연필깎이 칼을 드르륵 꺼내 들어 위협한 후, 내 뒤통수를 사정없이 갈겼다. 아이들 앞에서 웃음거리가 된 건 둘째 치고 녀석의 행동을 이해할 수 없었다. 만약 내가 안 피했다면 그 칼은 어디를 그었을까? 생각만 해도 섬뜩한 일이었다. 그러나 내가 더 궁금한 사실이 있었다. 저 녀석은 하고 많은 아이들 중에 왜 날 선택했을까? 별로 친하지도 않고 가까운 자리에 있는 것도 아닌데……

점심시간부터는 장난이 변질되어 누군가를 선택해 몰매를 놓는 것으로 바뀌어 있었다. 물론 나도 똑같이 희한한 놀이에 동참했다. 문제는 맞는 축의 한 명이 수진이었다는 점이었다. 똑같이 차고 똑같이 때리는 가운데 녀석은 또다시 나만 문제 삼았다. 운동장 한가운데서 시비가 붙었고 결론은 맞짱이었다. 이미 수많은 구경꾼들이 우리를 지켜보고 있었다. 마치 영화 속의 주인공처럼 둘이 푸른 교실로 걸어가자 수백 명이 우르르 따라왔다. 흥분도 됐지만 겁이 몰려오는 것도 사실이었다.

"학교에서 싸우지 마라……."

어머니의 목소리가 다시 귓속에서 쟁쟁하게 울려퍼졌다. 몸이 얼어붙고 눈앞이 캄캄해져 버렸다.

"니가 잘했나?"

수진은 이렇게 외치며 내 얼굴에 세 방의 주먹을 날렸다. 갑작스러운 공격에 피할 틈도 없었다. 문득 어제의 동우가 생각났다. 똑같이 딱 세 대를 맞았네……. 뭐하고 있는 거야? 뭐 하는 거냐고? 정신이 번쩍 들었다. 우우거리는 주변의 함성이 들려왔고 그때서야 몸이 움직였다. 나는 수진의 다리를 잡고 뒤로 넘어뜨리려 달려들었다. 수진의 당황한 얼굴이 눈에 들어왔다. 하지만 너무 많은 구경꾼들에 부딪혀 놈은 넘어지지 않고 뒤로 뒤로만 뒷걸음질 쳤다. 만약 그때 녀석이 넘어졌다면 어떻게 되었을까? 사춘기 시절을 시커멓게 뒤덮었던 가슴의 상처는 흉터가 아닌 훈장이 되어 있을까⋯⋯?

수진의 다리를 잡고 밀어붙이던 중 내 몸은 갑작스레 뒤로 당겨졌고 수진과 나는 서로 떨어졌다.

"이 자식들 뭐 하는 거야?"

정신을 차리니 선도부 선배들이 달려와 우리 둘을 떼어놓고 구경꾼들을 해산시키고 있었다. 얼굴이 뜨겁게 달아오르며 금방 부어오르는 게 느껴졌다. 갑자기 지독한 외로움과 서러움이 나를 압박하기 시작했다. 아무리 참으려 해도 눈물은 주룩주룩 새어나왔다. 난 결국 허리를 굽히고 엉엉 울고 말았다. 치욕스러운 패배였다. 원주의 뒤통수 사건 따위는 여기에 비하면 아무것도 아니었다. 다음날 내 얼굴은 시퍼런 멍으로 뒤덮였고 눈가는 터질 듯 부어올랐다. 어떤 아이들은 일부러 손가락질 하며 내 패배의 흔적을 비웃기도 했다. 이후에도 영화 같은 역전은 없었다. 나의 서열은 어느새 저 멀리 밀려났고, 한동안 자신에 대한 자책과 분노로 잠을 못 이루곤 했다. 그날 싸움에 대해 상진은 한마디도 하지 않았다. 아무 일 없는 것처럼 날 대했고, 나 또한 자신의 처지를 의지하고 싶은 생각은 없었다. 상진이는 우리 반의 덩치 좋은 모범생과의 싸움에서 또 한 번 승리했고 서서히 우리 반을 장악해 가는 중이었다.

퇴출

어느 날 상진이 말했다.

"3층에 놀러 갔다 올까?"

3층은 1학년 교실이 있는 곳이었다.

"요즘 것들은 버릇이 없어서 말이지……."

상진은 이렇게 말하며 씩 웃었다. 난 따라나서기로 했다. 이제 노는 물이 달라졌어도 가끔씩 날 챙기는 끈끈한 우정 같은 게 좋았다. 우린 1학년 교실을 어슬렁대며 알지 못할 우월감에 어깨를 으쓱거렸다. 그러던 중 상진이 한 교실로 들어갔다. 몇몇은 뛰어다니며 장난을 쳤고 아직 밥을 다 먹지 못한 아이들이 숟가락질로 바빴다. 상진은 교실 뒤편의 주전자를 들어보더니 날 쳐다보며 다시 한 번 씩 하고 웃었다. 무슨 신호 같았지만 무슨 뜻인지 몰라 의아하게 생각하며 곁으로 다가갔다.

"야아, 물이 하나도 없네. 주번은 뭐하노? 물도 안 떠놓고."

상진의 큰소리에 맨 뒤에서 밥을 먹던 키 큰 아이가 우리를 힐끗 쳐다보며 대꾸했다.

"아까 물 뜨러 간다드만 놀러 갔는갑다. 나도 목말라 죽겠는데……."

말이 채 끝나기도 전에 주전자가 획 하고 1학년의 머리를 강타했다. 충격에 숟가락을 떨어뜨리고 비틀거리는데도 주전자는 두 번인가 더 허공을 갈랐다.

"개새끼가……, 니는 선배한테 반말 하나?"

말도 안 되는 시비였다. 1학년 교실은 얼어붙었고 주전자에 얻어맞은 키 큰 아이는 머리를 싸매고 신음소리를 냈다.

"야야, 갑자기 와 그라노? 아아 새끼, 성질하고는……."

난 웃음으로 얼버무리며 상진이의 어깨를 툭툭 쳤다. 그때 상진이가 날 똑바로 바라보았다. 이글거리는 눈이 내게 향했을 때, 난 뭔가 잘못됐음을 직감했다

"니는 뭐고? 씨발!"

주전자가 내 머리를 향해 날아왔다. 심한 고통이 밀려왔으나 그보다 1학년 교실에서 맞았다는 부끄러움이 더 컸다.

"1학년 7반! 너거 조심해라. 씨발놈들, 함부로 까불고 다니지 마라, 알겠나?"

상진은 책상 하나를 발로 차고는 교실을 나가버렸다. 난 하릴없이 그 뒤를 따라나섰다. 1학년들이 내 뒤에서 뭐라고 수군거렸다. 순간에 벌어진 일이라 도대체 뭐가 어떻게 된 건지 알 수 없었다. 주전자에 맞은 머리는 계단을 올라가면서도 계속 화끈거렸다. 교실로 돌아왔을 때 상진의 손이 내 머리를 쓰다듬었다.

"괜찮나? 큭큭! 빙신, 뭐한다고 내를 건드려 갖고……."

"괜찮기는 한데……, 니 갑자기 와 그라노?"

"씨발놈이 반말 한다 아이가? 되도 안 한 1학년 새끼가. 홋, 니 진짜 괜찮제?"

상진은 아무 일도 없었다는 듯 태연하게 웃었다. 나는 어색하게 따라 웃으며 내 자리로 돌아갔다. 문득 1학년 때의 빨갱이와 쩨쩨가 떠올랐다. 이제 상진이에게 나란 존재는 그런 애들과 같은 거구나……. 문득 그런 생각이 들었다. 항상 그랬어. 나는 이 친구를 해할 생각이 전혀 없는데, 상진이는 벌써 두 번이나 날 공격했었다. 맞은 건 나인데 왜 비굴하게 웃고 있어야 하지?

내게 닥친 상황이 너무나 싫었다. 하지만 이상하게도 상진이에 대해 증오심이 들진 않았다. 다만 어린 시절의 우정이 사라졌다는 서운함이 더욱 진했다. 물론 뒤를 든든히 봐주던 상진의 눈 밖에 난 게 섭섭했는지도 모를 일이었다. 그날 이후 나는 상진과 되도록 가까이하지 않으려 했고 우린 점점 멀어져 갔다.

성장통

또 한 번의 겨울방학이 끝나고 새 학기가 다가왔다. 어느새 3학년이 된 아이들은 더욱 성장해 있었다. 이제 정글의 구성원들은 왁자지껄하게 서열을 다투지 않았다. 이미 정해진 위치는 공고했으며 서로가 자신의 위치를 고수할 따름이었다. 하지만 그것은 겉으로 드러난 평화일 뿐이었다. 누군가가 자신의 영역을 침범한다면 숨기고 있던 이빨과 발톱을 드러낼 것이었다.

각자의 위치에서 맡은 역할은 다양했다. 어떤 아이는 맹수가 됐고 어떤 아이는 초식동물이 됐다. 그리고 맹수가 된 아이들은 어른의 세계로 영역을 확장하기 시작했다. 어지간한 성인들도 못하는 짓을 거리낌 없이 행하는 아이들이 곳곳에 혼재했다.

슈퍼를 털어 참치캔 박스를 거래하는 아이, 나이트에서 여자를 꼬드겨 여러 명이서 덮쳤다며 자랑하는 아이, 대마초를 가져와 피워보라며 낄낄대는 아이, 노란 고무줄로 묶은 동그란 뭉칫돈을 몇 개나 넣고 다니는 아이……. 이제 아이란 말은 그들에게 어울리지 않는 단어였다.

어느새 학교는 어른과 아이들의 정글이 아무렇게나 뒤섞인 곳이 되어버렸다. 이젠 누가 세느냐가 아닌, 누가 강자와 친하냐가 중요했다. 특히 초식동물이 된 아이들은 내줄 것은 내주고 고개 숙일 때 고개 숙이는 법을 먼저 배워 나갔다. 아무도 가르쳐주지 않았지만 살아남기 위해 비굴할 줄도 알아야 한다는 걸 아이들은 중학교에서부터 체득했던 것이다.

3학년 2학기쯤이었던가? 나는 저 생존의 비굴함을 온몸으로 배운 일이 있었다. 운명이 치는 묘한 장난인지 모르지만 그 대상은 다름 아닌 동우였다.

주번을 맡은 날이었는데 담당 선생이 까다롭게 굴어 청소 검사를 마치자 저녁이 다 돼 있었다. 복도는 어두컴컴하니 스산하기만 했다. 가방을 싸고 복도 끝 12반을 지나가는데 교실 안에서 기분

나쁜 신음소리가 들려왔다. 호기심에 고개를 돌리자 서너 명이 한 명을 둘러싸고 몰매를 놓고 있는 중이었다. 가슴이 뜨끔해서 얼른 시선을 피했지만, 그중 하나와 눈이 마주치고 말았다. 그런데 하필 눈이 마주친 놈이 바로 동우였다.

"야이, 씨발놈아, 뭐 쳐다보노?"

두 명이 복도로 걸어 나왔다. 동우가 조폭 쪽의 한패와 어울린다는 말은 익히 들었던 바였다. 왜 이런 상황에 놈과 마주쳤는지 하늘이 원망스러울 따름이었다.

"아니, 그냥 지나가다가……."

"그라믄 그냥 지나갈 일이지 왜 쳐다보냐고!"

동우가 내 엉덩이를 걸어찼다. 속에서 끓어오르는 분노와는 다르게 내 입에서는 사과가 흘러나왔다.

"미안……, 그냥 가는 길이다."

"동우 니, 이 새끼 아나?"

"웅? 알긴 알지. 하, 쪽팔려 가지고……."

순간 동우의 눈이 내 눈을 뚫어지게 노려보았다. 2학년 때의 일이 주마등같이 스쳐 지나갔다. 가슴이 두근거렸고 난 나도 모르게 눈을 내리깔고 고개를 숙였다. 동우 옆의 아이가 씩 웃으며 담배를 꺼내 물었다.

"마, 딴 데 꼰지르면 죽여 버린다. 웅?"

"아, 알았다."

"빨리 꺼지라, 새끼야. 엿 되기 전에……."

동우는 한심하다는 듯 엉덩이를 한 번 더 걸어찼다. 복도 계단을 내려가며 나는 흐느끼고 말았다. 차라리 어딘가 터지고 깨졌다면 이렇게 부끄럽지는 않았을 것이다. 그것은 여느 때와 다른 굴욕이었다. 힘 앞에서 처절하게 굴복한 내 비굴함이 죽도록 싫었다.

"힘이 있는 것도 아니고, 공부를 잘하는 것도 아니고, 돈이 많은 것도 아니고, 빽이 있는 것도 아니고……."

나는 그렇게 엉뚱한 방식으로 어른의 흉내를 내며 계단에 주저앉아 한참을 울어야 했다.

그날 밤은 도저히 잠을 이룰 수 없었다. 이리저리 뒤척이며 밤새 고민하던 나는 멀어졌던 상진을 찾기로 결심했다. 복수를 부탁하기로 마음먹었던 것이다. 심지어 환심을 사는 데 쓰려고 책갈피에 모아놓은 용돈까지 모조리 가방에 챙겨두었다. 내 처지를 의지한다느니, 비겁하다느니 따위의 생각은 버리기로 했다. 내게 다가온 성장통의 원인 따위는 필요 없었다. 어떻게든 동우를 꿇어앉히고 싶은 생각뿐이었다.

다음날 아침 몇 번을 망설이다 상진이 속한 7반 교실로 향했다. 그런데 7반의 분위기가 수상했다. 아이들이 우르르 몰려나왔고 상진이 내 앞을 지나쳐 갔다. 낌새가 이상해서 안면 있는 아이에게 사정을 물었다.

"상진이하고 3반 기석이하고 한 판 붙는다 아이가!"

둘이 시비가 붙었고 선생들이 출근하기 전에 화장실에서 당장 한판 벌인다는 얘기였다. 기석은 어릴 때부터 힘 하나는 장사인 아이였다. 얼마 전 조폭에 스카우트 제의를 받았다는 소문도 있었다. 전교 톱클래스와의 싸움은 잘 피해 다녔던 상진이기에 의외의 싸움이었다. 얘기를 듣자마자 불안감이 들었다. 나는 즉시 화장실을 향해 달려갔다.

'제발 이겨라, 제발 이겨라. 상진이 너 한 번도 진 적 없잖아. 제발 이겨서 날 도와다오.'

우르르 몰려 있는 아이들을 헤치고 상황을 살펴보자 언뜻 봐도 상진은 밀리고 있었다. 그날처럼 상진이 작게 보인 적은 없었다. 시비조로 몇 마디 주고받다 먼저 주먹을 날린 건 상진이었다. 주먹 두 방이 정통으로 먹혔는데도 기석은 끄떡 않고 반격에 나섰다. 기석이의 펀치가 몇 번 먹히자 상진은 금방 코너에 몰렸다. 기석의 육탄 공격을 힘겹게 받아내던 상진은 팔을 내밀어 기석의 목을 겨우 감싸 안을 수 있었다. 그러나 기석은 요지부동이었다. 힘에서 밀린 상진은 화장실 문에 몇 번이고 부딪히며 데미지를 입고 있었다. 팔만 풀리면 끝장날 위기였다. 그때 상진이가 갑자기 외쳤다.

"그, 그만 하자! 말로 하자."

상진의 외침이 화장실에서 울렸고 구경하던 주위에선 실소가 흘러나왔다. 손톱 자국이 날 정도로 꽉 쥐었던 내 주먹의 힘이 스르르 풀려버렸다. 난 돌아서서 화장실을 나왔다. 등 뒤로 상진의 기죽은 변명들이 들려왔지만 나는 더 이상 신경 쓰고 싶지 않았다. 복수고 뭐고 모두 허무해져 버린 탓이었다. 이후 상진과는 더 이상 관계하지 않았고 중학교 졸업 이후엔 아예 연락이 끊기고 말았던 것으로 기억한다.

위치 찾기 2

선배는 생각보다 늦었지만 H 중공업 노조위원장과의 인터뷰는 무사히 끝낼 수 있었다. 오래된 천막 시위 탓도 있었지만 주위의 사람들은 많이 지쳐보였다. 특히나 회사측 주도하에 만들어진 복수노조가 커진 탓에 현재 투쟁 중인 노조가 갖고 있던 교섭권이 넘어갈 위기라고 했다. 단순한 노조 간의 경쟁으로 보기엔 그 문제성이 심각해 보였다.

"처음엔 엄청난 배신감을 많이 느꼈어요. 우울증도 오고 말이죠. 갑자기 복수노조로 사람들이 확 넘어가니까. 결코 그 사람들이 복수노조가 좋아서 간 건 아니죠. 당장 힘드니까……. 우리 조합원 중 140여 명이 휴업 상태니까요. 당장의 소나기는 피하고 보자는 거지요. 복수노조에 간 분들이 이야기를 해요. '회사에 대항해서 싸울 수 있는 이들은 너희밖에 없다. 우리는 비록 여기 있지만 당신들이라도 끝까지 지켜다오.'라고 말이죠. 만약 또 일이 없어지면 회사는 노동자들부터 정리해고 하려 들 텐데, 그때 교섭권이 없으면 익은 논에 벼 베듯이 잘려나가겠지요. 복수노조는 보나마나 회사 시키는 대로 할 거고."

하소연하듯 말하는 위원장의 눈가가 젖어 갔다.

인터뷰를 마치고 천막을 나서려는데 문득 상진이 떠올랐다. 만약 아까 본 사람이 상진이라면 분명 그 친구도 이곳의 노동자일 터였다.

"저……, 혹시 노조원 중에 전상진이라고 마흔쯤 된 키 큰 사람 모르십니까? 부산 출신인데."

노조원이 몇백 명 되지만 위원장은 대부분의 면면을 알고 있을 것이었다. 아니나 다를까 그는 바로 고개를 끄덕였다.

"아, 예. 알고 있죠."

하지만 대답하는 위원장의 표정이 묘했다.

"그 사람은 어떻게 아시지요?"

"아, 중학교 때 알던 친구입니다. 여기서 일한다는 얘기를 듣고 혹시나 해서……."

"그 친구……. 우리 조합원이기도 했었지요. 꽤 열심이었는데……. 지금은 복수노조로 갔지만요."

운을 뗐던 위원장은 잠시 말을 멈췄다가 담배를 꺼내 들었다.

"전상진 그 친구, 지금은 복수노조 본부장입니다. 젊은 나이에 그만큼 하려면 못할 것도 많이 했다고 봐야죠. 사실 그 위치면 노조라기보다 회사 직원인 셈이죠."

천막 앞에 있던 나이 지긋한 노조원이 우리 얘기를 듣더니 혀를 끌끌 차며 한마디 했다.

"그 자슥, 10년이 다 되도록 같은 밥 묵다가 하루아침에 홱 돌아서뿟지. 바꿔도 사람이 그래 바뀔 수가 없제. 배신자니 뭐니 그런 소리 안 하기로 했지만서도, 금마는 솔직히 이가 좀 갈린다. 천막

나와가 저것 좀 볼란교?"

　상진의 얘기를 괜히 꺼냈나 싶은 생각이 들었지만 이왕 물어본 얘기였다. 천막을 나와 손짓하는 쪽을 쳐다보니 천막의 6배가 넘을 정도로 큰 플래카드가 왼쪽 위에 걸려 있었다. 그것은 복수노조의 플래카드로 농성 중의 천막과 묘한 대조를 이루고 있었다.

　'노동조합은 회사와 하나 되어 H 중공업의 긍지를 지키겠습니다.'
　플래카드에 적힌 글귀는 더 큰 이질감을 느끼게 했다.

　"저걸 단다니, 못 단다니 몇 번 실랑이 했었지. 그러니까 전상진이 그 자슥이 저거 사람들을 끌고 와가 막 덤비들더라고. 우리 천막 위에 꼭 달아야 된다 카면서. 나이 많은 사람도 있는데 막무가내로 주먹을 휘두르니까 우리도 가만있나? 지도 한 대 맞았을 끼야. 노조가 달라도 같은 입장끼리는 잘 안 싸울라는 거 아는데……, 와 그랬겠노? 보나마나 회사에서 시켰겠지."

　그러자 곁에 섰던 다른 이가 한마디 거들었다.

　"하도 지랄을 해쌓길래 나중에는 '아나, 너거 맘대로 해라.' 하고 비키주뺐지. 그라이까 저런 걸 안 달아났나? 지도 살아볼 기라고 기를 쓰는 긴데 우짜겠노?"

　중학 시절의 상진과 식당에서의 상진, 그리고 여기서 주먹을 휘둘렀다는 상진의 이미지가 겹쳐졌다. 확연히 다른 모습들이지만 한편으론 너무나 닮아 있다는 생각이 들었다. 씁쓸한 기분에 한숨이 절로 나왔다. 아직도 자신의 위치를 찾기 위해 싸우고 있는 것일까?

조합원들과 작별 인사를 나눈 후 사진을 찍기 위해 신호등을 건 넜다. 핸드폰으로 천막과 플래카드의 사진을 몇 장 찍던 나는 피식 쓴웃음을 지었다. 글 쓴답시고 생활비 걱정이나 하는 내 입장도 위치를 못 찾고 있긴 마찬가지란 생각이 들어서였다. 하지만 나는 곧 고개를 저었다. 아이가 아닌 어른이 되어서도 끊임없이 위치를 찾는다는 건 적어도 희망이란 게 있다는 얘기였다. 그 희망으로 인해 또다시 성장통을 겪는다 해도 나는 이제 그 통증 부위에만 약을 발라대는 짓을 하진 않을 것이다. 아이의 어른 흉내가 아닌 어른의 위치 찾기란 그런 것이리라…….

상진의 위치 찾기도 그러하기를 바랄 뿐이었다. 문득 상진에 관한 또 다른 추억이 떠올랐다. 이번엔 씁쓸함의 정도가 진해 한숨으로는 처리가 되지 않았다. 피워 문 담배 연기가 때마침 불어온 바람에 휙 날아가 버렸다.

닭살

고등학교에 입학하고 전학 갔던 친구를 다시 만난 일이 있었다. 우린 반가운 마음에 매점에서 한참 동안 수다를 떨었다. 그러던 중 친구는 갑자기 생각난 듯 중2 때의 싸움에 대한 이야기를 꺼내었다.

"니 2학년 때 수진이하고 싸운 거 생각나나?"

"갑자기 그거는 와? 얘기하지 마라. 쪽팔리구로."

"하하, 뭐가 쪽팔리노? 나도 옛날에 많이 터졌는데. 근데 있다 아이가 그때 니가 모르는 일이 하나 있데이."

"그게 뭔데?"

"니가 수진이하고 시비 붙은 이유가 몰매 장난 때문이잖아? 근데 사실은 수진이가 상진이한테 먼저 한 판 붙자고 했거든?"

"뭐? 그런데 와 내한테 시비를 걸었노?"

"그기, 알고 보면 이런 기라. 상진이 입장에선 학년통 원주하고 친한 수진이랑 붙기가 껄끄러웠을 거 아이가? 그래서 그랬다데. 수진이가 병욱이 니 급수도 안 되면서 덤빈다고. 이기고 오면 미안하다 해준다고……."

"뭐?"

그때서야 나의 궁금증이 하나 풀렸다. 수진이가 왜 그렇게 기를 쓰고 시비를 걸어왔던지…….

"그런데 니가 그날 깨졌다 아이가? 그때 상진이한테 어쩔 거냐고 아아들이 물었거든, 그러니까 하는 말이, 누가 이기든 무슨 상관이고? 그래봐야 둘 다 손해지. 거기 선도부 내가 불렀던 기다. 그라더라 안 하나."

그때도 가슴이 답답했었다. 자판기 콜라를 급하게 들이키자 친구가 날 다독였다.

"뭐한다고 열 받고 그라노? 만약에 니가 상진이 같은 놈이면 이래 같이 있지도 않는다. 니는 차라리 떳떳하다 아이가?"

친구의 말을 들으며 상진이가 기석에게 지던 날을 떠올렸다. 그러자 밤새 뒤척이며 복수를 결심하던 내 모습과 환심을 사기 위해 용돈까지 챙기던 모습이 함께 떠올라왔다. 온몸이 으스스 떨리며 소름이 돋아났다. 특히 친구의 "떳떳하다 아이가?"란 말이 내 피부 곳곳을 꼭꼭 찔러댔다. 난 그때 팔뚝의 소름을 보며 혼잣말을 중얼 거렸다.

"이건 소름이 아이다. 내가 쪽팔리가 돋은 닭살인기라⋯⋯."

시간이 많이 지났지만 나는 가끔씩 그날의 닭살을 추억하곤 한다. 무서워서 돋은 소름이 아닌 닭살, 부끄러움에 돋은 닭살을 말이다.

동래부 전령 전성칠

초량왜관 표왜 이송 소동

설문
(현 부산역 건너)

연향대청
(현 대청동)

용두산

재판옥

수문

관수가

의사옥

선창

용미산
(현 롯데백화점)

초량왜관

 오늘 부산진성의 권관 소삼은 여러모로 정신이 없다.

 새벽부터 일어나 역관(譯官)인 김 별차(別差, 통역 등을 맡은 하급관리)와 함께 다대진에 갔다가 헛걸음만 하고는, 점심때가 넘도록 달려온 곳이 초량왜관(草梁倭館)이었다. 역관이 이끄는 대로 왜관(倭館) 안까지 들어온 것은 좋았는데, 금방 나온다며 재판옥이란 큰 건물에 들어간 김 별차는 일각(一刻, 15분)이 넘도록 감감 무소식이었다.

 "아노……, 스미마셍. 그, 그라이까네……. 내하고 같이 온……."

 재판옥을 지키고 섰던 왜인이 소삼의 더듬거리는 말에 손바닥을 촥 펴더니 이렇게 대답했다.

 "조또마떼 쿠다사이."

"어, 어! 뭐꼬? 욕하는 건 아닐 끼고……."

왜인(倭人)들이 툭하면 주먹질을 한다는 소리를 들었던 터라, 소삼은 얼른 몸을 사리며 왜인을 노려봤다. 그러나 왜인은 '조또'를 반복하더니 건물 안으로 들어가 버렸다. 어떻게 뜻은 통한 모양이었다. 안도의 숨을 쉰 그는 주위를 다시 둘러봤다. 조선인의 출입이 금해진 왜관은 저쪽 용두산과 바다 쪽의 용미산을 끼고 커다랗게 들어서 있었다. 조선식인지 일본식인지 구분도 안 되는 건물이 몇 십 채, 몇 백 채인지 모르게 세워져 있었고, 왜어(倭語)도 제대로 못하는 터에 왜인들만 설쳐대는 곳에 있다 보니 여기가 조선인지 왜국(倭國)인지 구분도 잘 되지 않았다.

"에이……, 거 참! 빨리 안 나오고 뭐하는 기고? 이거는 또 와 이리 헤깔리노?"

불안해하던 소삼은 소매주머니에서 종이문서 두 장을 꺼냈다. 하나는 다대진에서 받은 것이고, 하나는 부산성에서 가져온 것이었다. 그는 두 장을 도대체 구분할 수 없었다. 이름 석 자도 겨우 외우는 터에 문서에는 뜻 모를 글자들이 잔뜩 적혀 있었다. 그나마 어젯밤부터 외운 글자인 '표왜(漂倭)'라는 글자는 알아볼 만했다.

"그라니깐 이기 표왜란 글자다. 배가 난파해서 우리한테 넘어온 왜인이라는 거지. 표왜를 왜관 관수(館守, 왜관을 관리하는 일본인 총책임자)한테 넘가 받을라면 이기 꼭 있어야 된단 말이지. 표왜를 넘가줄 때까지는 아무한테도 주지 말고 니가 갖고 있어야 되는 기야."

부산진성을 나오는데 고참인 박 별장이 몇 번이고 신신당부했던 터였다. 소삼은 표왜를 몇 번 외다 한숨을 푹 쉬었다. 자기에게 주어진 임무가 골치 아파서였다. 그에게 맡겨진 임무는 다대진에 있는 표왜를 우암포에 있는 표민수수소(漂民授受所)*까지 이송하라는 것이었다.

"거……, 뭐 별거 있나? 사람 하나 인계받고는 살살 걸어가 넘가주뿌면 그만이지."

또 다른 고참 정 군관이 실실 웃으며 던진 말이었다.

말은 쉬웠다. 하지만 말처럼 쉬운 임무라면 너도 나도 손을 들었을 것이다. 귀찮은 일이 공놀이하듯 통통 튀어 막내인 자기에게 넘겨진 것이지, 신참 군관을 배려한다느니 헛소리를 믿을 소삼도 아니었다. 그런데 막상 임무를 수행하다 보니 일은 더 꼬였다. 다대진에 있다던 표왜가 어제 벌써 초량왜관으로 옮겨졌다는 것이었다. 부랴부랴 초량왜관으로 오면서 늘어난 것은 교환문서라는 종이쪼가리뿐이었다.

동래부 동헌

날씨는 맑았지만 밤새 비가 온 탓에 겨울을 떠올리게 하는 늦가을의 아침이었다. 성칠은 조반을 끝내고 외행랑 툇마루에 앉아 꺽

---

* 일본인 표류자인 표왜를 수용하던 장소. 우암포에 있었다.

격대고 있었다. 속이 더부룩한 것이 밥알은 몇 알 삼키지 않고 시래깃국만 두 그릇을 들이킨 탓이었다.

"세상 좋아진다. 장터 동냥아치나 하면서 굶고 댕기던 기……."

아침부터 신경을 박박 긁는 소리에 성칠의 인상이 더욱 구겨졌다. 고개를 드니 평소보다 일찍 등청한 이방이 짧은 곰방대를 뒤로 차고 혀를 차는 중이었다.

"등청 하십습니꺼?"

마지못해 꾸뻑 인사를 하자 이방의 곰방대가 성칠을 몇 번이고 가리켰다.

"니는 무슨 접위관(接慰官)* 접대 잔치를 니 혼자 다했나? 전부 일어나가 빨빨거리는데 니 혼자 그기 뭐꼬?"

어제 동래부 동헌에서는 왜국 사신을 맞으려 파견된 접위관을 위해 조촐한 잔치가 벌어졌었다. 남은 음식들이 관아 하인들에게 내려졌고, 근무 끝난 포교와 차인들은 간만의 호강이라 윗대가리들이 남긴 청주며 정주간에 짱박아 뒀던 탁주까지 꼭지가 돌도록 마셔버렸던 터였다. 성칠도 예외가 아니라 마지막 한 방울까지 마시고 그 자리에 엎어진 것까진 좋았었다. 하지만 술이란 게 원래 그렇듯 아침에 눈을 뜨니 영 죽을 맛이었다. 그런 차에 이방까지 나타나 시비를 붙여대니 심기는 영 불편할 수밖에 없었다.

---

* 조선시대 일본 사신(使臣)이 왔을 때 동래부사와 함께 이를 영접하거나 외교적 업무를 수행하기 위해 파견했던 관리.

"아따, 와 또 아침부터 일찍 나와가 못살게 굽니꺼?"

"이, 이 자슥, 이거⋯⋯."

"등청 하십니꺼? 이방 어른!"

벌컥 화를 내려던 이방이 화통 삶아먹은 커다란 인사에 화들짝 하고 놀랐다.

"어, 어! 뭐꼬?"

돌아보자 전령 차백이가 사발 하나를 들고 고개를 꾸뻑했다.

"아따, 이 자슥아, 앞에서 좀 인사해라. 목소리나 작나⋯⋯?"

성칠의 입꼬리가 씨익 올라가다 이방의 눈초리에 얼른 제자리로 돌아갔다.

"그란데 니 그 사발은 뭐꼬?"

"성칠이 인마가 영 안 좋아서 정주간에 갔다 옵니더. 원 씨 이모가 꿀물이라 카면서 주데예."

"문디 새끼들, 지랄들 한다, 지랄들 해."

혀를 쯧쯧 차던 이방이 다시 목소리를 높였다.

"내 분명히 어제 퇴청하면서 니 오늘 할 일이 많을 끼니까, 적당히 해라, 했나 안 했나?"

"아니, 나도 그랄라 했지예. 그란데 정 포교하고 한성서 내리왔다는⋯⋯, 거, 김 포곤가 뭣인가 하고 멱살을 잡고 싸우고⋯⋯. 내는 그거 말리다가⋯⋯."

"마, 시끄럽다, 고마!"

"하아!"

얼굴을 찌푸리며 머리를 긁어댔지만 할 말을 더 못하는 성칠이 었다.

"내 분명히 얘기했다이? 저기 접위관 양반, 동래로 내리온 기 벌써 몇 번째고? 내 이방질만 10년이 넘었어도 저래 별난 양반은 처음이라 캤제? 돌아가는 기 암만 해도 불안타 이 말이다."

"뭐 특별히 꼬투리 잡힐 기 있습니꺼?"

차백이가 묻자 이방이 곰방대를 부산진 쪽으로 가리키며 말했다.

"저기 거제도에서 건지올린 표왜 얘기는 들었제? 그란데 표왜 이송이 엉뚱하게 부산진성 소관으로 갔다 안하나? 그것도 바로 어젯밤에! 차왜(差倭, 왜 사신 중 임시 사절)도 온다 하고 접위관도 온 판에 대체 뭐하는 건지……. 쯧! 돌아가는 판을 보이 분명히 뭔 일이 터질 거 같다. 전령이 어데로 날아갈 줄 모르니까, 너거 둘이는 정신 똑바로 차리고 있어라, 알겠나?"

2년 전, 대마도에서 온 차왜를 외교적 상황에 맞지 않게 대했다는 이유로 동래부사와 접위관 모두가 귀양을 간 일이 있었다. 그 이후 동래부의 벼슬아치들은 차왜란 말만 들어도 아기가 경기(驚氣)하듯 깜짝깜짝 놀라는 버릇이 있었다.*

---

* 영조실록 104권, 영조 40년 8월 16일 을미 3번째 기사. 1764년 청 건륭(乾隆) 29년.
'동래부사 송문재 · 접위관 윤홍열을 변방으로 귀양보내다.'
왜인의 차관(差官) 평번상(平蕃常)이 왔을 때, 동래부사 송문재와 접위관 윤홍열은 시기에 맞는 대처를 하지 않고 관례에만 치중해 겉핥기식으로 일을 처리하고 보고를 올렸다. 영조는 첨예한 왜와의 외교 문제를 허술히 처리한 두 사람의 실수가 막중하다고 판단했다. 그래서 두 사람을 먼 변방으로 귀양을 보내어 본보기로 삼았다.

차왜가 오면 한성에서 접위관이 내려올 터, 접위관도 예전처럼 단순한 사신 영접이나 외교 일만 하는 게 아니었다. 접위관은 동래부 전체의 감찰 임무까지 띠고 있어 동래부사와 부산진첨사는 이중으로 죽을 맛이었다. 이방이 설치는 것도 다 이유가 있어서였다. 소리 높이는 서슬에 둘 다 기가 슬쩍 죽어 바닥만 내려보고 있자, 이방이 미안한지 '에헴'을 한 번 했다.

"뭐하고 섰노? 꿀물이나 빨리 믹이라. 내는 일단 올라갈꾸마."

"야아."

차백과 성칠이 다시 고개를 꾸벅하자 이방은 서둘러 동헌으로 향했다.

"에이, 족제비 새끼!"

성칠이 이를 앙 다물며 이방의 별명을 씹고는 꿀물을 쭉 들이켰다.

"너무 그라지 마라. 이방 어른이 그래도 니를 많이 생각해 준다 아이가?"

"다 지가 필요해서 그란 기지, 뭐. 맨날 부리만 묵고 잔소리만 실컷 안 하나?"

"그래도 저번 왜 사신 왔을 때, 부사 행차에 성칠이 니 없었으면 어쨌을 거냐면서, 칭찬도 하고 그라더라."

"뭐……, 칭찬? 그런 말도 했었더나?"

방금까지 툭 튀어나왔던 입가가 벌어지는 것이 칭찬 소리는 싫지 않은 눈치였다. 혼자 씨익 웃던 성칠이 문득 생각난 듯 물었다.

"그란데 표왜 이송을 와 부산진성에서 하는고……? 아참! 소삼이가 이번에 진성에서 권관으로 올라갔다 안 했나?"

"그렇지, 부산진성에 군관이 모자라가 나졸 중에서 둘이를 골랐는데 소삼이가 올라갔다데."

"나졸 짓만 잘해도 올라갈 수 있다더만 진짜 올라가긴 갔구마."

"부산진 군관이면 왜관 덕에 은자 좀 만지는 자리 아이가? 덕분에 뒷돈도 좀 믹있는 갑더라. 아이고, 그래도 걱정이다. 요새같이 어수선할 때 돈이고 뭐고 납작 수그리고 있는 기 낫지."

차백이 한숨을 쉬자 성칠의 표정도 조금 어두워졌다.

동래부사와 부산진첨사의 사이가 좋지 않은 것은 관(官)에서 일하는 사람들 사이에선 잘 알려진 사실이었다. 이곳은 변방이란 인식이 강한데다 초량왜관이란 공룡이 떡 버티고 섰고, 통신사니 차왜니 왜와 관련된 행사와 사건 사고가 많은 터라, 왜와 관련된 일처리는 항상 살얼음판을 걷는 격이었다.

그런 마당에 조정에선 형평을 위한다며 동래성과 좌수영, 부산진, 다대진 등으로 각기 다른 붕당의 인사를 발령하곤 했으니, 왜관을 감시하는 부산진성과 왜관의 관리를 맡고 있는 동래성의 알력 다툼은 쉬지 않고 일어났다. 덕분에 민감한 사건이 터진다 해도 서로 협력하는 일이 적어 부사나 첨사가 줄줄이 바뀌는 일이 곧잘 일어나곤 했었다. 각기 성격이 다른 붕당의 인사가 그 수장들을 맡고 있으니 그것은 할 수 없는 일이었다. 그러나 2년 전의 귀양 사건으로 인해 두 행정구역의 알력 다툼은 그나마 수그러들어 있는 터였다. 마찰이 있다 해도 큰일이 아니라면 외부로 잘 새어나가지 않

224

는 선에서 곱게 마무리되곤 했으니, 민감한 얘깃거리가 한성으로 올라간다면 2년 전과 같은 일이 또 언제 벌어질지 몰랐기 때문이었다. 그러나 윗사람들을 위해 덮어놓은 상처들은 애꿎은 아랫것들에게 피해를 끼치기 마련이었다. 부산진성만 해도 종 9품의 권관 자리가 온갖 사건사고로 몇 번이나 비었는지 헤아리기 힘들 정도였다. 차백이 친동생 같은 소삼을 걱정하는 이유도 그런 사정이 있어서였다.

성칠이 옷섶에서 조그만 칼 하나를 꺼내었다. 소삼이 왜상에게 얻었다며 선물한 칼이었다.

"언니, 언니도 이런 거 하나는 들고 다녀야지 전령 때깔이 산다 니까?"

소삼의 목소리가 들리는 듯했다. 이 칼을 지니면 동생 소삼이 곁에 있는 것 같아 왠지 든든한 느낌이 들곤 하던 성칠이었다. 차백이나 성칠이나 천애 고아인 두 사람에게, 장터 동냥아치 시절부터 함께 고생했던 소삼은 친동생과 마찬가지 존재였다.

"그라믄 소삼이 인마가 군관 중에서도 제일 막내일 건데, 혹시라도 표왜 이송하는 데 걸리든 건 아이겠제?"

"마, 괜찮을 기다. 쪼깨내도 고놈의 새끼가 좀 숭악하나? 이 낭도(囊刀)맨치로."

차백의 걱정에 성칠이 낭도를 들어 보이며 씩 웃었다. 그래도 불안한지 한숨을 다시 쉬던 차백이 고개를 쭉 빼더니 중얼거렸다.

"이방 어른이 또 오는데?"

차백의 어깨를 툭툭 치며 일어나던 성칠이 고개를 돌렸다. 동헌으로 갔던 이방이 급한 걸음으로 돌아오고 있었다. 급한 걸음과 표정으로 봐서 뭔가 또 사달이 난 게 분명했다.

부산진성

어젯밤의 일이다.

갑자기 소집된 군관회의에 부산진성의 군관 7명이 모였다. 첨사는 아직 나타나지 않았고 군관들은 툴툴대며 자리에 앉아 있었다.

"첨사 양반은 와 이래 안 오노?"

"잠 잘 시간에 뭐한다 오라 가라 난린고? 훈련을 오늘부터 시킬라나……. 시펄!"

"에이, 씨부럴. 툭하면 훈련이여? 전에 있던 전라 좌수영에서도 이리 빡씨게 안 했당께?"

"내 말이 그 말이다. 절영도에 멧돼지 사냥가면서 훈련 핑계는……. 괜히 우리만 쌔빠진다 아이가?"

"풍랑도 인다 카던데 절영도에 가도 되는 기가?"

"거, 풍랑 죽은 지가 언젠데? 배 타고 몇 발짝 간다고……, 사실 절영도 들어가서 산타고 댕기는 기 빡씨지."

"콱, 다리 뻿다 하고 빠지뿌든가 해야지……. 쯧!"

군관들이 투덜대는데 밖에 있던 나졸이 속삭였다.

"첨사 어른 오십니더!"

첨사가 흠흠거리며 들어오자 군관들은 언제 그랬냐는 듯 일제히 벌떡 일어섰다.

"아, 앉아, 앉아."

첨사가 손짓을 하자 군관들이 자리에 앉았다. 잠깐 동안 말없이 귓밥을 파던 첨사가 새끼손가락을 후우, 불고는 좌중을 둘러보았다.

"밤늦게 부른 이유는 딴 게 아녀. 내일 훈련에 한 명이 빠져야겠어."

훈련 빠진다는 얘기에 성에 남아 있을 늙은 군관 말고는 모두의 얼굴에 화색이 돌며 서로 눈치를 보기 시작했다..

"아까 동래부서 전령이 왔다 카더만 무슨 일이 있습니까?"

"아, 동래부사는 왜 그러는가 모르겠어? 좋은 건 쏙 빼먹고, 왜관 일로 귀찮은 건 다 부산진성이야. 에이, 씨부럴!"

첨사가 바닥에 침을 퉤 뱉었다. 왜관 들락거리는 상인치고 부산진첨사 안 만나본 사람이 없단 소리가 들리는 판이었다. 왜관 덕에 뒷돈 챙기고 한성에 집까지 샀으면서도, 첨사는 동래부사에게 이득을 다 뺏긴다며 항상 불만이었다.

"며칠 전 다대진에 왔다던 표왜 얘기는 다 들어 알고 있지? 그 표왜를 육로로 우리가 이송해야 된대. 풍랑이 일어서 우암포로 배가 못 간다나 어쨌다나?"

훈련 빠진단 소리에 화색이 돌던 군관들의 표정이 구겨졌다. 며칠 전 거제 옥포만호(玉浦萬戶)에서 다대진으로 넘겨졌다는 표왜 소식은 모두들 알고 있는 터였다. 그런데 그 표왜의 이송 임무가 부산진성으로 떨어지는 일은 흔치 않은 일이었다. 게다가 육로 이송이라니……. 무언가 찜찜한 일이 아닐 수 없었다.

"그거를 와 우리한테 넘기지예?"

한 군관이 묻자 첨사가 인상을 썼다.

"몰라서 물어? 좀 있으면 왜국에서 차왜가 또 오잖어? 접위관은 벌써 동래성에 와 있고. 거, 접위관이 이전에 왔을 때 좀 까다로웠어? 접위관도 오고 사신도 오는 마당에 표왜 처리까지 안 되니, 부사가 호통을 쳤겠지. 접위관이 알면 그 성격에 왜 아직 그런 것도 처리 못했냐며 따져들 테고……."

주위가 조용하자 부사가 말을 끊고는 애써 미소를 지었다.

"뭐, 걱정할 것까진 없어. 우리만 덤터기를 쓸까 봐 동래부에다 역관을 보내라 했거든. 저쪽 사람도 같이 이송하는 거니까 무슨 일이야 있겠어?"

부사가 역관 핑계를 대며 군관들을 달랬지만 표왜 이송은 분명 말썽의 소지가 있었다. 쉽게 말하자면 표왜의 육로 이송은 접위관 몰래 해야 하는 것이고, 만약 들킨다면 애꿎은 이송 군관만 도마뱀 꼬리 자르듯 책임 추궁을 당할 것이었다. 그걸 잘 아는 군관들은 첨사와 눈이 마주칠까 봐 아예 고개도 들지 않는 중이었다.

"그건 그렇고, 접위관이 내일 우리 성을 순시할지도 모른다는 거야. 또 무슨 꼬투리를 잡힐지 모르잖아? 그래서 당장 내일이 훈련이라고 큰소리를 쳤지. 훈련이라는데 어쩌겠어? 내일 훈련은 무조건 가야 되는 거야. 알겠지?"

228

훈련에서 어떻게든 빠져보려던 군관들은 당장 태도를 바꾸어 앞 다투어 훈련에 지원하기 시작했다.

"내일 훈련은 절영도로 들어갈 건데 내가 앞장 서야지예!"

"풍랑 찌매 있다고 그거에 쪼린다면 그게 군인이당가요?"

"어허, 왜 이라노? 애초에 갑군 지휘는 내가 하는 거 알제?"

고참 군관들이 저마다 손을 들며 훈련에 지원하자, 남은 것은 막내 소삼과 최고참인 박 별장뿐이었다. 그 모양을 지켜보던 첨사가 하품을 하며 일어섰다.

"어쨌든 동래에서 김 별차라고 역관이 온다니까, 표왜 이송 갈 군관은 알아서들 뽑아봐."

첨사가 회의실에서 나가자 최고참인 박 별장이 소삼에게 한마디 툭 던졌다.

"내가 가야겠나? 니가 가야겠나?"

소삼의 얼굴이 일그러졌음은 말할 것도 없다.

동래부 동헌 2

"야아? 표왜 이송하는 걸 찾아서 숨기라고예?"

아무도 없는 회의실로 끌려갔던 성칠과 차백의 입이 떡 벌어졌다. 이방이 손가락을 입에 가져가며 그들을 단속했다.

"쉿, 조용히 해라. 모가지 날아간다이."

"아니, 그라이까 일이 또 우째 돌아가냐고예?"

이방이 한숨을 쉬며 말했다.

"일이 꼬일라니까 부사 어른하고 접위관이 조반을 들 때, 부산진성에서 전령이 온 기라. 그 자슥이 눈치도 없이 표왜 이바구를 꺼내는 바람에, 접위관이 표왜를 육로로 이송한다는 걸 눈치 챌 뻔했다 아이가?"

"그라믄 아직은 모르는 거 아닙니꺼? 차라리 가만있는 게 낫지예. 함부로 관련했다가 우리 모가지도 날아갑니더."

"내, 아까 뭐라 하데? 접위관이 어디로 튈 줄 모른다 했제? 다짜고짜 표왜가 제대로 이송됐는지 왜관에 가서 확인한다 안 하나? 에이, 베라먹을 쌍놈의 양반 자슥!"

이방이 흥분하자 이번에는 차백이가 손가락을 입에 가져갔다.

"아이고, 일 터지기 전에 입 터지가 죽겠습니더."

성칠이 머리를 벅벅 긁으며 인상을 찌푸렸다.

"그라이까 딱 알겠네. 부사는 또, 아랫것들 모가지 날아갈 짓인 줄 알면서도 '표왜 이송은 마무리 됐습니다.' 요랬겠지. 에이, 씨부랄!"

어젯밤과 오늘 아침의 일이 눈에 잡힐 듯 훤하게 들어왔다. 분명 투덜거리며 욕을 했겠지만, 부산진첨사는 접위관에게 꼬투리 잡히기 싫어서 동래부사의 지시를 받아들였을 것이다. 그런데 접위관이 왜관에 확인한다며 설쳐대니, 머리가 아픈 동래부사는 얼른 발을 빼고는 모르쇠로 첨사를 욕보일 모양이었다. 만약 접위사가 표왜의 육로 이송 사실을 알아낸다면 꼬치꼬치 따져댈 것이고, 당황한 부산진첨사는 밑의 수하에게 책임을 뒤집어씌울 것이다.

"암만 봐도 부사 어른이 엉뚱 수를 둔 것 같은데, 괜히 우리가 나섰다가 도로 욕 묵는 거 아입니꺼?"

발 빠르게 사람을 보내서 부산진성의 바뀐 사정을 알려야 하겠지만, 부사가 가만있다면 아랫사람이 먼저 나설 일은 아니란 소리였다.

"너거가 먼저 나서야 될 진짜 이유가 있다."

이방의 목소리가 살짝 떨려왔다.

"하필……, 이송하러 간 부산진성 군관이 소삼이란다."

"야아?"

성칠과 차백의 입이 아까보다 더 크게 벌어졌다. 윗사람들의 알력 다툼에 동생 소삼의 모가지가 뎅겅 날아갈 판이라니……. 아무것도 모른 채, 시키는 대로 표왜를 이송하고 있을 소삼을 생각하니 피가 거꾸로 솟을 지경이었다.

"생각이고 자시고 더 이상 지체할 때가 아니구만예."

차백이가 자리를 박차고 일어나려는데 성칠이 어깨를 잡아끌었다.

"잠깐 있어라. 그냥 튀어 나가갖고 다 같이 죽을 일 있나? 이방 어른, 일단 챙길 수 있는 거, 알아야 되는 거, 싹 다 가르키 주소. 퍼뜩요!"

원래 다대진 표왜의 이송은 왜관의 역관이 다대진으로 직접 가서 다대진에서부터 배를 타고 해로로 가는 것이 원칙이었다. 하지만 며칠 동안 내린 비바람 덕에 배는 꼼짝도 못했고, 표왜는 일단 초량왜관으로 이송되었다. 왜관의 일은 민감한 것이었다. 이 소식은 즉시 동래부사에게 전해졌고, 동래부사는 왜관과 가까운 부산진성에서 사람을 보내 표왜를 육로로 이송할 것을 명했다. 갑작스러운 결정이었다. 차왜가 오기 전에 말썽거리를 없애야 했고, 접위관의 추궁도 피하기 위한 방책이었지만 그것은 위험한 일이었다. 왜인에게 조선의 지리를 알려주면 안 된다는 원칙은 임진 정묘 양란 이후 철저하게 지켜져 온 것이었다. 왜관의 왜인들이 부산포와 동래를 왕래하는 일이 종종 있었으나 그것은 모두 조정과 동래부의 용인이 있어서이지, 지금처럼 한쪽이 숨기는 것이어서는 곤란했다.

동래부 전령 중 위험한 일들을 도맡으며 숱한 위기를 넘겼던 성칠은 누구보다 그런 사실을 잘 알고 있었다. 적도 우방도 아닌 왜와의 관계, 그리고 동래부와 부산진의 알력으로 인해 이곳의 사람들이 얼마나 많은 피해를 입었던가?

성칠의 머리가 핑핑 돌아가기 시작했다. 그는 신중하고도 신속하게 동생 소삼의 위기를 타개할 계책을 세우기 시작했다.

"이방 어른, 말 두 필만 마련할 수 있겠습니꺼?"

"어제 접위관이 오면서 타고 온 말이 더해졌을 거니까 역참에 여유가 있을 끼다."

"차백아, 니가 먼저 말을 타고 다대진으로 가라. 만약에 다대진으로 가는 길에서 소삼이를 못 만나면, 아마 왜관 안으로 들어가 있을 끼다."

"그거는 와 그렇노?"

"부산진성까지 사람을 보낸 거면 다대진에도 손을 썼을 게 분명하다. 부사가 작정하고 헛짓을 꾸몄으면 뻔하지. 부사 오른팔이 정포교 아이가? 정 포교가 다대진 만호(萬戶) 하다가 미끄러진 인물인 건 알제? 어제 술자리에 빠질 위인이 아닌데 이상하게 늦게 왔더라고. 옛날 일하던 데 갔다 왔다면서 흰소리를 하길래 그냥 넘겼는데, 지금 생각하이 딱딱 맞아떨어지네."

"그렇지. 성칠이 니가 잘 아네!"

이방이 맞장구를 치는데 차백이 또 물었다.

"그라믄 내가 꼭 거기까지 갈 필요 있나?"

"혹시나 하는 기지. 말 타고 가면 금방 갔다 올 기라. 소삼이를 만나든 말든 간에, 돌아올 때는 왜관으로 가라. 설문(현 부산역 앞 홍성방 부근, 왜관 권역 입구)에 있으면 안 되고, 조시(朝市)가 열리는 수문(守文, 현 용두산 공원 밑 부산 타워힐 호텔 부근)으로 가야 된다."

"소삼이가 수문에서 나와도 결국에는 설문으로 올 거 아니가?"

"접위사도 오는데 설문에 있으면 죽도 밥도 안 되지. 수문 왼쪽 용미산 선창에서 우암포로 보낼 배를 수배하는 기야. 후환을 없앨라믄 표왜를 무조건 배로 보내야 된다."

"풍랑 때문에 배를 못 태워서 여태 우암포로 못 간 거 아이가?"

"다대진하고 여기 절영도 쪽하고 물길이 같나? 오늘 날씨 봐라. 훤하다. 훤해. 배가 있을 거니까 무조건 하나 잡아 놔라이."

"간다 해도 왜관에 들어갈 수는 없을 거 아이가? 또 그 넓은 왜관에서 소삼이를 우째 찾노?"

이방이 묻자 성칠이 대답했다.

"내가 왜인 여리꾼(손님을 호객하는 사람. 현재 속어로 삐끼) 몇 놈을 압니더. 내한테 신세진 것도 있으니 아마 협조해 줄 겁니더. 아니면 돈을 믹이서라도 소삼이를 찾아야지예. 그건 그렇고 소삼이하고 같이 간 역관은 누굽니꺼?"

"동헌에서 김 별차를 보냈다던데 수를 써야 안 되겠나? 보통 의뭉한 자슥이 아니거든."

이방이 말하자 성칠이 인상을 썼다.

"김 별차 그 위인을 보냈으면 머리 아풉니더. 벌써 무슨 일 생기면, 소삼이한테 몽땅 뒤집어씌울 양으로 움직였을 겁니더."

"보나마나 접위관 올 때까지 왜관에서 시간을 질질 끌겠지. 일단 빨리만 가면 일이 수월하게 안 되겠나? 접위관이 움직일라면 아직 좀 멀었다. 너거가 소삼이를 살릴라면 부사도 첨사도 모르게 일을 처리해야 되는 기라. 문제는 소삼이를 먼저 만나는 긴데……."

"정 안 되면 다른 수라도 써야지예."

"무슨 수?"

"그런 거 있습니더……. 차백이 니, 지금 출발해라."

"알았다. 왜관 수문에서 보자."

차백이 기다렸다는 듯 뛰어나갔다. 그의 뒷모습을 바라보는 성칠의 눈이 빛나고 있었다.

한참 나오지 않던 김 별차가 재판옥 문가에서 소삼을 불렀다. 김 별차 곁에는 아까 재판옥을 지키고 섰던 사내와 깔끔한 차림의 왜 인이 붙어 있었다.

"거, 억수로 오래 있다 오네. 뭐 우째라던교?"

"오래 있기는 뭐시 오래 있었다고? 배가 살살 아파서 통시(변소) 좀 갔다 왔다. 아까 다대진에서 받은 문서 있제? 그거 주봐라. 이 사람 주야 된다."

"야아? 문지기한테 문서를 와? 이거 없으면 표왜를 못 넘가 받 는 거 아이요?"

"아따, 잔말 말고 내놔라. 그라고 이 사람은 문지기가 아이고, 재 판옥에 있는 수직인(受職人)*이다."

"수직인이면 높은 사람 아이요? 그란데 밖에서 이래 용무를 보 나?"

"아따, 그 자슥. 의심 많네. 수직인 맞다. 옆에 시중드는 사람은 안 보이나? 수직인 중 하나가 아파가지고, 이 사람이 두 사람 일을 한단다. 이 사람들도 표왜 처리가 급하다 안 하나? 차왜도 오는데 표왜를 빨리 처리해야 저거도 욕을 안 듣지. 아, 빨리 안 내놓나!"

소삼은 그때서야 고개를 끄덕이며 문서를 꺼내들었다. 문서를

---

* 외국인으로 조정의 관직을 받거나, 장기적으로 주거할 수 있는 이.

낚아채듯 손에 쥔 김 별차가 수직인에게 문서를 넘겼다. 수직인 곁의 아랫사람이 공손히 문서를 받더니 재빨리 재판옥 안으로 뛰어들어갔다. 김 별차가 수직인과 몇 마디 나누더니 소삼에게 일렀다.

"저기 보이는 건물이 의사옥이다. 환자 치료하는 의원인데 우리가 데리고 갈 표왜가 거기 있단다. 일단 이 사람이 표왜를 데리고 나올 거니까 니도 따라갔다 온나."

"야아? 말도 안 통하는데 와 내보고 가라는교?"

"그냥 좀 시키는 대로 해라. 이 사람도 급하다 안 하나? 흡! 아이고, 와 이라노? 새벽에 묵은 기 잘못됐나? 뭣이 싸도 싸도 또 나오노?"

살이 통통한 김 별차가 엉덩이를 움켜쥐었다. 재판옥에서 한참 있다 나온 이유를 알 수 있었다. 설사병이 나도 단단히 난 모양이었다.

"재판옥 안에서 문서 확인만 되면 이 사람이 수문 통행증을 줄기다. 급하니까 통행증은 미리 수결을 해놓고 기다렸다네. 표왜만 데리고 오면 되는 기야. 표왜 이름이 아카이시 슈지라니까 알고 있어라. 흐흡, 아이고 죽갔네."

김 별차가 급하게 돌아서는데 소삼이 그의 옷깃을 잡았다.

"잠깐만예. 가만 생각하니까 방금 췄던 거 그게 아이고……."

"아이고, 급하다 안 하나? 일단 데리러 가라. 내는 뒤따라 갈 테니까. 흐윽!"

소삼의 말을 끊은 김 별차가 뛰다시피 건물 안으로 사라져버렸다.

"아따, 마. 의원한테는 지가 가야 되겠구만. 그란데, 진짜 그게 아인데……?"

소삼이 소매주머니를 들여다보는데 수직인이 어깨를 툭 치더니 손짓을 하고 앞장섰다. 소삼이 조심스레 그의 뒤를 따라 걸음을 옮겼다. 의사옥에 다다르자 수직인이 손바닥을 촤악 펴더니 "조또마떼 쿠다사이." 하고는 혼자 안으로 들어갔다.

"거어 참, 나는 내내 밖에 서 있구만."

또 한 번 투덜대던 소삼이 문득 고개를 돌렸다. 누군가 자신을 쳐다보는 느낌이 들어서였다. 장터 동냥아치 시절 쫓겨 다니던 본능이 어떤 위험을 감지하고 있었다. 한참 주위를 살피던 소삼이 머리를 긁적였다.

"그렇다고 왜관 안에서 뭔 일이 날 건 아니지만……."

소삼은 애써 불길한 기분을 털며 몸을 부르르 떨었다. 곧 있지 않아 문지기는 시무룩한 표정의 왜인 하나를 데리고 나왔다.

"고노히토가 아카이시 슈지 데쓰.(이 사람이 아카이시 슈지입니다.)"

무뚝뚝한 왜어지만 이름은 알아들을 수 있었다.

"아, 아카이시 슈지. 그 표왜가 이 사람인가베. 그란데 김 별차는 와 이리 안 오노? 다시 재판옥에 가야 되나?"

의사옥으로 온다던 김 별차는 여전히 함흥차사였다. 한참을 기다리던 수직인이 표정을 찌푸리며 손짓을 했다. 재판옥으로 다시 가자는 얘기였다. 그들은 표왜를 데리고 다시 재판옥으로 향했다.

"왜관에 함부로 출입하다간 목이 열 개라도 모자란다. 조심해라이."

나이 많은 박 별장이 새벽에 나서는 소삼에게 측은한 눈빛으로 한 말이었다. 널따란 왜관 속에 혼자 있다는 생각을 하자 불안감이 더욱 커져 갔다.

"내 다시는 이 안에 들어오나 봐라……."

이렇게 중얼거리며 주위를 살피는데, 재판옥 쪽에서 상인 복장을 한 왜인 하나가 세 사람을 향해 달려왔다.

"켄지 상! 이소기노 요지가 아리마스가…….(켄지 씨! 급한 일이 있습니다만…….)"

"오오이, 무라타. 나니가 오콧따노?(어이, 무슨 일이 일어났어?)"

무라타라 불린 왜인이 수직인 앞에 서서 숨을 잠시 골랐다.

"난까 앗따노?(무슨 일이냐니까?)"

수직인이 재차 묻자 소삼을 유심히 살피던 왜인이 급히 귓속말을 했다. 수직인의 표정이 바뀌더니 무언가 곰곰이 생각하는 눈치였다. 수직인이 재판옥을 가리켰고 무라타라 불린 왜인이 손을 내저었다. 소삼은 귀를 세우며 무슨 소린가 들으려 했지만 제대로 알아들을 순 없었다. 다만 교칸분쇼, 표야마토 등의 말로 보아 김 별차에게 넘겨줬던 교환문서를 말하는 것 같았다. 수직인이 소삼을 흘긋 보더니 앞으로 다가왔다. 소삼이 헛기침을 하며 딴청을 피우는데 대뜸 이렇게 말하는 것이었다.

"표왜 교칸 분쇼 없스므니까?"

"엉? 교환문서? 조선말 할 줄 아는교?"

소삼이 입을 벌리고 멍하니 있자, 방금 달려왔던 상인 복장의 무라타가 답답하다는 듯 말했다.

"빠르게 교환문서를 주십시오. 급하므니다."

"교환문서는 저기 김 별차가 아까 갖고 갔는데……."

"부산성에서 받은 것 말고 다대진에서 받은 거 말입니다."

"아, 이거 말하는 긴가? 그러면 그렇지. 아까 그거는 잘못 준 거지요? 내가 잘못됐다고 해도……."

"난다요? 아노 야츠 와루이몬쟈나이까?(뭐야? 저놈 나쁜 놈 아냐?)"

소삼의 말이 끝나기도 전에 수직인이 재판옥을 쳐다보며 버럭 화를 내었다. 문서를 꺼내려던 소삼은 아차, 싶어서 그들을 경계하며 물었다.

"지금 내보고 화내는 기요? 김 별차는 어디 있는교?"

"그게 아니라 저기 있는 사람한테 화내는 겁니다. 교환문서가 있으면 주십시오. 급하므니다."

무라타가 사정하듯 말했으나 소삼은 고개를 저었다.

"이걸 함부로 주면 되는교? 김 별차는 어디 있냐니까?"

소삼을 바라보던 수직인이 머리를 누르며 인상을 쓰더니 조선 말로 한마디 했다.

"문서가 잘못 되었소. 이것과 바꿉시다."

수직인이 내민 것은 왜관 수문을 나서는 통행증이었다. 그것은 다대진에서 받은 교환문서와 맞바꾸어 우암포 표민수수소에 갖다 주는 마지막 문서였다.

"변소에 있는 사람한테 확인이노 할 시간 없소."

어리둥절한 표정의 소삼에게 무라타가 다가와 무언가를 내밀었다.

"이거는 성치르 상이 전한 겁니다. 제발 제 말을 드르십시오."

"엉? 이거는?"

그가 내민 것은 뜻밖에도 성칠의 낭도(囊刀)였다. 깜짝 놀란 소삼에게 무라타가 전한 소식은 더욱 놀라운 것이었다.

"지금 접위관이 이쪽으로 오고 있스므니다. 그러믄 소사므 상이 위허미노 하다고……."

그리고 보니 사람이 없던 재판옥 앞이 어수선했다. 접위관이 온다는 사실을 알리러 온 전령이 도착한 모양이었다. 아직 정신을 못차리는 소삼에게 수직인이 다짜고짜 문서를 쥐어주며 말했다.

"여기 수결이 있잖소!"

수직인이 준 문서에는 관수의 수결이 적혀 있었다. 그것만은 알아본 소삼이 망설이다 다대진에서 받은 문서를 꺼내들었다. 그때 소삼을 부르는 소리가 들려왔다. 고개를 드니 재판옥을 나와 허둥지둥 달려오는 김 별차가 눈에 들어왔다.

"저기 김 별차가 오네. 어이, 김 별차……!"

소삼이 김 별차에게 손을 드는 것과 수직인이 문서를 낚아챈 것은 동시였다.

"어? 어!"

"켄지 상, 아리가토. 오오이, 이키타케레바 하싯테!(켄지 씨, 감사합니다. 이봐, 살고 싶으면 따라 뛰어!)"

수직인이 문서를 받자마자 곁에 있던 무라타가 고개 숙여 인사를 하더니, 다짜고짜 표왜의 손을 잡고 뛰기 시작했다.

"뭐, 뭐시고?"

"날 따라 뛰십시오!"

무라타가 뒤를 돌아보며 외쳤다. 정신없는 와중에 김 별차의 고함소리도 들렸다.

"뭐하노? 잡아라! 잡아!"

왜관 수문(守文)

조용했던 왜관에 소동이 벌어졌다. 왜인 두 명이 수문을 향해 뛰고 그 뒤를 소삼이, 그리고 그 뒤를 뚱뚱한 김 별차가 쫓아갔다. 어디서 나타났는지 조선인 복장의 장정 두 명도 김 별차를 앞서거니 뒤서거니 했고, 어색한 왜인 복장의 사내 하나도 열 발짝쯤 뒤에서 그들을 쫓고 있었다.

"너거 거기 안 서나!"

소삼은 될 대로 되란 심정으로 무라타와 표왜를 향해 고함을 쳤으나 그들은 멈추지 않았다. 김 별차와 장정 둘도 고함을 내질러댔다. 무슨 일인가 고개를 내미는 왜인들 사이로 그들이 빠른 속도로 휙휙 지나갔다. 재판가와 수문 사이의 거리는 그렇게 멀지 않았다. 이윽고 수문 앞에 다다르자 무라타가 표왜와 함께 멈춰 섰다. 소삼은 또 한 번 고함을 치려다 누군가를 발견하고 입을 다물고 말았다. 헉헉거리며 선 무라타와 표왜 옆에서 차백이가 급하게 손짓하는 게 눈에 들어왔던 것이다.

"뭐꼬? 차백이 언니?"

소삼이 수문에 닿자마자 차백이 그를 맞이하며 급하게 말했다.

"급하다. 교환문서나 빨리 꺼내라!"

"헉헉! 도대체 우째 된 기요?"

입은 묻고 있으면서 손은 벌써 문서를 내밀고 있었다. 수군거리는 수문지기들 사이로 수문장이 문서를 살피더니 고개를 끄덕였다.

"급하다더니 진짜로 뛰어오네. 이 사람이 표왜가? 얼굴 좀 봅시다."

그러자 차백이가 발을 동동 구르며 서둘러댔다.

"와 이라노? 통행증 봤으니 빨리 통과시키 주소."

그때 "이노무 자슥들, 내 빼놓고 무슨 짓이고?" 하는 외침이 들려왔다. 뒤를 돌아보니 김 별차가 죽을상을 하고 달려오는 중이었다.

"저기 같이 왔던 역관 아니요? 갈라믄 같이 가야지."

수문장이 달려오는 김 별차를 보더니 통행증을 내놓지 않고 뻗대기 시작했다.

"저기 멀리 접위관 행렬이 보이므니다!"

수문 밖에서 주위를 살피던 무라타가 다급히 외쳤다.

"따로 나온다고 뭐가 다른교? 아까 줬던 은자가 모자라요? 와 갑자기 태도를 바꾸노?"

차백이 사정조로 말하자 수문장이 고개를 저었다.

"처음 얘기랑 다르지. 지금 접위관이 오는 마당에, 김 별차 저 사

242

람이 우리를 걸고 넘어지면 우짜노? 그라길래 빨리빨리 델꼬 나온
나 안 하더나?"

차백이가 아무리 얼러도 수문장은 안하무인이었다. 안색이 창백
해지는데 마침 김 별차가 헐떡이며 수문에 도착해 버렸다. 김 별차
는 웩웩거리면서도 팔을 내저으며 소삼의 허리춤부터 잡고 늘어졌
다. 같이 달려온 장정 두 사람이 소삼의 어깨를 잡아 왜관 안쪽으
로 잡아끌었다.

"헥헥, 이노무 새끼들, 너거는 다 죽었다. 어데 내를 엿 믹일라
하노?"

차백과 소삼의 표정이 똥씹은 듯 구겨졌다.

"김 별차 어른, 내가 일부러 그런 기 아이라. 왜놈들이 저거 맘대
로 뛰어가니까……."

"시끄럽다. 그래가 통행증을 가로챘나? 어차피 접위관 어른한테
보일 표왜다. 내가 그냥 시간을 질질 끈 줄 아나?"

"그게 뭔 소리요? 그거는 내가 문서를 잘못 주가지고……."

"숭악한 놈들, 부산진성 너거가 내를 골로 보낼라꼬?"

"아니, 김 별차 어른……."

"이 자슥들, 표왜 이송을 마음대로 한 부산진첨사나 네놈이나
다 모가지다. 인자 접위사 어른만 오면 끝인 기라. 야아들아, 이 자
슥 꼼짝 못하게 해라. 그라고 수문장……."

김 별차가 손짓을 하며 장정들에게 명령하는데, 갑자기 '어이쿠'
소리가 나더니 장정 두 사람이 급소를 잡고는 바닥을 헤맸다.

"뭐, 뭐꼬?"

김 별차가 놀라며 돌아보자 커다란 발이 자신의 배를 향해 날아오는 게 보였다.

"아이고오!"

김 별차가 비명을 지르며 나뒹굴었다. "그라믄 니 대신에 누가 골로 가야 되노?" 하는 목소리와 함께 발길질 한 방이 다시 그의 옆구리에 들어갔다. 김 별차는 비명도 못 지르고 껵껵대더니 이내 거품을 물고 말았다. 소삼과 차백, 수문장이 놀라서 쳐다보는데 발길질의 주인공은 다름 아닌 성칠이었다.

"무라타, 자빠진 병신 둘이는 니가 좀 처리해도고. 정식 통행증도 없이 왜관에 들어왔으니 뒤가 구려서 탈은 없을 기라. 차백이 니는 이 너구리를 업어라. 그리고……."

성칠이 수문장 앞으로 다가갔다.

"거기 수문장 어른. 당신 좋아하는 접위관이 저기 오니까 말인데, 아까 우리끼리 은자 주고받은 거를 그 앞에서 떠들어 제끼 줄까? 내가 가진 이 은자에도 수문 할 때 수(守) 자가 찍혔고, 수문지기 당신들 품에 있는 은자에도 수(守) 자가 찍히가 있는데……, 접위관이 얼쑤 좋다 카겠지?"

수문장의 표정이 확 바뀌었다.

"어이, 그기 그라니까, 내 입장이……."

"품안에 내가 준 것만 있겠나? 저 너구리가 준 것도 있겠지. 이러다가 부자 되겠소? 수문장 댁네가 고관 우물터에 있는 걸로 아

244

는데……. 밤도둑도 조심해야겠네.”

성칠의 눈이 더욱 매서워지며 말끝에 날이 서 있었다. 수문장이 기가 질려 눈치를 살피다 문 밖을 내다보았다. 접위관 행렬이 보였으나 도착하기까지는 시간이 있었다.

“내 행실이 못된 것도 있지만 거기도 마음 똑바로 쓰소. 왜관 서고 한두 명 죽어 나갔소? 당신만 가만히 있으면 저 너구리도 살고, 군관 하는 이 사람도 사요. 은자는 말썽 없을 테니까 통행증이나 얼른 내놓으소.”

“마, 말대로만 해주고 말썽이 없으면 우리가 마다할 이유가 없지.”

“소삼이 니는 뭐하노? 빨리 통행증 안 받고!”

소삼이 얼른 통행증을 받아 주머니에 넣었다. 김 별차를 업은 차백이 수문을 나서고 소삼과 표왜가 그 뒤를 따랐다.

“우리는 그만 가요. 알아서 별일 없구로 해주소.”

동료들의 뒤에 섰던 성칠도 마지막 못을 박고 수문을 나섰다. 그들은 접위관이 오는 반대쪽인 용미산 선창을 향해 달려갔다. 힐끗 뒤를 돌아본 차백이 성칠에게 물어왔다.

“접위관이 거의 다 왔구마. 그래도 괜찮겠제?”

“신경 쓸 거 없다. 이방 족제비가 보통 족제비가?”

수문을 나온 왜관 앞길이 뻥 뚫린 터라, 뒤가 시리기도 했으나 믿는 구석이 있어 안심이었다. 아니나 다를까 수문에 가까워 오던 접위관이 말 위에서 손을 눈가로 가져가며 물었다.

“저기 무슨 소동이 있나? 조선인 복장을 한 자와 왜인 복장을 한

자가 왜관 밖에서 함께 달리고 있구만. 저리 나와도 되는가?”

그러자 기다렸다는 듯 대답이 나왔다.

“에헴, 저쪽 선창에는 왜국서 온 배랑 우리 배랑 섞여 있습니다. 풍랑 피한다고 들어왔겠지예. 뱃사람들 엉키는 거야 어쩌겠습니꺼?”

“으음, 그런가? 그건 그렇고, 나 때문에 이방이 이렇게까지 따라와서 수고가 많네.”

“무슨 말씀을……. 부사 어른이 특별히 명을 내려 접위관 어른을 잘 모시라 했습니다.”

“괜히 나왔나 싶어. 갯바람을 쐬니 피곤하구만.”

“인자 수문 앞에 다 왔습니다. 제가 들어보이 표왜는 벌써 우암포로 갔다 캅니더. 들어가서 왜관 관수하고 차나 한 잔 하시면서 차왜 맞을 의논이나 하시지예.”

“허허, 그럴까?”

접위관이 수문 앞에서 말을 내렸다. 수문장이 예를 올리고 왜관에 들어갈 절차를 밟았다. 왜관에 들어가려던 이방이 저쪽 선창을 살펴보았다. 이제 자신이 걱정하는 무리는 보이지 않았다. 한숨을 내쉰 이방이 접위관의 뒤를 따랐다.

선창

“와, 성질 같아서는 물에 확 빠자뿌고 싶네.”

246

표왜와 함께 배에 오른 소삼이 아직 정신을 못 차린 김 별차를 노려보았다. 성칠과 차백에게 앞뒤 사정을 들은 후였다.

"깨고 나도 지가 지은 죄가 있으니까 아무 말도 못할 기다. 첨사한테 이른다고 단단히 박아두면 괜찮을 기야."

"우쨌든 언니 덕에 살았소. 그란데 언니는 갑자기 어디서 튀나온 기요?"

"이방 어른이 통행증을 하나 써주더라. 옷은 아까 본 무라타한테 하나 얻었지. 니가 왜관에 들어올 때부터 쭉 따라 안 댕깄나?"

"그라믄 처음부터 얘기를 해주제. 와 숨고 그라노?"

"저 숭악한 김 별차가 다른 수를 썼나 싶어서 그랬지. 왜관 안에서 잘못되면 옴짝달싹이나 할 수 있나? 안 그래도 아까 그 왈패 둘이를 숨카논 걸 몰랐으면 뒤에 영 복잡했을 기야."

"아따, 잘 숨었네. 안 그래도 왜관 안에서 뒤가 영 구리더라고."

"그렇지. 내보다 그 자슥들이 더 잘 숨어 있더라고."

성칠의 말에 웃으며 차백이 말을 더했다.

"재판옥이 수문 근처라서 다행이지, 잘못하면 전부 모가지였다. 그란데 표왜 이 사람이 잘 해줬다. 이 사람이 협조를 잘 해줘서 니가 산 기다. 잘 데리다 주라."

표왜는 배에 탄 후, 저쪽 바다 끝만 바라보고 있었다. 그곳에 자신의 집과 가족이 있을 터였다.

"이번 일만 하고 군관 때리칠 기요. 사람 목숨 파리같이 여기는 양반들인 줄은 알았지만, 인자 치가 떨리네."

소삼의 말에 성칠과 차백도 쓴웃음을 지었다.

"그래, 돌아가는 판을 보이, 그라는 기 좋겠다. 그거 때리친다고 입에 거미줄 치겠나? 인자 그만 가라. 통행증표는 잘 챙깄제? 아까처럼 헷갈리지 말고."

"알았소. 아까는 헷갈린 기 다행이지만, 인자 그라믄 안 되겠제. 보소, 할배요. 인자 출발합시다."

"그랄까요?"

배주인인 늙은 어부가 닻을 올리고 노를 선창 벽으로 갖다 대었다. 며칠 전까지 풍랑이 일던 바다가 잔잔했다. 배는 서서히 바다로 나아갔다. 저쪽 왼편으로 훤히 보이는 포구가 우암포였다. 표왜는 그곳 표민수수소에 있다가 고향으로 돌아갈 것이다.

"저래 가까운 데를 못 가고 쩔쩔맸다 아이가……."

차백이 중얼거리자 성칠이 그의 어깨를 툭툭 치고는 기지개를 켰다.

"전부 다, 지만 살라고 설치니까 가까운 데도 잘 못 가는 기지……. 우리도 당분간 조용히 있자. 다 살려 놔도 우리 찾는 인간들이 많지 싶다."

두 사람이 마주 보며 쓸쓸히 웃었다. 그때 '땅' 하는 총소리가 절영도 쪽에서 울렸다. 훈련 핑계로 절영도에 갔던 부산진첨사의 멧돼지 사냥이 시작된 모양이었다.

과속 카메라를 찾아라!

1998년 6월 13일 AM 3:12
경남 산양시 용천 파출소 순찰 구역 1-3, 섭기 저수지 부근

「순 일곱, 여기는 용천 파인, 순 일곱 여기는 용천 파인, 파인집
으로 주시별로 하나열!」

무전기가 괴성을 지르자 곁에 있던 김 경장이 놀라며 깨어났다.

"뭐, 뭐꼬?"

특별 일제검문을 마친 새벽 3시 12분, 정신없던 경찰 무전도 조
용해질 무렵이었다. 거기에다 순찰차의 무전기 볼륨을 최저로 줄
여놓고는 휴대용 무전기는 쫄병한테 맡겨놨으니, 마음 탁 놓고 있
다 한 방 맞은 듯 놀랐을 것이다.

「……시별로 하나열! 순 일곱, 주시별로 하나열! 순 일곱……」

"어러? 무전기 잭이 헐렁하나? 이게 우짜다가 빠졌으까……?"

나는 귀에 이어폰을 꽂아둔 채로 모른 척 얼버무렸다. 물론 이어폰 잭을 뽑은 것은 나였다. 죽일 듯 쩨려보던 김 경장이 순찰차의 마이크로 쏟아지는 무전에 얼른 대꾸했다.

"여기는 김 SP, 대체 뭔 일이고?"

「아따, 파인집으로 주시별로 하나열 하이소!」

무전의 목소리는 박 순경이었다. 인상을 찌푸리던 김 경장이 내 손에 든 무전기를 뺏듯이 잡아챘다.

"어이, 박 P. 눈까리 세 개!"

눈깔 세 개란 경찰서 무선 전용 채널인 1번 말고 비어 있는 3번 채널을 말하는 것이었다. 김 경장이 담배를 꺼내 물며 무전기 채널을 바꾸는데, 박 순경의 다급한 목소리가 최대 볼륨으로 찢어졌다.

「아니, 지금 어디 있는교? 파출소로 주시별로 온나 안 하요?」

"아따, 놀래라! 귀 째지겠네. 백동기, 너 이 새끼! 일부러……."

또 한 번 화들짝한 김 경장이 내 귀를 잡아당기며 무전에 답했다.

"씨바, 주시별은 지랄! 재촉한다고 바로 착착 가지는 줄 아나? 지금 섭기에 있다, 섭기."

"아! 으아아, 아프요, 아파!"

「거, 빨리 올 만하니까 오라 하지요. 수사과장 뜨고 난리 났다카이! 과…… 지직! 카…… 지직!」

"엉? 수사과장 그 씹새끼는 와?"

「방금 욕했소? 무전기 채널 바꿔도 말조심해라 안 하대요?」

"으아아! 아프다카이······!"

「뭐꼬? 지금 뭐하는 기요? 이 소리는 뭐하는 기고? 아따, 요상하다.」

"아, 그 새끼! 쓸데 없는 소리 말고 뭐 때문에 오라냐고?"

김 경장이 꼬집던 손을 떼고 허공에 주먹질을 두어 번 했다.

「아, 방금 말했자······ 지직! 과······, 지직! ······라 지직!」

"박 순경, 이 새끼! 답답해가 미치겠네."

김 경장이 욕설을 퍼부으며 무전기를 내 쪽으로 팽개쳤다. 김 경장의 손에서 겨우 벗어났지만 답답한 건 나도 마찬가지였다. 박 순경의 말을 다 듣지 않고 송신 버튼을 눌러대던 건 김 경장이기 때문이었다. 무전이 제대로 될 리가 없었다. 난 얼른 무전기에 대고 소리를 질렀다.

"박 P, 백 AP입니다. 그러니까 오라는 이유가······."

「뭐꼬? 옆에서 아아, 거리쌓던 게 백동기 니가?」

"야아, 동깁니더. 빨리 주시별로 대답이나 하이소. 뭔 일이냐······, 으앗!"

갑자기 시동이 부릉 걸리더니 순찰차가 급발진 했다. 성질 급한 김 경장 덕에 내 이마가 무전기와 심하게 접선하고 말았다.

"박 순경, 이 답답한 새끼. 내 파출소 갈 때까지 대답이나 듣겠나?"

"우와앗! 운전 좀 살살 하소. 저번처럼 밭고랑에 빠질라 그라나?"

섭기 저수지에서 7번 국도로 이어진 길은 계단식 논밭과 산줄기 사이로 S자 코스가 줄줄이 늘어서 있는 소방도로였다. 그러나 김 경장은 아랑곳하지 않고 액셀을 밟아댔다. 순찰차는 좁은 커브 길을 위태위태하게 달려 내려갔다. 뒷바퀴가 바위를 피해 가면 앞바퀴가 논두렁에 빠지려 하는 식이었다.

"아, 성질 죽이고 천천히 운전하라니까요!"

"조용히 해라 캤제?"

"저 앞에 다리에서 차라도 들어오면 우짤라꼬 그럽니까?"

"미친 소리, 이 시간에 어떤 새끼가……? 어, 어!"

"우와아아!"

아니나 다를까 다리 쪽에서 번개같이 다가온 헤드라이트 하나가 우리를 훅 훑더니 사라졌다.

끼이이익! 쿠당탕!

급브레이크에 굉음을 내던 순찰차가 균형을 잃은 듯 오른쪽으로 쏠리다 이내 정지했다.

"저, 저기 뭐가 자빠졌나?"

끄응, 소리를 내며 고개를 든 김 경장이 백미러를 살피며 물었다. 뭔가 넘어진 건 분명한데 잘 보이지 않았다. 일단 밖에 나가 확인하려니 순찰차 도어에 락이 걸렸는지 열리지 않았다.

"문! 문 좀 여이소!"

정신없는 김 경장이 한참 헤매다 락을 해제했다. 문을 열고 튀어나가자 이미 넘어진 자리는 비었고, 우리가 왔던 길 저편에서 부릉

거리는 소리와 불빛이 보였다.

"불이 하나니까 오토바이 같은데요?"

"니기미……, 어떤 새끼고? 해봤자 이 동네 새낀데……."

따라 나온 김 경장이 멀어지는 불빛을 쳐다보고는 순찰차를 살폈다. 순찰차는 다행히 별 흠집도 나지 않은 것 같았다. 김 경장은 이내 다리 쪽으로 가서 뭔가 줍더니 개천 밑을 내려보았다. 다리 주변은 깨진 유리 조각 같은 것이 흩어져 있었다.

"오토바이 뒤에 실은 기 굴렀구만. 쯧!"

"아, 그라게 뭐한다고 차를 씨게 몹니……, 아야야!"

김 경장의 손이 득달같이 내 볼을 잡아 쥐었다.

"어이, 백동기."

"어어?"

"이 자슥, 관등성명 안 대나? 백동기."

김 경장의 눈이 싸늘하게 바뀌어 있었다.

"예……, 수경 백동기."

"니 사고날 뻔했다느니, 파출소에서 입만 뻥긋 해봐라. 내 가만 안 둔다이."

또 분명히 도망친 오토바이를 찾아내어 술을 먹었니 마니 하며 몇 만원 뜯어낼 요량이었다. 난 어이가 없어 아래위로 을러대는 김 경장의 눈을 멍하니 바라보며 대답했다.

"예? 예……, 알겠습니다."

6월 13일 AM 3:57

경남 산양시 용천 파출소

"야, 김 경장아, 이기이, 이기 도대체 우찌 된 일이고?"

파출소 문을 열고 들어서자마자 눈이 벌건 파출소장이 우리를 맞이했다. 초저녁에 퇴근했던 소장이 나와 있으니 어지간히 급한 모양새였다.

"아, 그라니까 무전기가 잘 안 돼가……."

무슨 일인지 눈치부터 긁으려던 김 경장이 당황해서 뭐라고 얼버무리는데 파출소장이 손을 내저었다.

"아니, 멀쩡히 있던 카메라가 와 없어지노 말이다."

"예? 무슨 카메라……?"

"이번에 새로 단 과속단속 카메라 말이다!"

"예에?"

나와 김 경장이 같이 놀라 입을 쩍 벌렸다.

"교통계장하고 수사과장이 좀 있으면 온단다. 너거 순찰 돌 때 뭐 이상한 거 없었제?"

일제검문이 끝나고 쉬고 있던 최 경장이 2층 계단에서 내려오며 물었다. 자다가 북새통에 깼는지 근무복 상의의 단추도 다 꿰지 못한 상태였다.

"우리 순찰 갔을 때는 이상 없었다. 그라고 단속 카메라는 교통계 새끼들 저거 책임 아이가?"

"그기 딴 데서 쓰던 거라도 돈이 1억 2천 짜리라는데…… 수사과장이고 교통계장이고 일단 우리한테 지랄거리고 보는 기라. 와 신경 안 썼냐고……."

"박 순경은?"

"일단 자기 차 타고 과속 카메라 주변 살피러 갔다. 수사과장도 온다는데 우왕좌왕 하니 그냥 니 오기 전에 빨리 확인하고 온나 캤다."

역시 용천 파출소를 돌리는 건 최 경장이었다. 퇴직을 1년 정도 앞둔 파출소장이 할 수 있는 건 어차피 안절부절밖에 없었다. 아니나 다를까 소장이 또 한 번 한탄을 했다.

"하필 순찰 코스 바꾼 날에 이 사달이고? 그놈의 카메라를 뭐한다고 우리 쪽에 달아갖고……."

"그라니까 처음 설치할 때 계덕이나 산웅 쪽에 달아라고 말을 좀 하지요. 딴 소장들 있을 때는 말도 못하고 가만히 있더니만……, 쯧!"

최 경장이 슬쩍 짜증을 내며 쏘아붙이자 소장이 눈을 끔뻑이며 중얼거렸다.

"어떤 간 큰 놈이 경찰 카메라를 훔쳐갈지 누가 알았나? 우쨌든 간에 이기 우리 소관은 아이니까……."

소장의 말에 모두 말이 없었다. 하지만 그건 정말 '말하지 않아도 알아요'의 분위기였다. 모두 이 일이 파출소 소관은 아니라는 것에 동의한다는 얘기였다. 그것은 실제 용천 파출소의 현재 상황과 그 위치를 잘 말해 주는 광경이었다.

부산 금정구에서 울산으로 이어지는 7번 국도 중 용천 파출소의 구역은 지도상 갑자기 튀어나온 부산의 경계까지였다. 도로는 부산 정관면을 관통해 다시 산양시 관할 계덕과 산웅으로 연결되었다. 그런데 7번 국도의 이 코스는 이상할 만큼 사고가 많은 구역이었다. 심지어 '죽음의 국도'라는 제목으로 TV 시사 프로그램에까지 등장할 정도였는데 그 원인은 과속에 있었다. 썩 넓지도 않지만 쭉쭉 뻗은 것처럼 느껴지는 이 도로는 운전자의 속도감을 둔감하게 만드는 뭔가가 있었다. 따지자면 과속 단속 카메라의 설치는 꼭 필요했고 적절한 것이었다. 문제는 그 카메라를 관리할 수 있는 인원이 용천 파출소에는 없다는 데 있었다. 용천 파출소 구역은 애초에 워낙 적은 인구가 분포하는 지역이었다. 부산의 두구동 공장 지역과 경계해 있고, 7번 국도라는 특이한 도로가 연결되다 보니 파출소를 운영했지만, 그 규모나 지원은 턱없이 적었다. 다른 산양 지역 파출소와 비교하자면 출장소의 느낌이 강하게 들 정도였다. 게다가 IMF가 터지고 불거져 나온 파출소 통폐합 대상에서 단연 1위로 손꼽히는 곳이기도 했다. 그러다 보니 용천 파출소를 구성하는 인원 대부분도 나사가 하나 빠진 듯한 인상이 강했다.

첫째 파출소장만 해도 경찰대학 출신이거나 아니라도 베테랑인 경위가 대부분인데 용천 파출소장은 퇴직을 1년 앞둔 경사였다. 정말 시험 한 번 치르지 않고 주는 호봉만 챙긴 경우였다. 둘째는 최 경장인데 성질은 있지만 그나마 제일 나은 인물로 경사 진급 시험을 앞두고 비교적 시간 여유가 많은 이곳으로 일부러 지원한 경우였다. 셋째는 박 순경으로 술과 도박을 너무 즐겨 자기 동기들 중 유일하게 순경으로 남아 있는 인물이었다. 넷째는 서 순경으로 나와 나이가 같은 의경 출신의 초짜배기 순경이었다. 어쩌다 이쪽으로 발령 났는데 아직 그게 좋은지 나쁜지 구분이 안 되는 경우였다. 그리고 마지막으로 문제의 김 경장인데 술이라면 박 순경보다 더 잘 마셨고, 성질이 더럽기론 최 경장을 능가했으며, 만사태평으로는 소장보다 더 했으면 더 했지 모자랄 게 없는 '종합용천세트'의 인물이었다. 게다가 그와 경찰학교 동기라는 산양 경찰서 수사과장과의 마찰은 직원들 사이에서는 제법 유명한 안줏거리였다.

나는 당시 '기동9중대 파견 의경 백동기'란 신분으로 이런 인물들과 함께 용천 파출소에서 생활하고 있는 중이었다. 말년 수경으로 4개월 뒤엔 제대였지만 최 경장의 추천으로 자대 복귀가 미뤄진 상태였다. 엉뚱하고 문제 많은 김 경장이었지만 신기할 정도로 나와 쿵짝이 맞다는 게 그 이유였다.

"내가 여기 있을 때까지는 김 경장 저거, 사고 치면 안 된다. 제대고 뭐고 최대한 붙어 있어주라. 니, 옛날에 김 경장이 한 번 살려준 거 있제? 은혜 갚는 셈 치고! 내도 살리고 김 경장도 살리고."

하긴 김 경장이 날 살린 일이 있긴 했다. 교통단속 나갔다가 수고한다며 건네는 초콜릿을 받은 적이 있는데 그걸 수사과장한테 걸리는 바람에 난리가 났었다. 돈 받았다며 다짜고짜 뺨을 맞고 옷을 벗는 등 수모를 당하고 있는데 김 경장이 나타나 수사과장을 막아줬던 것이다. 덕분에 수많은 부분에서 코가 꿰였다가 제대 막판에 아예 코뚜레를 새로 뚫은 셈이었다. 하지만 이런저런 노력에도 불구하고 용천 파출소는 한바탕 소동의 중심에 서게 되었다. 조용히 지내려던 최 경장의 노력은 상상초월의 도둑질로 빛이 바래게 된 것이었다. 수사과장이 오기를 기다리는 파출소 내부에는 뭔지 모를 불안한 기류가 뭉게뭉게 피어오르는 중이었다.

AM 6:30

용천 파출소 사무실

새벽에 온다던 수사과장은 6시가 훨씬 넘어도 나타나지 않았다. 아까부터 뭔가를 찾는 박 순경 외에는 모두 퀭한 눈으로 앉아 있을 뿐이었다. 파출소장이 벌겋다 못해 튀어나올 것 같은 눈으로 시계를 쳐다보았다.

"아니, 온다는 사람이 와 이리 안 오노?"

"거, 전화나 무전을 하지요. 장난치는 것도 아이고 우리가 무슨 죄 짓나?"

"박 순경아, 니는 아까부터 뭐 하노? 정신 상그럽다. 그냥 좀 앉아 있어라."

소장의 타박에 박 순경이 머리를 긁었다.

"아니, 우리 파출소는 뭐 있는 기 없습니꺼? 증거물 넣는 비니루 하나 없나?"

"증거물은 무슨 증거물?"

"아까 카메라 있던 자리에 엄지만 한 볼트가 떨어져 있더라고. 지문이나 묻어 있나 싶어서 갖고 왔는데……."

"야이씨! 지랄한다. 니 같으면 그걸 맨손으로 뽑았겠나? 도대체 가……."

김 경장이 투덜거리는데 전화가 울렸다. 별 것 아닌 전화 한 통인데 가슴이 쿵 내려앉는 느낌이었다.

"예, 용천 파출솝……, 예? 뭐라고요? 시, 시체?"

모두의 고개가 전화를 받은 서 순경 쪽으로 돌아갔다.

"이건 또 뭔 소리고?"

서 순경이 손을 내저으며 큰소리로 말했다.

"용천천 어디요? 아니, 거기는 우리 파출소 구역이 아닙니다. 부산 쪽으로 전화를 해야 됩니다. 예? 여, 여보세요?"

그때 무전기에서도 수신음이 터져나왔다.

「용천 파인 여기 K4, 10분 뒤에 종셋 예정, 10분 뒤에 종셋 예정.」

수사과장이 10분 뒤에 도착한다는 내용이었다. '하필 이런 때에…….'라는 말이 절로 나오는 타이밍이었다.

"에이씨, 이 개자슥은 와도 꼭 이럴 때……?"

김 경장이 투덜거리는데 파출소장의 높아진 목소리가 실내를 울렸다.

"김 경장아, 가만있어 봐라! 서 순경, 방금 그거 신고가? 경찰서에서 온 기가?"

"신고 같은데 누군지는 말을 안 합니다."

"용천천이라 했제? 시신이 용천천 어데 있다고?"

"우체국 건너 개천 밑에 있답니다."

"에라이! 쯧쯧쯧⋯⋯."

파출소장이 혀를 차더니 옷매무새를 바로 잡고 나갈 태세를 갖추었다.

"지금 수사과장 온다는데 어디 가십니까? 시신 발견된 데가 우리 쪽이 아니라 안 합니까?"

최 경장이 말리자 소장이 손을 내저었다.

"니가 몰라서 그란다. 가만있으면 우리 쪽으로 뒤집어씌운단 말이다. 카메라 분실에 혹시나 살인 사건까지 없으면 우리 파출소가 그거 다 지고 가겠나?"

"그래도 지금⋯⋯."

"아, 용천천이 우리 쪽에서 안 흐르나? 용천 쪽에서 죽은 시체가 떠내리 왔다고 우기면 우짤 낀데?"

소장이 혀를 끌끌 차며 파출소 문을 박차고 나갔다.

"아아⋯⋯!"

탄성이 절로 나왔다. 무사태평주의가 처음으로 보여주는 재빠른 판단과 행보였다. 만년 경사에게 숨겨졌던 경험이라는 보석이 빛나는 순간이었다. 입을 벌리고 있던 최 경장이 정신을 차렸는지 덩달아 서둘러대기 시작했다.

"김 경장, 내가 수사과장 처리할 테니까 니는 소장님 따라가라.

동기 니는 뭐하노? 빨리 가라. 퍼뜩!"

AM 6:57

산양시 용천 파출소 구역 경계 5미터, 부산시 두구동 파출소 관할 용천천

김 경장과 내가 우체국 건너 냇가로 달려갔을 때는 이미 두구동 파출소의 순찰차가 와 있는 상태였다. 두구동 소속 직원과 의경 몇몇이 길가에 바리케이드를 치고는 냇가 아래를 내려다보고 있었다. 그런데 시신 발견 현장을 지켜보는 것 치고는 표정이 묘했다.

"안녕하십니까? 정 경장, 간만이오."

김 경장이 직원을 아는 체하며 다가서서 슬쩍 밑을 살폈다. 나도 따라가 시체가 있는지 살피는데 직원이 머리를 긁으며 헛웃음을 날렸다.

"아따, 두 영감이 사람을 웃기네……."

나와 김 경장은 눈을 마주치며 의아해했지만 몇 초도 지나지 않아 웃는 이유를 알 수 있었다. 시신 옆에는 파출소장과 그와 비슷한 연배의 두구동 소장이 나무 작대기 하나씩을 들고 쭈그리고 앉아 의견을 교환하는 중이었다.

"보소, 권 소장요, 10년 전에 공장에서 감전된 시체 기억 안 나는교?"

"어……, 하도 오래 돼가 그기 기억이 안 나네……."

"어러? 그때 당신하고 내하고 같이 안 있었나? 그때도 용천서 죽은 기 우리 쪽으로 굴러왔다 아인교?"

"아니이, 기억도 안 나는데 말도 틀렸구만. 시체가 일로 떠내리 올라면 물살이 세야 안 되나? 여기가 무슨 강물이가? 쯧!"

"그기이 또 무슨 소리고? 그때도 공장 물당꼬가 터지가 흘러 안 왔나? 물살 없이도 씰리 온다 카이."

"아니, 그때는 장마철에 비도 많이 올 때지. 지금 봐라, 무슨 물이 흐르는교? 딱 봐도 요서 죽은 기구마."

"아따, 기억이 나는가베. 그라이까 내 말이 맞지."

"하아, 무슨? 요, 요기, 그라이까 작대기 보소. 머리 여기가 터지갖고, 피가 여기 흥건한데 우째 시체가 떠내리 왔노? 이거는 여기서 떨어진 거라 카이."

"어험, 그, 그거는 감식반이 알아서 할 일이고……."

"우쨋든 간에 이건 두구동 거라."

"어허, 이기 우째 우리 거라 딱 정하노? 용천서 죽었으면 우짤라꼬?"

시신을 앞에 두고 그들은 마치 만담을 하듯 이야기를 나누었다. 언뜻 보면 장터에 앉아 흥정하는 영감들과 다를 바 없는 모양새였다. 하지만 그 속에는 바둑을 두듯 한 수 한 수 치열한 다툼이 있었다. 그때 둘을 지켜보던 김 경장이 나를 툭 쳤다.

"고마 가자. 이야기 다 끝났네."

"와예? 여기 있어야……."

"머리 터진 피 안 보이더나? 떠내리 왔으면 피가 씻기야……. 어? 저 자슥이 와 일로 오노?"

김 경장의 말을 듣다 고개를 돌리니 산양 경찰서 수사과장이 사람들을 이끌고 이쪽으로 오고 있었다. 사람들 무리에는 최 경장도 있었는데 똥 씹은 듯 잔뜩 찌푸린 얼굴이었다. 경례를 붙이는 우리를 지나친 수사과장은 이내 냇가로 향하더니 파출소장을 불렀다.

"소장님, 올라오십시오. 이 사건 우리 관할입니다."

이 말을 들은 영감들의 표정이 눈에 훤히 그려졌다. 둘 다 '이기 무슨 뚱딴지같은 소리고?' 하는 표정이었을 것이다. 김 경장이 최 경장의 팔을 잡고 흔들자 그는 한숨을 푹 내쉬었다. 수사과장의 카랑한 목소리가 또 울려퍼졌다.

"새벽에 우리 서에 신고가 접수됐어요. 이거 용천에서 터진 살인 사건입니다."

"아니, 머리에 터진 피가 여기에……."

"그러니까 지금 내려간 감식반이 알아서 할 겁니다."

"과장님, 아니 그라이까……."

파출소장의 설명은 이내 수사과장의 짜증 섞인 목소리에 막히고 말았다.

"아, 벌써 접수됐다지 않습니까? 현장 수색할 테니까 파출소에 가서 기동대에 협조 공문이나 보내요. 아, 그리고 일제검문 할 때 뭐한 거야? 직원들 전부 시말서 쓰라고 하세요. 이 작은 데서 도대체 사고가 몇 개나 터지는 겁니까?"

시말서라는 말이 파출소장의 입은 막았는지 모르지만 김 경장의 불꽃 성질을 폭발시키기엔 충분했다. 이를 벅벅 갈던 김 경장이 수사과장을 향해 손가락질을 하며 나섰다.

"시말서는 무슨……? 이런 미친……, 우읍!"

하지만 김 경장의 입은 최 경장의 솥뚜껑 같은 손에 막히고 말았다.

"백동기, 니 뭐하노, 한쪽 팔 잡아라."

이런 경우를 예방하기 위해 내가 김 경장 곁에 붙어 있는 것이었다. 난 망설임 없이 김 경장의 팔을 잡고 최 경장이 이끄는 대로 불꽃 남자를 끌고 나갔다.

AM 10.:30

용천 파출소 사무실

"피해자의 이름은 김성민. 부산 거주, 35세. 어제 새벽 살해된 것으로 추정된다. 그러니까 지금 이 시간부터 용천 파출소를 임시 수사본부로 삼고 수사를 시작한다. 그쪽 계덕 파출소 형사계 직원들은 기동9중대 의경 10명씩 조를 맞춰서 살인 현장을 수색한다. 이후 감식반의 결과가 나오는 대로 수사를 진행하는 거야. 아, 그리고 용천 파출소 직원들은 각 세대를 방문하고, 살인 사건이 있던 날에 수상한 용의자가 있었는지 조사해. 특히 주민들에게 주의를 당부하는 거 잊지 마."

수사과장이 말을 마치고는 번들거리는 안경을 고쳐 썼다. 용천 파출소는 이 시간부로 용천천 살인 사건 수사본부의 역할도 함께 담당하게 된 것이다.

"다 알겠지? 따로 질문 있나?"

용천 파출소 직원 5명과 계덕 형사계 직원 7명, 기동9중대 간부 2명, 경찰서에서 온 형사 2명에 나까지 포함하면 도합 17명으로 꽉 찬 파출소였지만 수사과장 외에는 아무도 입을 열지 않았다. 전화 나 무전을 받기 위해 구석 책상 앞에 앉아 있던 나는 흘깃거리며 김 경장을 예의 주시했다. 고개를 숙이고는 있었지만 김 경장은 나름 얌전히 자기 자리에 서 있었다. 김 경장 양 곁에 서 있는 박 순경과 최 경장도 안도하는 표정이 확실했다. 사실 수사본부 조회가 있기 한 시간 전만 해도 김 경장의 불만은 이만저만한 것이 아니었다.

"시신 감식 결과도 안 나왔고, 따지면 우리 관할도 아닌 사건을 억지로 들고 와가지고는 뭐? 살인 사건?"

모두가 말려도 보고 달래도 봤지만 김 경장은 금방 터질 시한폭 탄 같았다.

"수그리고 있으라고? 엉뚱하게 일 키우는 거 눈에 안 보이나? 이거 카메라 분실한 거 덮을라고 지랄하는 기야. 수사과장 그 개새 끼! 내 오늘 가만있나 봐라."

이렇게 분기탱천했던 김 경장을 누그러뜨린 건 다름 아닌 파출 소장이었다. 파출소장은 수사과장과 합의한 카드를 내놓으며 김 경장을 달랬다. 합의 내용은 용천 파출소 무사태평의 정신을 그대로 잇는 것이라 해도 과언이 아니었다.

"김 경장아, 그만 해라. 수사과장이 내만 징계 믹이고 다른 직원한테는 책임 추궁 안 한단다. 내사 어차피 내년에 퇴임 아이가? 호봉 잘리는 것도 관계없고 카메라 분실 건도 조용히 넘어간단다. 그라믄 최 경장 몇 달 뒤에 승진 시험도 문제없고, 박 순경도 인자 경장 승진해야 안 되나? 살인 사건 비상 시국만 잘 넘구면 되는 기라. 김 경장아, 알겠제?"

그렇게 조회는 무사히 마무리되었고 모든 건 수사과장이 지시한 대로, 용천 파출소의 기운대로, 무사태평하게 넘어가는 듯했다. 하지만 항상 그랬듯 사건은 엉뚱한 곳에서 터져나오고 말았다. 문제는 그 엉뚱함의 시발점이 바로 나라는 점이었다.

조회가 끝나고 긴장이 풀린 나는 파출소 뒤편 공터에서 수색 파견 나온 부대 동기 둘과 함께 담배를 피웠다. 간만에 만난 터라 이 얘기 저 얘기 하던 중 과속 카메라 분실 얘기가 나왔다. 내가 먼저 꺼낸 것도 아니고 동기들은 이미 분실 사건을 자세히 알고 있었다.

"벌써 다른 파출소에 소문이 쫙 퍼지가 있다. 애꿎은 용천 파출소가 당하는 기라고."

"과속 카메라가 돈이 얼마고? 분실된 거 처리 잘못되면 경찰서 간부들 모가지가 왔다 갔다 안 하나?"

제대만 하면 그뿐인 의경이지만 이건 아니란 생각이 들었다. 무슨 정의의 사도라고, 울컥해 버린 나는 피우던 담배를 집어던지며 한마디 했다.

"에이, 그냥 씨파, 더러워서……. 확 그냥 과속 카메라 훔친 범인을 잡았뿌면 우째 되겠노?"

"아따, 우리 동기, 백동기! 우리 동기가 웃기네. 니가 무슨 수로 잡노?"

"웃지 말고 생각해 봐라. 어젯밤에 이 근방 일대 전부가 일제검문이었다 아이가?"

"그래, 신창원이 떴다고 벌써 몇 번째 비상이고?"

"산양시 경찰 다 풀고는 헛짓했다고 수사과장도 쿠사리 좀 묵었을 기야."

"자, 봐라. 그라믄 용천이고 계덕이고 경찰이 쫙 깔렸는데 7번 국도는 앞뒤로 꽉 막히는 거 아이가? 그런 상황에 경찰 카메라를 훔칠 정도라면 도둑놈은 간이 진짜 크고 똑똑하거나, 진짜 아무것도 생각 안 하는 바보 둘 중에 하나 아니겠나?"

동기들은 눈을 동그랗게 뜨고 내 말을 듣기 시작했다.

"너거, 부대에 내가 갖다 난 추리 걸작선 기억나제? 너거도 심심하다고 빌리 봤다 아이가? 그중에 「도둑맞은 편지」라고 애드가 앨런 포가 쓴 유명한 소설이 있다. 거기 보면 억수로 중요한 편지를 도둑맞아 가지고 경찰 전부가 용의자 집을 수색하는데 결국은 찾는 데 실패한단 말이야. 그런데 결국 그 편지가 어디 있었게? 바로 사람들 들락날락하는 출입구 앞 테이블에 놓여 있었거든. 허술해서 아무도 신경 안 쓰는 데 말이다."

"그라니까 니 말은 근처에 있는 주민이 범인이다 이 말이가?"

눈치 빠른 동기 하나가 맞장구를 쳤다.

"하기사 확률이 높아지긴 하네. 이 동네가 조용하긴 해도 골통들은 워낙에 골통인 동네니까."

"애초에 수사 자체를 안 했으니 그리 좁혀 가도 나쁠 건 없겠네."

제대를 앞둔 고참들이라 2년 짬밥을 허투로 먹은 건 아닌 모양이었다.

"인자 내 말 알겠제? 그런데 수사도 안 해보고 무조건 덮기 바쁜 기라. 너거도 알다시피 용천 여기가 구역은 넓어도 사건 없는 걸로는 유명한 동네 아이가? 와 그런 줄 아나? 직원들이 허술해 보이도 이 동네 하나는 꽉 잡고 있거든. 어느 집에 숟가락 몇 개까지 꿴단 말이지. 그런데 이번에 사건 터진 것들 봐라. 교통계장이고 수사과장이고 전부 바깥에서 들쑤시기만 하지 해결할 생각이나 있나? 가만히 놔두거나 차라리 맡기면 아무 일도 없을 거란 말이다. 이 동네 전문가도 아닌 것들이 몰려와가 지 맘대로 할라 하니 뭐 제대로 된 게 있겠나? 씨발, 수사과장이고 뭐고 윗대가리들은 저거 살라고만 대가리 쓸 뿐이거든. 내가 직원이라면 확 카메라 찾아가 윗대가리들 치고받아……, 응?"

갑자기 동기들의 안색이 바뀌는 게 느껴졌다. 떠드느라 눈치를 잠시 놓은 게 탈이었다. 불안한 느낌에 고개를 돌리는데 쫘악! 소리와 함께 돌린 고개가 반대로 휙 돌아갔다.

"이 좆만한 새끼가 방금 뭐라 그랬어?"

내 멱살을 잡고 소리 지른 건 다름 아닌 수사과장이었다. 언제부터 들었는지 몰라도 내 얘기를 들은 모양이었다.

"너 이 새끼, 가만 보자. 이거 전에 봤던 새끼잖아? 이거 진짜 안 되겠네?"

정신을 차릴 수 없이 몰아대는데 예전에 겪었던 치욕이 그대로 떠올랐다. 수사과장의 손이 또 한 차례 올라갔고 눈을 찔끔 감는 순간이었다.

"지금 뭐하는 기요? 그 아이가 틀린 말 했소?"

귀에 들리는 건 김 경장의 고함인데 눈을 뜨니 보이는 건 솥뚜껑같이 큰 손이었다.

"최, 최 경장, 이 손 안 놓나?"

"말 틀린 건 없지 않습니까? 원하는 대로 해줬으면 행패는 부리지 말아야지."

"이 자슥들이 진짜!"

손을 뿌리친 수사과장이 내 앞에 선 김 경장과 최 경장을 노려보더니 이내 한숨을 내쉬었다.

"그래, 끝까지 해보겠다는 말이가?"

"내 한 몸 살자고 소장님한테 손해 끼치는 것도 그렇고, 어차피 딴데서 쓰던 카메라, 불용장비*로 처리할라는 거 모르는 줄 압니까?"

---

* 오래되거나, 규격 변경으로 인해 쓸 수 없게 된 장비. 앞으로 사용할 가능성은 없으며 고철로 매각하는 등 폐기 처분의 대상이다.

"어허, 거 조용히 못하나?"

불용장비란 말에 수사과장의 눈이 흔들렸다. 김 경장이 손짓으로 동기들을 흩어지게 했다. 그제야 시선을 의식했는지 주변을 살피던 수사과장이 무겁게 입을 열었다.

"자신 있다 이거지? 좋아. 사무실로 가자."

최 경장이 수사과장과 함께 파출소로 들어갔다. 김 경장은 같이 들어가지 않고 담배를 피워 물었다. 그는 내 어깨를 툭 치고는 빙긋 웃었다.

"괜찮나? 니도 저 새끼하고는 지독스레 악연이다이."

"잘못했습니다."

"잘못은 무슨……. 말 잘하데, 속이 시원하이. 최 경장이 저래 확도는 거는 간만이네. 니미……, 옷 벗으면 그만인 거고."

"예에?"

담뱃불을 비벼 끈 김 경장이 숨을 크게 들이쉬더니 내 등을 두드렸다.

"니, 끝까지 카바는 칠 테니까 부대 쪽에 걱정은 말고, 인자부터는 진짜 입조심해라."

"예에?"

하지만 대답 대신 또 한 번 등을 두드린 김 경장은 파출소 뒷문으로 휙 들어가 버렸다. 나는 화끈거리는 뺨을 어루만지며 파출소를 멍하니 바라볼 뿐이었다.

용천 파출소 앞 주차장

최 경장과 김 경장은 수사과장과의 면담에서 거래를 하나 성사시켰다. 그들은 과속 단속 카메라 도난 사건의 수사 기회를 달라고 요구했고, 수사과장은 승낙하는 대신 살인 사건 피해자의 부검 결과가 나올 때까지라는 조건을 달았다. 그리고 그 기간 동안 범인을 찾지 못한다면 옷 벗을 각오를 해야 할 거라는 경고도 같이 붙었다. 어찌 보면 무모한 도박이었다. 수사과장에게 반기를 든 것 자체가 모험이었지만 김과 최의 생각은 달랐다. 사실 윗선이 우려하는 것은 설치한 지 일주일도 안 되는 과속 카메라의 도난이 외부에 알려지는 것이지, 살인 사건은 도난 사건을 덮기 위한 연막에 지나지 않는다는 얘기였다. 그렇다면 왜 군이 연막까지 치며 일단! 덮으려 하는 것인가? 최 경장은 이렇게 말했다.

"아마도 카메라를 불용장비로 처리할라는 기다. 시간을 벌어야겠지. 살인 사건으로 시선을 딴 데로 돌려놓고 최대한 빨리 일처리를 할라는 기야. 살인 사건? 그 결과가 사고사로 끝나든 미제 사건으로 남든 간에 어차피 용천 파출소 책임 아이가. 용천 파출소는 곧 없어질 곳이고. 참 적당한 희생양 아이가?"

여기에 더해 김 경장의 분석은 훨씬 더 셌다. 겉으로는 파출소장의 징계 정도로 끝낸다고 약속했지만, 만에 하나라도 카메라가 튀어나와 도난 사건이 까발려진다면 그 책임 또한 고스란히 용천 파

272

출소 구성원에게 돌릴 거라는 생각이었다.

"우리를 호구로 봐도 한참 호구로 본 거지. 수사과장 개새끼! 위 엣놈들이 뭐 하나라도 책임질라 하겠나? 자기들한테 불리하면 밑에 사람들 약점을 다 뒤비 갖고 뒤집어씌울 거란 말이다."

쉽게 말해 두 사람은 모 아니면 도의 심정으로 카드를 던진 셈이었다. 그렇다면 수사과장은 왜 거래를 받아들였을까? 그 답은 경찰서의 무리한 행보에 있었다. 탈옥수 신창원이 떴다는 정보만 믿고 산양시 경찰 인력을 총 투여한 일제검문은 번번이 실패했고, 덕분에 산양시 범죄 상승률은 한 달 만에 15%를 넘어서는 중이었다. 이런 판국에 교통안전 산양시를 홍보하며 무리해서 달았던 과속 카메라마저 도난을 당했으니……, 곧 있으면 다가올 경찰서 감사까지 감안한다면 경찰서 윗대가리들의 꽁지에도 불이 붙은 형국이었다. 결국 과속 카메라 수사는 양쪽 모두 필요했다. 만약 외부에 알려지지 않고 카메라를 찾는다면 누이 좋고 매부 좋은 얘기였다.

김 경장은 수사과장과의 면담을 마치자마자 나를 부르더니 대뜸 순찰차로 끌고 갔다.

"동기야, 니 그날 다리에서 오토바이 사고 날 뻔했던 거 기억하제?"

"예."

"니 이것 좀 봐라."

김 경장이 손가락으로 가리킨 곳은 순찰차 뒤쪽 주유구 부분이었다. 그곳은 무언가에 부딪혔는지 빨간 도색 페인트가 일자로 묻어 있었다.

"그날 오토바이가 긁고 간 부분이다. 빨간 도색이 분명한 기라. 섭기 저수지 부근에 빨간 오토바이 모는 놈이 몇 놈 있노?"

"어……, 그라이까 다리 입구에 슈퍼 아저씨하고, 섭기 저수지 가기 전에 고철상……. 어어?"

"그래, 누군지 알겠제? 거 고철상 아들! 금마가 빨간 택트를 몰고 다닌다 아이가."

얘기를 듣고 있던 내 눈이 동그랗게 커졌다.

"그, 그 집에 아들, 계덕에서 자동차 정비소에 댕기잖아요. 그 아아 좀 모자라지 않습니까?"

"모자라지, 모자라도 많이 모자라지."

"그래도 기계 분해 하나는 기똥찬 아아 아입니꺼? 우리 파출소 보일러 고장 난 것도 그 아이가 떼갔지요."

"그렇지, 아무 기계나 떼갖고 한 번씩 신고가 들어와서 그렇지."

역시 용천 전문가는 달랐다. 첫 번째로 집어낸 용의자의 신상이 카메라 도난 사건과 앞뒤가 딱딱 맞아떨어졌다. 신바람이 난 나는 순찰차에 묻은 도색을 다시 살피다 이내 바람이 빠져버렸다.

"그런데……, 그래 봐야 이게 증거가 됩니까? 심증은 있어도 그 시간에 우리랑 사고 난 거 말고는……."

김 경장은 내 말을 기다렸다는 듯 주머니에서 뭔가를 꺼내 내 눈앞에 들이댔다. 그건 엄지손가락보다 조금 큰 볼트였다.

"어, 또 와 이랍니까?"

"니, 이기 뭔지 아나?"

"나사 볼트 아입니까?"

"그래, 볼튼데 억수로 귀한 볼트지. 박 순경이 카메라 도난 현장에서 주워왔던 그 볼트."

"그래서요?"

"니, 잘 봐래이."

김 경장은 다른 주머니에서 반지 같은 걸 꺼내더니 볼트에 갖다 대고 돌리기 시작했다.

"어! 어어?"

김 경장이 꺼낸 건 다름 아닌 너트였다. 놀라운 일이었다. 박 순경이 사건 현장에서 주워온 볼트와 김 경장이 꺼낸 너트는 신기하게도 딱 맞아떨어졌다.

"김 경장님, 이, 이건 어디서 났는데요?"

"흐흐, 어디서 났겠노? 니하고 있을 때 났지. 섭기 다리에서 사고 날 뻔했을 때 다리에서 줏은 기다."

섭기 다리에서 김 경장이 뭔가 줍던 장면이 불현듯 스쳐지나갔다.

"자빠진 책임은 우리한테 있는데 오토바이가 막 도망가더란 말이지. 저 새끼 분명 술 처먹었거나 무슨 사연이 있는 기다 싶어서 챙겨둔 기다."

"우와아! 그래도 이거를 우째 연결시키가……. 우와아……."

감탄하며 담배를 꺼내 물려는데 김 경장이 담배를 가로챘다.

"담배 피울 시간이 어디 있노? 빨리 차에 타라."

용천 파출소 관할 섭기 저수지 부근

'애애애애앵.'

순찰차는 사이렌을 울리며 빨간불을 통과했다. 벌써 세 번째 신호위반이었다.

"새벽에 사고 날 때 다리 밑으로 카메라가 떨어진 기 분명하다. 문제는 떨어진 게 카메란 줄 이제야 알았단 거지. 고철상 바보 자슥이 벌써 챙기갔는지도 모른단 말이다."

충혈된 눈으로 주위를 살피던 김 경장이 또 한 번 신호를 어겼다. 지나가던 트럭이 우리를 겨냥하고 빵빵대며 클랙슨을 울렸다.

"우와아아, 과속 카메라 찾으러 가면서 과속을 와 이리 합니꺼?"

"씨바, 경찰 옷 벗게 생겼는데 그기 문제가?"

어느새 섭기 저수지로 올라가는 외길이 길 건너로 눈에 들어왔다. 거침없이 중앙선을 넘어 유턴하던 김 경장이 육두문자를 날리며 차를 세웠다. 하필 경운기 하나가 외길을 꽉 채우고 털털거리며 내려왔기 때문이었다. 궁금했던 걸 묻기 좋은 기회였다.

"그라믄 최 경장한테는 벌써 다 얘기한 거네요?"

"그렇지. 처음에는 고개를 삐딱하게 치고 있드만, 고철상 모지래이 얘기를 하니까 갑자기 눈이 반짝반짝 하더라고."

"그라믄 언제부터 수사과장하고 담판을 질라 했는데요?"

276

"최 경장 그 위인이 음흉하니까 속에 뭘 넣고 있는 줄 알아야지, 수사 지시 끝나고 둘이 얘기할 때도 뭘 그리 생각하는지……. 답답해 가지고!"

"와아, 어쨌든 한판 붙으라 했던 기네. 어차피 붙을 거면 빨리 하든지. 내가 싸다구 줘 터진 다음에 난리 칠 건 뭡니꺼?"

"이 자슥아, 그기 중요하나? 그건 니 입이 싸서 그란 기고……."

그러는 동안 경운기가 외길을 빠져나왔다. 순찰차가 재빠르게 오르막길을 치고 올라가는데 김 경장이 갑자기 고함을 질렀다.

"저, 저거, 저 새끼!"

김 경장의 손가락 끝이 가리키는 방향을 쳐다보니 빨간 택트 오토바이가 구불구불한 길로 달려오는 게 눈에 들어왔다. 하지만 내 시선은 그 뒤를 따라오는 차로 집중됐다.

"저 뒤에 따라오는 차가 박 순경 차 아입니꺼? 점마 저거 지금 도망치는 겁니다!"

"이런 씨파, 뭐가 우째 돌아가노?"

순찰차가 왜앵 사이렌을 울리며 다리를 휙 지나쳤다.

"아니, 사이렌은 와 울립니꺼? 눈치 채구로!"

늑대한테 쫓기던 고철상 아들은 호랑이가 으릉대며 뛰어오자 깜짝 놀란 모양이었다. 놀라도 적당히 놀라면 되는데 너무 놀랐는지 그는 엉뚱한 판단을 하고 말았다. 달리던 오토바이에서 논두렁으로 홀렁 뛰어내려 버린 것이었다.

"우와아아아!"

김 경장과 나는 누가 먼저랄 것도 없이 비명을 질렀다. 주인 없는 오토바이가 나무를 처박고 팽그르르 돌며 순찰차를 덮쳐왔기 때문이었다.

끼이이익과 터덕퍽퍽······.

그 순간을 기억하는 건 그 소리밖에 없다. 차 유리창에 머리를 박았던 나는 눈앞이 하얘지는 걸 느끼며 잠시 정신을 잃고 말았다. 그런 나를 깨운 것은 순찰차의 무전 소리였다.

「순 일곱, 순 일곱!」

끄응 소리를 내며 고개를 드니 옆에 있어야 할 김 경장은 없고 차문만 휑하니 열려진 채였다.

「순 일곱, 순 일곱, 어이 백동기!」

무전에서 내 이름이 튀어나왔다. 나는 다급하게 무전기를 잡으려다 인상을 찌푸렸다. 오른팔이 말을 듣지 않았다. 일단 왼손으로 무전기 버튼을 눌렀다.

"여, 여기! 여기 순 일곱."

「지금 우째 됐노? 지금 상황, 주시별로 상고바람.」

최 경장의 목소리였다. 그때서야 정신을 차린 나는 밖으로 나가 주위를 살폈다. 순찰차 보닛과 오토바이 사이로 모락모락 김이 피워 올랐고, 그 사이로 논두렁에서 걸어오는 진흙 범벅의 사람 넷이 보였다.

"이 새끼, 거기가 어디라고 뛰이내리노? 이 미친 새끼!"

뒤에 처져 있던 진흙 범벅이 앞장 선 진흙 범벅의 뒤통수를 갈겼다. 그러자 곁에 있던 진흙 범벅이 앙탈을 부렸다.

"아따, 그만 때리소. 나중에 취조할 때 엉뚱 소리 나오면 우짤라꼬?"

말할 것도 없이 김 경장과 박 순경이었다. 고철상 아들의 뒷덜미를 잡고 있는 건 서 순경이었다.

"김 경장님, 지금 무전 왔는데 최 경장이 지금 상황 보고하랍니다!"

고함을 질렀지만 들려오는 대답은 천하태평이었다.

"어이, 동기 니 기절했다메?"

"진짭니까? 와아, 백동기 너 군기 빠진 건 알았는데, 그래도 심하다."

얼굴이 벌게져서 눈을 끔뻑이는데 김 경장의 대답이 눈을 번쩍 뜨이게 했다.

"최 경장 개자슥한테 말해라. 살인 사건 용의자 체포했다고."

"예에?"

"아직 정신 안 차렸나? 용의자 체포했다 해라. 도난이 아이라 살인 사건!"

PM 4:15

산양 경찰서 회의실

"그러니까 살인 사건 용의자 정덕기는 피해자 김성민과 과속 단속 카메라를 분해하여 훔친 후, 그 소유를 다투던 중 용천천에 위치한 용천교에서 우발적으로 피해자를 밀어 살해를 했던 것입니다. 하지만 이 사건은 저희 산양 경찰서의 성실한 일제검문으로 인해 단 12시간 만에······."

기자들의 플래시 세례에도 수사과장의 얼굴은 흐뭇했다. 기자들에게 나눠준 보도자료에는 굵은 글씨로 이런 제목이 붙어 있었다.

'살인 사건 발생 12시간 만에 용의자 검거! 산양 경찰서 일제검문 효과 발휘해.'

"자, 사진을 좀 찍겠습니다. 앞에 서주시죠."

수사과장 뒤에 선 용천 파출소 직원들은 목욕재계하고 제복을 입은 탓인지 아주 늠름한 모습이었다. 미소 짓는 수사과장과 늠름한 직원들, 그리고 그 옆에는 팔에 깁스를 하고 선 의경······. 그림도 이렇게 멋들어진 그림이 없었다. 도대체 왜 이런 그림이 탄생하게 된 것인가?

AM 11:00

용천 파출소 사무실, 백동기 수사과장에게 뺨 맞기 직전

수사과장과의 담판을 주장하는 김 경장의 얘기 중, 고철상 아들 부분에서 최 경장의 눈이 번쩍 뜨였다. 어젯밤 일제검문이 끝나갈 때 택트에 탄 둘을 잡고 헬멧을 쓰라고 주의 주던 것이 생각났기 때문이었다.

"김 경장, 잠깐만 있어봐라!"

어젯밤의 일제검문 일지를 찾아 뒤지자 끝 부분에 고철상 아들의 이름인 '정덕기'가 나왔고 그 바로 밑에 '김성민'이라는 이름이 등장했다. 검문 시각은 살해 추정 시각인 3시에 거의 가까운 새벽 2시 28분, 그리고 살인 사건 피해자의 이름과 동일! 최 경장은 깊은 숨을 내쉬고 잠시 선택의 시간을 가져야 했다.

어떻게 해야 하나? 과속 카메라 도난 사건이든 살인 사건이든 용의자는 하나다. 그러나 잡기만 한다고 현재의 위기가 사라지진 않는다. 먼저 상대방이 무엇을 갖고 싶어하느냐를 알아야 거래의 카드로 쓸 수 있다. 담판을 지으려면 카드를 결정해야 한다. 도난이냐 살인이냐? 어떤 카드가 맞을까? 수사과장은 왜 살인 사건까지 뺑을 튀기며 무리를 하는 걸까……?

최 경장은 머릿속이 과열되어 땀이 송글송글 맺힐 지경이었다고 한다. 무심결에 손에 든 검문일지로 부채질을 하던 최 경장은 '일제검문'이라는 제목에 또다시 눈이 번쩍 뜨였다. 그랬다. 탈주범 신창원으로 인해 경찰에 대한 여론은 엉망진창인 상황이었다. 특히 산양 경찰서의 무리한 일제검문은 뉴스에까지 나와 최악의 상황이었다. 최 경장은 이제야 눈앞이 훤히 트이는 듯했다.

'철저한 일제검문으로 살인 사건 해결!'

씨도 먹히지 않을 거래의 물꼬가 트이면 저런 문구가 신문 앞면을 장식할 것이다.

"아따, 답답해라. 무슨 놈의 생각을 그리 하노?"

김 경장이 갑갑함을 토로하며 가슴을 두드렸다.

"김 경장, 니 있다 아이가……."

무겁게 입을 떼려는 순간 바깥에서 수사과장의 고함소리가 들려왔다. 성질 급한 김 경장이 먼저 달려나갔고 최 경장은 마지막 결정을 혼자 내려야 했다. 한숨을 푹 내쉰 최 경장은 마침내 선택을 마쳤다. 그는 즉시 무전을 날리고 소동이 벌어진 파출소 뒤쪽으로 향했다. 최 경장이 나가고 비어버린 사무실의 무전기에선 이런 무전이 흘러나왔다.

「용천 파인, 여기는 박 P. 덕계 정비소엔 없는데요? 지금 서 P하고 섭기 저수지 고철상으로 하나열 하는 중!」

PM 7:35

산양시 35번 국도 동면 부근

기자회견이 끝나고 모든 일정을 마친 것은 저녁이 훨씬 지나서였다. 김 경장의 차에 타자마자 내가 한 일은 팔에 감긴 깁스부터 푸는 거였다.

"아, 답답해 죽는 줄 알았네. 사람을 무슨 골절 환자로 만드노?"

"팔 아프다고 한 건 니가 먼저다. 이 자슥, 요새 엄살 장난 아이네."

말은 그러면서도 김 경장 또한 목에 꽉 잠겼던 넥타이를 풀어

던졌다.

"아이고 갑갑해라. 하여간에 최 경장 새끼, 수사과장보다 더 조심해야 돼. 음흉한 새끼."

김 경장이 담배를 피워 물며 시동을 걸었다.

"그래도 잘 처리된 거 아닙니까?"

김 경장은 뜻밖이라는 듯 날 가만 바라보더니 한숨을 푹 쉬었다.

"씨바, 처리야 잘 됐지. 대신에 쪽 팔리가 그렇지…….."

"예? 그기 무슨 소립니꺼?"

볼이 패이도록 담배를 빨아들인 김 경장이 연기를 뿜으며 넋두리하듯 말했다.

"동기야, 내가 수사과장을 왜 그리 싫어하는지 아나?"

"예?"

"자기한테 불리한 거는 뒤집어씌우고, 유리한 거는 어떻게든 갖고 갈라고 협잡을 치기 때문이다. 그런데 봐라. 지금 우리하고 금마하고 다른 기 뭐가 있노?"

"아니 그거는 아니지예. 우리가 범인 잡은 거는 확실하잖아요? 카메라 훔친 것도 금마고, 사람 밀어 죽인 것도 금마 아입니꺼? 진술도 다 받았고."

"동기야, 딴 사람들 다 빼고, 우리 둘이 잡으러 간 건 카메라 도둑놈이었다. 맞제?"

"예."

"그런데 우리가 잡은 건 도대체 뭔 거 같노? 도둑놈이가? 살인

범이가?"

"갑자기 또 무슨……."

헷갈리는 말에 대답을 못하고 더듬거리자 김 경장이 한숨을 다시 쉬었다. 우리는 갑자기 말이 줄어 35번 국도를 빠져나와 지방도로를 지날 때까지 한마디도 나누지 않았다. 잊고 있던 카메라의 소재가 궁금했으나 심각한 인상에 선뜻 입을 열 수 없었다. 말 걸기를 포기한 나는 차창으로 시선을 돌렸다. 시커먼 논밭과 산기슭의 풍경이 지나가며 그나마 남아 있는 시골 풍경을 선사했다. 그걸 바라보고 있자니 눈이 조금씩 감기기 시작했다. 어젯밤부터 한숨도 자지 못했으니 당연한 일이었다. 그런데 이상한 일이었다. '우리가 잡은 건 도대체 뭐꼬?' 하는 김 경장의 말이 쉼 없이 가슴을 찔러대는 것이었다. 나는 따가운 눈을 번쩍 뜨고 김 경장의 얼굴을 쳐다보았다. 그는 여전히 심각한 인상을 한 채 운전하다 날 흘깃 보더니 혼잣말로 중얼거렸다.

"배고파 죽겠네. 파출소 들어가기 전에 밥이나 묵을까……?"

주변을 돌아보니 용천 파출소로 넘어가는 고갯길이었다. 김 경장은 대답도 듣지 않고 고갯길 입구에 위치한 식당으로 차를 돌렸다.

"아줌마, 여기 아구탕 두 개! 소주 한 병하고."

테이블에 앉아서도 어색한 침묵이 계속 되었다. 마침 술이 먼저 나왔기에 얼른 뚜껑을 따고 잔에 따르며 슬쩍 말을 걸었다.

"아, 맞다, 카메라. 카메라는 우째 됐던가예?"

따른 소주를 쭉 들이킨 김 경장이 카아 소리를 내더니 그제야 인상을 풀었다.

"다리 밑에 떨차가 다 뿌사진 거를 고물상에 숨카 놨더란다."

"우와, 그리 다 부숴지면 앞으로 우짠다는데요? 도난당한 거 숨긴다고 그 난리를 치더만……."

"후후, 기자회견 할 때 못 봤나? 당당하더라 아이가? 숨길 때가 있으면 대놓고 밝힐 때도 있는 거지. 동기야, 아까 내가 물었제? 우리가 잡은 기 뭐냐고."

"아아, 진짜 또? 안 그래도 머리 아픈데 자꾸 와 그랍니까?"

말을 돌리려 투덜댔지만 김 경장은 아랑곳하지 않았다.

"옛날에 아구를 잡으면 더럽게 생겼다고 갖다 버렸다 안 하나. 그란데 지금은 어떻노? 없어서 못 잡는다 카데?"

방금 나온 아귀탕의 살집 하나를 쿡쿡 찌르던 김 경장이 말에 힘을 주었다.

"우리가 딱 그 짝인 기라. 우리가 잡은 거는 한 놈인데, 위엣놈들 필요에 따라 우리 역할도, 범인 역할도 퐉퐉 안 바뀌더나? 그란데 말이다……."

김 경장은 채운 소주잔을 또 비우더니 한숨을 다시 쉬었다.

"사실대로 말하면 나도 내가 잡을라 하던 게 뭐였는지 헷갈린단 말이다. 도대체가……. 쪽 팔려 가지고……."

김 경장이 내 앞의 빈 잔을 채워주었다.

"니는 제대하고 똑바로 사는 기야. 자슥……!"

속이 허해진 느낌에 소주를 들이켠 나는 뜨거워진 얼굴을 만졌다. 얼굴이 또 벌게진 모양이었다. 어제부터 한숨도 못 잤고 소주를 마셨기 때문이라 생각했다. 하지만 이내 고개를 흔들었다. "그래도 잘 처리된 거 아닙니까?"라는 내 말이 생각났기 때문이었다. 가슴부터 머리까지 김 경장의 말이 또다시 울리기 시작했다. 하지만 이번엔 그 내용이 달랐다.

쪽 팔리 가지고…….

쪽 팔리 가지고…….

얼굴이 더욱 화끈거리는 것 같았다. 보나마나 벌게질 대로 벌게져 있을 게 뻔했다.

소설에 취하다

전성욱×배길남

1부

술잔을 부딪치고 한 잔씩 마신 두 사람은 각자 앞에 놓인 미역
에 젓가락을 댔다.

"고백하자면 나는 미역을 사랑하는 사람이야."

"형도 그래? 지금도 봐봐. 미역국 여기에 뭐가 별로 안 들어갔는
데 감칠맛이 나잖아?"

한 사람이 미역국에 찬사를 보내자 한 사람이 앞에 놓인 그릇을
들고 한 입 마신다.

"음, 맛있네. 그런데……, 이건 다시다 맛인데?"

두 사람은 잠시 말이 없다 동시에 큭큭거린다.

"아, 육수 맛 아닌가? 감칠맛은 역시 MSG구만! 그래, 이번 소설

에서도 면발맨인가? MSG한테 좌절하는……. 뭐 지가 아무리 까불어봤자?"

"응응, 「짬뽕 끓이다 갈분 넣으면 사천짜장」. 뭐, 따지자면 문학하는 이야기지."

문학 하는 이야기……. 뜬금없이 미역에서 문학으로 넘어온 이상황은 뭘까?

때는 2018년 11월 29일 저녁. 소설가 배길남(이후 길남 씨)과 평론가 전성욱(이후 전평)은 소설집 『짬뽕 끓이다 갈분 넣으면 사천짜장』에 담긴 여덟 편의 단편소설에 대한 이야기를 나누고자 만났다. 이왕 인터뷰를 하려면 흔해빠진 형식으로 하지 말고 술 한 잔 하면서 문학 이야기를 걸쭉하게 풀어보자는 전평의 제안에 길남 씨가 오케이 사인을 보내면서 이 날의 자리는 마련됐다.

"사실 내가 지금 감당이 안 되는 작업을 맡고 있거든요? 그런데 그 와중에 형한테 연락와서……."

"바쁜데 괜한 수고 끼친 거 아이가."

"그런 건 아니고……. 일단 해당되는 책은 먼저 읽은 다음에 그 일은 제끼나 버렸지. 어쨌든 형 소설을 좀 서둘러 읽었어요. 사실 내가 보통 글을 쓸 때 미리 읽어놓고 좀 찐득하게 삭히는 과정을 거친단 말이지. 왔다갔다 생각도 하고 좀 이래야 뭐가 나와. 사유를 하는 거지."

"그런 과정을 거쳐주니 참 고마운 일이구마. 근데 생각보다 부담을 많이 주뻿네."

"그게 내가 할 일인데 뭐……, 또 읽는데 형 소설이 너무 재미가 있더라고. 난 이런 거지. 비평가가 객관적 거리를 가져야 되는데, 소설을 읽으면 그 사람이 좋아진단 말이야."

"전부터 그런 버릇이 있다고 했었지."

"말하자면,…… 소설을 읽는 여러 가지 이유가 있다 이거야. 난 이번에 뒤에 인터뷰를 염두에 둔다느니……, 그런 목적 가지지 말고, 나하고 소주 한 잔 마시는 친한 형을 아는 과정으로 생각하자. 뭐 그랬지. 그런데 형 소설을 읽어가면서 정말 그렇더라고. 아아, 이 형이 어릴 때 이랬구나……."

전평의 목소리에 힘이 담기기 시작했다. 길남 씨는 타놓은 소맥 한 잔을 꿀꺽 삼키고 응응 하고 대답을 한다.

"나는 사실 자전적이란 말은 좋아하지 않거든. 그건 마치, 공식적으로 느껴지잖아요. 소설을 자전적으로 썼다? 뭐 그런 건 좋아하지 않는데……. 그리고 사실 자전적이지 않거든요? 다 거기에 변형이 있고 말이야. 그런데 그런 모든 걸 빼더라도 소설에는 글을 쓴 작가가 보인단 말이죠. 뭐, 처음부터 너무 열올리나? 일단 한 잔 해요."

엉겁결에 길남 씨는 또 한 잔을 더 마신다. 슬며시 속이 뜨끈해진다.

"내가 형이 쓴 『하하하 부산』 원고를 봤을 때도 형을 조금 더 이해하고 깊어진 이유가……, 거기에 있어. 내가 그 글을 보고 '아, 이 사람이 이런 사람이구나.'라는 게 나한테 와 닿으면서…… 내 깊은 곳과 연결이 되고 이해가 되는 거지. 그 책을 기획한 걸 넘어서 그 글을 꼼꼼히 읽고 그런 생각들을 했었어. 근데 이번에 또 소설집 원고를 읽고 그런 걸 또 많이 느꼈지. 내가 다 읽고 형한테 그런 말 했을 거야. 아, 잘 썼네 했다가 아이, 아이, 잘 쓰고 못 쓰고가 어디 있냐? 일단 그게 아니고 재밌네, 배길남 소설이네. 이 말 한 거 기억나제?"

전평이 아니, 도 아니고 아이, 아이 하며 손사래를 친다. 길남 씨도 덩달아 아이, 아이를 연발하며 함께 손사래 친다.

"뭐, 아이긴 뭐가 아이야? 그게 칭찬 아이요? 이제 우리가 그런 부분까지 다 얘기할 건데……. 그보다 더 중요한 건, 나는 형 소설을 애틋하게 읽었어. 애틋하게!"

"하하하하하! 뭐 또 애틋하게까지야……."

길남 씨는 결국 참지 못하고 웃음을 터뜨린다. 그런데 전평은 계속 진지하다.

"매력적이다, 사람이. 내가 이 정도 사람이 되나? 내가 배길남이란 사람만 한 그릇이 되나? 이런 생각도 해봤어."

"아이, 아이……, 그거는 참 부끄러븐 얘긴데……."

또 한 번의 손사래가 강하게 나오지만 전평의 얘기는 계속된다.

"아니, 내가……, 형이 내는 다른 책도 『하하하 부산』이잖아. 형의 그 너털웃음 속에 되게 많은 것이 담겨있다고 생각하거든. 그전에 형은 모르겠지만, 『현재는 이상한 짐승이다』, 내가 그 산문집에서 형에 대해서 짧게 썼잖아? 그때 내가 뭐라고 썼냐면 형의 그 허허 웃음이 문제가 있다고 썼어. 잘못 보면 이거 다 받아들이고 말이야……. 세상이 어찌 돌아가든지 허허허. 지금도 약간은 그런 생각 가지고 있어. 그런데 지금은 '하하하' 웃음에 대해서 조금 더 많은 생각을 하고 있지. 아, 이 '하하하'에는 많은 게 함축되어 있겠구나, 그런 걸 생각하는 거지. 그리고 소설에서도 '하하하'가 깔려 있어. 소설에서도 나와. 그! 웃고 있는데도 눈물이 나고 있고. 소설 자체는 되게 유머러스한데도 슬픈 장면이 있거든? 나도 코끝이 시큰한 그런 걸 느끼기도 했는데……. 하여간 그래서 형을 조금 더 알게 됐다? 그런 게 일단 제일 좋은 거야. 아, 오늘 이 사람하고 소주 한 잔 하고 싶다, 이런 생각을 했고. 그래서 이렇게 만난 건지도 모르지. 물론 오늘 시간 지나면 또 날라가뿔지도 모르지. 씨파, 뭔 그딴 소리를 하고 앉아 있어, 하면서…… 히힛!"

"막 후회하고……, 크크큭……."

잔이 다시 부딪힌다. 전평의 '배길라미 하하하'론이 폭풍처럼 지나고 둘은 소주로서 본격적인 술자리를 시작한다. 철 맞은 방어회를 시키려 했지만 6만 원이란 숫자에 머뭇거리다 시킨 3만 원짜리 모둠회가 나왔다. 그래도 제법 알차다. 쫄깃한 광어회가 일품이다.

"감정이 막 살아 있는 거지. 어? 이 형이 술 처먹고 막 돌아댕기면서도 또 열심히 썼네……, 이런 거. 하여간 여러 생각이 많이 들었어."

"음, 사실 나도 이번 소설들 퇴고하면서 많은 것을 느끼기도 했어. 이전 소설집 같은 경우에는 이것 저것 보여주기 바빴고 혹은 바빴는데, 주제가 여러 가지였거든? 그런데 이번에는 여러 소설에서 마지막에 '부끄럽다'는 얘기를 많이 하고 있더라고. 예를 들어 사극이면서도 활극인 「동래부 전령 전성칠」에서조차 '이 새끼 니는 부끄러븐지 알아야 된다!'를 얘기하고 있으니까……."

"방금 말한 성칠이가 역사소설 거기에도 나오고, 애들 나오는 「썩은 다리」에도 나오잖아. 그게 어떻게 연관이 있어?"

"이 캐릭터가 나는 너무 좋은 거지. 사실 쓰고 있는 왜관 관련 장편소설의 주인공이기도 한데……, 누구 하나 신경 안 쓰고 자기 신념대로 움직이거든. 내 안에서는 자유대로 움직이는……, 판타지 같은 그런 존재지."

"그래, 그 캐릭터가 중요한 캐릭터야. 이현세 하면 까치 하듯이, 어찌 보면 배길남표 캐릭터, 자기 세계를 구현하는 인물이 될 수 있겠다는 생각이 들고. 무심한 듯 뭔가 품고 있고, 사연을 갖고 있고?"

"근데 나는 아니야, 절대. 대신 구현을 하는 인물이지."

"그러면, 철수인가? 아니, 병욱인가? 병욱이 그게 도리어 나, 그러니까 형에 가깝고?"

"그래, 하하하. 쓰레기 같은 병과 욱하는 성질을 같이 갖고 있는 인물이지. 그게 바로 나지."

"나는 뭐 이름에도 욱이 있는 사람이고. 흐흐흐."

두 사람은 다시 잔을 챙! 하고 마주친다. 소설 속 몇몇 캐릭터에 관한 이야기에 즐거워진 길남 씨. 그러나 전평은 여기서 훅 찌르는 질문을 던진다.

"형이 지금 책이 나온 지 5년 됐거든? 그 5년이란 게 작가한테 뭐냐 이거야. 당신한테 그 5년은 무엇입니까?라는 질문을 하면 지금 답을 해야 될 거야. 나는 이런 생각이 들더라고. 형 소설들을 읽으면서 이 작가한테 5년이란 뭘까?라고 물어보는 거지. 내 스스로. 이건 내가 작가인가 아닌가 되게 헷갈리는 시간이 아닌가? 하는 생각을 해봤어. 물론 표면적으로는 '나는 작가야'라고 생각하면서 버틴 시간이야."

"음……. 그래. 그게 정답이지."

"응, 그게 읽혀져. 나는 작가야, 그런데 여러 가지 씨바, 응? 세속적인 문제들? 통장에 잔고니……, 직장이 어떻니……. 이런 것들이 있잖아? 그런 것들 속에서 버틴 시간이라고. 그러나 한편으로는 '내가 진짜 작가 맞냐?'라는 질문이 더 깊은 곳에서는 숨어 있는 거지. 그건 더욱 깊은 질문인 거야. 작가라는 자존심을 지켜왔지만 '내가 작가 맞냐?'라는 물음에 한 번씩 흔들리고 회의하면서 버텨온 시간이 아닌가? 나는 소설들을 읽으면서, 사실 그 와중에 나는 5년 동안 맨날 술 처먹고 돌아다닌 실존을 보아 왔지만……? 큭큭. 어쨌든 소설의 문맥을 보니까 형 나름의 고민이, 술자리에서 말 못 했던 그런 것도 느껴지더라고. 흐음, 그런 5년에 대해서……. 흐음……, 근데 이거 녹음하고 있으니까 진짜 신경 쓰인다 그치? 말도 막 엿같이 하다가도 금방 말을 바꾸고……. 큭큭큭!"

"난 아주 우리가 방송국에 와 있는 줄 알았어! 팟캐스트도 아니고……. 하하하하하!"

웃음은 터졌는데 질문이 무겁다. 길남 씨는 다시 한 번 휴대폰

녹음 앱에 눈길을 주고는 웃음을 그친다.

"뭐, 팟캐스트는 나중에 하고. 내가 평론가라도 모든 책을 다 읽고 하는 사람이 아니야. 아주 오만한 사람이라고. 이런 내가 책을 다 읽고 질문을 던지는 거라니까? 당신에게 그 5년은 뭡니까?"

"그러니까 5년이란 게……, 딴 게 아니라……."

뭔가 말하려 하지만 자꾸 이쪽 저쪽으로 새는 길남 씨를 지적하는 전평.

"너무 장황해! 뭐, 어렵게 생각하지 말고 말하라니깐?"

"지금 말하고 있다 아이가? 자꾸 말을 끊노?"

"어, 내가 그랬나? 그럼 가만히 있을게."

장황설을 늘어놓던 소설가가 드디어 생각을 정리한다.

"이번 소설집은 「짬뽕…」으로 시작해 「너의 선택」으로 끝난다고 봐야겠지. 그 5년이란 시간이 그대로 담겨 있다고 봐. 첫 소설집 『자살관리사』를 내고 이후의 시간, 말이 좋아 전업 작가, 백수 시절의 고민에서 시작해서 평생 처음으로 겪어본 정규직 4년 반을 마무리하며 했던 고민들이 이번 소설집에 담겨 있는 거겠지. 그 5년 동안 사회인으로서의 경험도 해보고 말이야. 그런데 그 시간 속에서 1년이 넘도록 단편소설 하나 쓰지 않았던 자신을 발견했지. 물론 스토리텔링이니 칼럼이니 쓰긴 했어. 하지만 난 도대체 작가가 맞냐는 질문이 날 괴롭혔지. 그래서 정말 옛날로 돌아가서 '홈즈'를 들고 왔던 것이고……. 그 와중에 직장에서 한판 승부를 하고는 결국 내 발로 기어나온 게 지금 내 모습이고 말이야."

갑자기 씁쓸해진 길남 씨가 소주잔을 드는데 전평이 또 한 번 투덜거린다.

"너무 장황하다고. 5년 얘기 하랬더니 소설 전부를 다 얘기할 거야?"

"에이씨, 작가로서 5년 얘기 하라매? 소설집 자체가 내 5년이라고. 이번 책에 내지는 않았지만 지금도 6개월 동안 날 괴롭히던 단편소설 하나를 아래께 겨우 끝내고 말이야. 이번 책의 내용과는 전혀 다른 내용으로! 내가 진짜 작가란 걸 온몸으로 겪어내고 있는 중이란 말이다."

"그래, 거기엔 동의한다!"

화딱지를 낸 소설가에게 평론가가 도리어 박수를 친다. 박수 친 김에 술잔도 치고…….

"난 딱 그거야. 형의 이번 여덟 편의 소설이 바로 5년이라는 거지. 정확하게 5년을 기록했더라고. 사실 나는 그 5년의 기록소설로 읽었어. 실제 나는 5년 동안 형과 소주를 마셔왔잖아? 그때 형이 했던 얘기들이 소설로 되어 있더라고. 나는 그래서 되게 반갑게 읽었어. 그냥 다르지 않게, 아, 형은 그걸 소설로 쓰고 있었구나. 이번처럼 기회가 왔을 때 한 번에 모아 읽으니 여러 가지를 느낄 수 있었지. 이번에 직장 얘기를 소재로 쓴 소설 뭐죠?"

"「너의 선택」."

"응, 그 소설이 말이야……, 내가 볼 때는 완결성이 떨어져. 빨리 끝나. 뭔가 재밌는데……, 더 뭐가 될 거 같은데 이야기가? 그냥 반항했다가 끝나버린다고. 사실 그건 장편의 서론 정도 되는 이야기 거든? 맞잖아요? 내가 직장 들어가가 좆같은 씨바, 그냥 맨날 고개 수그리고, 짙든 옅든 부조리는 참고 있는데 등산만 시켜대고. 그래서 들이받고는 못 참겠다, 하고 나왔다 이 말이야. 그럼 거기서부터 인생이 시작되어야 하는데 서론만 쓰고 끝난단 말이야. 나는 그게 소설이 불완전하고 문제가 있다는 얘기가 아니고, 그게 진보적이고 의미 있다는 거지. 형이 앞으로 뭔가를……, 삶에서 포인트가 되는 지점이고 거기서 서론으로 썼던 그 서론 이후에……, 장편을 쓴다. 꼭 그 주제가 아니더라도, 나는 그 소설의 서론에서 시작한다고 생각해. 형이 겪었던 그……, 아까는 작가로서의 고민이었잖아. 그런데 그 소설은 고민이 아니고 결과로 이어져. 더 힘들어지는 걸 수도 있겠지만. 그래서 나는 그 소설을 형의 모든 점에서 서론으로 생각해. 삶도 소설도 거기에서 출발한다는 거지. 그래서 난 그 소설이 대단히 중요하다고 생각해. 「너의 선택」이 바로 배길남 소설의 서론이다. 음……, 그런데 우리 한 병 더 할까?”

어느새 말라버린 소주병을 들고 ‘이거 하나 더 주세요’를 하고는 두 사람은 화장실로 향한다.

두 사람은 시원한 마음에 다시 자리에 앉는다. 그러나 이야기는 서서히 심각한 부분을 건드린다.

“그런데……, 특히 이번 소설 원고에서 「사라진 원고」를 비롯해서 각주들이 왜 그렇게 많은 거죠?”

"나도 사실 「사라진 원고」 앞부분의 셜로키언(Sherlockian)과 홈지언(Holmesian)에 대한 설명은 빼려고 했어. 각주도 마찬가지인데……, 출판사나 그대 같은 동료들에게 피드백을 하고 빼든지 넣든지 하려고 했지."

"아니, 일단 「홈즈」부터 말해 봅시다. 형이 그 소설을 잡지 《좋은 소설》에 실을 때도 말이 많았지? 그 덕분에 저런 설명이 들어간 거 아냐?"

"과정이야 어떻다 쳐도 그때 좀 힘들긴 했지. 장르에 대한 실험을 하고 싶다고 미리 연락해서 언급도 했었는데……. 그래도 잡지 성격과는 좀 맞지 않다고 당시 편집위원들이 판단했던 것 같애. 결국 빠꾸는 한 번 당했었지만, 끝까지 장르소설을 설명한 후에 분량을 줄이고 설명을 넣는 것으로 타결을 봤지."

"타결? 그게 썩어빠진 거야. 형은 거기서 더 고집을 피우든지 했어야 해. 꼭 잡지에 싣지 않으면 어때? 한 번 칼 뽑았으면 끝까지 나갔어야지."

"그래, 타결이란 말은 잘못 했다. 그래도 난 나름대로 그 과정이 가치 있다고 생각해. 부산 소설 문단이 리얼리즘에 경직돼 있다는 걸 새삼 느끼기도 했지만……, 어쨌든 그 과정 자체가 실험이라고 생각하니까."

"부산 소설 문단이 타 지역에서 주목할 만큼 상당히 활발하고 뜨거운 건 알아. 하지만 경직된 경향이 있는 것도 사실이지. 형도 나름 그때 엄청 외로워했잖아? 혼자 막 고뇌하고, 나한테 전화도

하고 말이야. 예술가가 자기 작품에 대해 까이고 고민하고……. 그래도 형은 그때 자기가 작가란 걸 확실히 느꼈을 거야. 난 그런 외로움을 지켜만 보고 있진 않았고."

"ㅎㅎㅎ, 전화는 니한테만 한 건 아니지."

"아, 나 말고도 위로하고 힘 돼주는 사람이 많나? 클클! 어쨌든 형은 나름대로 거기에 몸을 부딪혀봤고 실험을 해봤다는 게 중요해. 물론 실험의 강도가 상당히 약하긴 하지만 말이야. 형도 분명한 한계가 존재하거든? 소설의 문체나 실험 정신 갖고만 얘기해도 형은 까일 게 천지지. 일단 그건 다음에 만날 때 2부에서 얘기하기로 하고……."

"ㅎㅎ, 우리 2부도 있나? 한계 얘기 나오면 벌써 겁나는데……."

"뭐, 겁까지 먹을 건 없고. 어쨌든 다시 각주 얘기를 하자고. 현재 읽은 원고에서는 각주가 너무 많단 말이야. 모르고 설명해 주고 하는 건 좋아. 우리가 소설을 읽잖아. 우리가 이게 뭐지? 하는 거 이런 게 되게 많아. 어려운 소설일수록. 그러면 찾아보는 독자도 넘어가는 독자도 유추하는 독자도 많아. 여러 유형이 있어. 하지만 소설은 그렇게 읽는 거지. 각주를 달려면……."

"그러니까……."

"아니! 내 말 들어봐. 예술을 위한 각주만 달아. 설명하려는 각주는 달지 말고."

"그래! 그러니까 예를 들면 「짬뽕…」에서 갈분에 대한 각주를 넣는 것은 설명도 되겠지만 그 자체로서 재미를 느낄 수 있단 얘기지."

"「짬뽕…」그 소설은 일종의 이중 소설이야. 속 이야기에는 짬뽕맨, 면발맨들의 이야기가 있고, 또 안에 찌질한 놈의 바깥의 이야기가 있는 거야. 소설가에서 학원가에 왔다 갔다 하면서 그 친구와 그리고 그 분신 같은 면발맨의 세계가 있는 거지. 좌절하고 현실과 타협하고 말이지. 전업 작가를 꿈꾸는 소설가가 먹고 살기 위해서 고민하는……. 그게 병치되면서 잘 구성됐어."

"거기에 갈분이 포인트로 가면서 각주까지 준다는 그런 얘기지."

"그래, 그건 형이 알아서 해! 내 말은 소설에서는 각주도 문학이 돼야 해, 하지만 설명하려는 의도는 아니란 거거든."

전평의 강경한 어조에 길남 씨의 목소리가 살짝 수그러든다.

"알았다. 알았어. 그럼 왜관 나오는 「…전성칠」은? 들어가는 단어가 옛말이니까 어렵다고. 그러니까 들어간 거고……."

"그건 이해를 하지. 하긴 하는데……. 에잇, 그것도 안 넣어도 돼! 안 넣어도 된다니까아! 뭐, 호랑이 선생님에 각주 넣고, 탤런트 조경환에 대해서 설명하고……. 이거 뭐하자는 거야?"

"하하하하, 알았다고. 흥분하지 마라고. 조경환 씨는 내가 너무 좋아해서 넣은 거라니까?"

"그럴 거면 아예 몽땅 다 넣어, 아예 프로필 모두 넣고 헌정을 하든지!"

길남 씨는 결국 두 손 두 발 다 들고 항복을 한다. 그래도 건질 건 건져내는 길남 씨.

"그래도 왜관에 동래부사랑 접위관이 쫓겨난 것 같은 얘기는 소설에 쓰면 구차하니까, 실록 내용을 각주로 넣는 게 더 좋다고……."

"그래, 그건 넣어! 작품에 도움이 되고 문학 작품의 질을 높이려면 넣으라고. 소설은 모르는 건 모르는 게 매력이라니까? 그냥 어설프게 설명하고 이런 걸 하지 말란 말이지."

아아, 토론이 뜨겁다. 뜨겁다 보니 술이 얼른 온몸을 돌아 빨리 배출된다. 선심 쓰듯 허락하는 전평을 보고 길남 씨는 '내가 왜 내 소설에 허락을 받고 있다냐?' 하는 생각을 하며 화장실로 향한다. 그런 속을 아는지 전평이 한마디 슬쩍 누른다.

"모든 건 형이 결정하는 거야. 나는 옆에서 하는 개소리고. 지금 화장실도 형이 결정해서 가는 거잖아?"

뜨끔한 길남 씨는 볼 일을 잘 보고 나와서는 담배를 한 대 문다. 불을 붙이는데 화장실 문이 안 닫혔는지 약한 전자음악이 흘러나온다. 저도 모르게 그걸 따라 부르는 길남 씨.

"머얼고 먼 앨라배마 나의 고향은 그곳. 배엔조우를 메고 나는 너를 찾아왔노라~."

그때 갑자기 눈이 번쩍 뜨이고!

'아아, 내가 어려도 한참 어릴 때 따라 불렀던 이 노래……. 그때 내가 앨라배마가 어디고, 벤조우가 뭔지, 수재너인지 수잔나인지가 사람인 줄 알고 불렀던가? 그래도 신나게 잘만 불렀었지.'

"설명 안 해도 알아서 봐! 에잇, 각주 안 넣어도 돼. 안 넣어도 된다니까아!"

전평의 절규가 길남 씨의 귓가에 쟁쟁 울려온다. 아아, 화장실에서 얻은 깨달음이여……. 길남 씨는 고개를 끄떡거리며 다시 자리로 향한다.*

"「과속 카메라를 찾아라」엔 각주가 하나도 없잖아? '사하나', '주시별로 하나열' 같은 경찰 음어에도 설명 같은 건 안 넣었다고."

자리에 앉으며 슬며시 다른 소설 얘기를 끼워 넣는 길남 씨. 그리고……, 옳다구나 덥석 무는 전평!

"그렇지, 모르는 게 더 매력이거든. 그게 트릭인데……. 나는 「과속 카메라를 찾아라」를 '윗것들'에 대한 반란으로 읽었거든? 그게 성칠이 나오는 거…… 뭐야? 그거하고 같은 맥락으로 읽히는 거야. 윗대가리 시키들이 아랫사람들 희생시키면서 자기들 살라고 하는 것에 가만히 안 있는 얘기야. 씨발놈들이! 이러면서. 좋은 거지, 그게. 사실 두 소설은 같은 소설이야. 둘 다 관(官)이거든. 관! 시대만 다를 뿐이지, 같은 관이야."

"씨파, 존나 똑똑한 새끼!"

길남 씨가 흥분하며 소주잔을 들이댄다.

"아따, 잘 읽어내? 막 하는 듯해도 잘 읽어낸다고. 하하하!"

---

* 이날 대담 이후 본 소설집의 편집 과정에서 「동래부 전령 전성칠」을 제외한 작품 대부분의 각주들이 참수당해 사라졌음을 밝혀둔다.

"그래, 그 안을 유머의 세계로 풀어낸 것은 역시 좋다……. 그걸 진지하게 안 풀어내고, 저 폼 잡고 마치 『영원한 제국』처럼 추리소설 딱 갖다놓고 이런 게 아니고, 계속 유머로……. 낑낑대면서 이러고 하는 거는?"

"하하하하, 서장들 앉아서 다투는 장면 그거 좋지 않나? 살인 사건 일어났는데 둘이 앉아가지고는 여기가 우리 구역, 저기가 너거 구역……. 큭큭큭큭!"

"할배들? 큭큭. 그래, 그게 웃음 포인트야. 그 웃음은 그냥 웃는 게 아니고 그게 굉장히 세련된 거지."

"하하, 제일 공들인 장면 아이가?"

"그게 배길남 소설의 가장 매력 지점이라고 늘 내가 하는 말인데, 웃음 포인트를 쓸 줄 안다. 그게 형 무기야. 형 소설에서 다른 사람들이 잘 못하는 걸 하거든. 슬픈 이야기를 우습게 할 수 있다는 것. 그게 형이 가진 가장 큰 장점이야. 그걸 진지하게 풀어냈다? 그럼 비슷비슷한 소설로 넘어갈 수 있어. 그런데 그게 아니고……, 그것도 나름대로 되게 트릭이 잘 돼 있어. 마을 사람들과 살인 사건을 엮어가지고, 또 욕하고 뺨도 날리고 말이야. 묘사가 참 좋아, 재밌거든?"

"하하하, 감사한 얘기고……."

"그런데…… 전체를 보면, 우린 전체를 봐야 하거든. 윗대가리 새끼들에 대한 분노가 있다는 말이지. 그리고 그 윗대가리라고 하는 것의 개념이 살짝 바뀌어서 형의 소설 두 편에서 분노 비슷하게 나오는 장면이 있거든. 노무현 대통령의 죽음에 대해서 말이야. 그게 형한테 강력한 영향을 끼쳤고, 물론 많은 이들에게 큰 영향을 끼쳤지만……, 그 분노가 소설에 반영됐다고 봐. 그 죽음을 비하하거나 희화화하는 놈들에게 분노한단 말이야. 그 소설이 뭐시야?"

"꼭 분노는 아니지만 「1942 vs 4078」하고 「정글북」에서 그런 장면이 나오지."

"어쨌건 그런 분노들도 표현이 과장되거나 그렇지 않고 잘 녹아 있다는 거지. 그건 그렇고 또 하나, 이번 소설집에서 확실히 느낀 건 형이 대중문화 또는 서브컬처에 대단히 심취해 있다는 걸 느꼈지. 난 그냥 이 사람이 이런 걸 좋아하는구나 생각했었는데, 「1942 VS 4078」에 「홈즈」에 이건 그냥 좋아하는 게 아니고 시파, 그냥 덕후더구만, 덕후!"

"하하하, 덕후는 무슨? 이게 무슨?"

"아니, 그냥 관심과 애정 이 정도로 생각했는데, 이번 소설집을 읽으면서 첫 소설집을 다시 봐야겠다는 생각이 들더라고. 이 사람 유전자가 여기에 있었다는 걸 다시 확인한 거야. 첫 번째 소설에서 이해되지 않았던 것들이 두 번째 소설집을 보면서 이해가 되더라 이거지."

"사실 「1942 VS 4078」의 경우에는 내가 김승옥의 「서울, 1964년 겨울」을 워낙에 좋아한 것도 있고, 그래서 패러디를 한 건데……. 그때 젊은이 둘이서 나눈 얘기가 지금 보면 오타쿠들의 얘기거든?"

"그……, 그건 당신의 해석이야. 흥미로운 해석이야. 그……, 김
승옥의 소설을 오타쿠의 얘기라고 본다는, 참신한 해석이지."

"아니지. 그 당시에는 오타쿠란 말도 없었겠지만, 변소 손잡이에
손톱 흔적 갖고 말싸움하고, 육교 계단이 몇 개인지 아느냐는 둥,
뭐 이런 놈들이 지금의 오타쿠와 뭐가 다르냔 말이지."

"역시 덕후가 덕후를 알아본 거고. 흐흐흐! 어쨌든 정확하지. 덕
후의 정서는 외로움이거든. 우리가 지금 멘붕과 외로움 사이에서
고민하면서 이러고 있지만…… 큭! 덕후의 외로움을 너무나도 잘
살린 작품이다 이거지. 그리고 어떤 아저씨를 만나면서? 외로운
사람들이 다시 만나는 거지. 그런데 이거 제목을 바꿔서 '1942와
4078이 1964를 만났을 때'로 하려 했다고? 이게 무슨 제목이 이 모
양이야?"

"나도 그래서 제목을 다시 돌린 거라고."

"「1942 VS 4078」도 꾸지지만 저기에 비하면 백 배 나아. 백 배!"

"씨파, 그만 하라고……. 흐흐흐. 그러면 이건 이기록 시인이 붙
여준 건데 '누가 먼저랄 것도 없이'. 이거 어때?"

"뭐 그것도 좋은데 하여간 설명하려고 하지 말란 말이야. 문학
이……."

"아아, 알았다고. 알았다고!"

"독자들을 우습게 보지 마란 말이야! 내 책을 읽으려면 공부를
해라, 이런 자세로 책을 내야지. 이거 무슨……?"

"에이씨! 알았다고 해도……."

소주는 또 비워졌고 '대선'을 마셔라, '좋은데이'를 마셔라, 소주 판촉 알바들이 몇 번 왔다 갔다 한 가운데, 두 사람의 첫 번째 대담은 그렇게 끝나갔다.

2부

길남 씨와 전평은 나흘 뒤에 다시 만났다. 그러나 오늘의 분위기는 며칠 전과 사뭇 다르다. 소설 대담에 앞서 일상 속의 어두운 소식을 논하다 잘못 아닌 잘못을 서로 지적한 탓이다. 벌써 짓고 있는 인상은 얼른 지워지지 않고 어색한 공기만 테이블 위로 풀풀 날린다. 게다가 길남 씨가 꿍쳐둔 돈으로 쏜다며 시킨 참치·연어회는 '뭐 이딴……!' 하는 소리가 나올 만큼 엉망진창이다.

"뭐……, 어쨌건……. 이거 자체가 평론을 하나 쓴 건데 수고를……, 응, 거……, 수고를 많이 했더라고. 그래서 어……, 되게 고맙더라고."

길남 씨가 어색함을 깨고 프린트한 종이를 꺼내든다. 전날 전평이 보냈던 소설집 『짬뽕…』의 대담을 위한 질문지이다.

"뭐……, 고마울 게 뭐 있어. 같이 하는 건데……. 이런 건 얼마든지 같이 할 수 있어. 도둑질 이런 건 같이 하기 힘들지만, 소설가가 소설 써가 같이 얘기하는 게 아름다운 모습이지. 이거이 뭐……."

성질머리 더러운 두 인간이 애써 어색함을 털어내는 대화가 참

볼 만하다.

"쿵짝 맞으면 같이 도둑질도 할 수 있는 기지 뭐. 쯧!"

"도둑질도 의적질이라면 나도 뭐 생각해보지."

퉁명스러운 답에 퉁명스러운 답이 툭툭 부딪힌다. 덕분에 소맥 갈 거 없이 소주잔도 바로 챙 하고 부딪힌다.

"어쨌든 첫 번째 질문…….. 녹음하고 있나 지금?"

"응, 하고 있어."

"그럼 시작합시다. 거…….., 형 소설에는 약자들이 많이 나오지. 항상 원래 그래왔고. 형이 또 약자이기도 하고. 형 소설들을 보면, 그러니까 요즘 말로 루저라고 부를 만한 이들을 다루거든? 그런데 「1942 VS 4078」을 보면 '사회인으로서의 자격'이라는 표현이 나온단 말이야. 이 말은 다른 말로 하면 자격이 없는 자들에 대한 이야기란 거지. 자격을 갖추지 못한 자들. 그런데 전체적으로 보면 이번 소설집 말고도 전작 『자살관리사』를 포함해서, 소설 외적으로도 형이 술 먹고 하는 소리들을 들어보면 이런 루저들에 대해 깊은 관심이 있거든. 형이 기본적으로 말이야. 물론 작가라면 다 그렇겠지…….., 또 막상 따지고 보면 작가들 대부분이 안 그래요. 형 또래 우리 또래 작가들 보면 세련된 걸 추구하거든요? 있어 보이는 그런 걸 찾고……. 그런데 형은 이런 구질구질한 인간들 이야기를 한단 말이지. 분명 형한테는 이런 사람들에게 정이 가는 맥락이 있을 거란 말이야? 그걸 먼저 얘기해줘."

아무리 그래도 구질구질이라니. 평론가 말본새하고는…… 쯧!

속으로는 이렇게 쭝얼거리면서도 겉으로는 표정 하나 바뀌지 않는 길남 씨. 살며시 미소까지 지으며 질문에 대한 답을 한다.

"처음 이 소설을 보냈을 때, 잡지 편집위원들이 읽고는 '사회인으로서의 자격'이란 말을 빼면 어떻겠냐는 조언을 하더라고. 소설 전체 맥락하고도 좀 안 맞고, 거칠다, 또 너무 설명적이다……. 뭐, 이런 이유들이었는데 그 말이 들어간 문장을 확 줄이긴 했지만 '사회인으로서의 자격', 이 말만큼은 빼기 싫더라고. 뭔가 중요 포인트다 싶었던 거지. 사실 나는 이렇게 생각해. 이른바 경쟁 사회에서 도태되는 루저들은 불만이 많잖아?"

"그렇지."

"그런데 사회제도나 체계에 불만을 가지면서도 마음속으로는 '상위 1%, 10%, 아니 30%도 좋다! 무슨 수를 쓰든 돈이 생겨 나도 저기에 좀 들어가고 싶다.'라는 욕망이 드글드글 한다 이거야. 거의 대부분 안 그렇겠어? 나는 그 이야기를 하고 싶어. 몇 살 되면 취직해야 하고, 어떤 나이에는 어떤 위치에 있어야 되고, 뭐라도 되면 차는 이런 걸 몰아야 되고……. 뭐 이런 천박한 자본의 논리는 없애야 된다고 하면서도, 한쪽으로는 위로 올라가고 싶어서 막 발버둥을 친단 말이지. 나는 그걸 '사회인으로서의 자격'이란 말로 가둔 거야. 사실은 갈등을 한다는 말이거든, 갈등. 그 갈등을 하다 보니 부끄러워지는 거지. 이번 소설집에서 보면 '부끄럽다'는 말이 많이 나와. 바로 이런 맥락에서 나온 감정인 거지. 아무리 선비처럼 굴어도 당장에 돈 떨어진다면 정신을 못 차리는 경우는 너무나도 많잖아?"

"그래, 그게 솔직한 말이지. 나는 이거지. '사회인으로서의 자격'을 갖추지 못한 자들을 소설로 쓰는 것. 사실 이건 간단한 거야. 근데 형이 지금 말한 것처럼 그 이너서클에 들어가고 싶다 이거야, 나도 마찬가지고. 그런데 그 사회인, 그 1%로 들어가고 싶은 욕망하고! 또 거기에서 튕겨져 나온 자들의 불만. 난 그 속의 그 오묘한 복잡성을 다뤄야 한다고 봐. 그게 소설이거든?"

"난 그 부분을 쓰고 싶었던 거지. 예를 들어 일주일에도 몇 천만 개의 로또가 팔려 나간단 말이야. 수많은 사람들이 벼락 두 번 맞을 운에 기대서라도 높은 곳으로 올라가고 싶어한다 이 얘기거든? 그런데 재밌는 건 한편으로는 마지막으로 지키고 싶은 자존심 같은 것도 존재한다는 말이지. 저 개새끼, 죽일 놈 소리 듣는 인간들도 그 속을 내밀히 살펴보면 내 가족, 내 꿈……, 뭐 이런 끝까지 지키려고 하는 순수한 부분이 분명 존재한다 이거야. 아까 루저라는 표현을 했는데……, 세상에 부딪쳐서 맨날 지면서도 '이것 하나만은……!' 하고 지키려고 하는 사람들. 난 그 사람들을 그리고 싶었던 거지. 그게 자꾸 가슴에 걸리는 거고."

"영화 「초록물고기」를 보면 사람 죽이고, 뭐 그런 나쁜 놈이 나오잖아. 또 그 근본을 보면 그 가족들이 지지리 궁상이고. 그런데 사실, 주인공은 '우리 가족들끼리 소박하게 따뜻한 밥 한 그릇 하자.' 그 욕망 하나잖아? 결국 비참하게 죽지만……. 그 영화는 하드보일드하고 잔혹한 면이 있지. 하지만 형은 그런 걸 무겁게 그리진 않거든."

　어느새 어색함은 걷히고 소설론이 본격적으로 시작된다. 두 사람은 한 잔 치고 우물우물 안주를 씹는다. 전평이 젓가락으로 허공을 쿡쿡 찌르며 생각을 전한다.

　"'사회인으로서의 자격을 갖췄다'. 나는 그 말이 이 소설뿐만 아니고, 형 소설들 중 한 구석에는 들어 있어도 괜찮은 말이라는 생각을 해봤어. 하나의 열쇳말 같은……. 형의 문학을 이해해 나가는 데 열쇳말 같은 것이다. 너무 또 문학인데 사회과학처럼 카테고리로 던져주는 것 같은 오해를 살 수도 있지. 하지만 여기서 그건 아닌 거야. 그래서 충분히 납득 가능한 표현이라 생각해요."

　맛없는 안주라도 씹다 보면 넘어가는 법. 출발은 삐걱거렸지만 첫 번째 질문과 답은 그렇게 마무리됐다. 전평이 술을 따르며 백종원이 이 가게로 한 번 와야 된다며 투덜거린다. 길남 씨도 십분 공감한다.

　"이제 두 번째 질문은 약간 비판적인 질문인데……. 형 소설에는 약자가 많이 나오잖아. 그런데 약자를 표현하는 것도 소중한 일이지만, 그보다는 약자를 어떻게 드러내야 하는가?라는 고민이 더 중요하다 이 말이야. 단순히 약자를 희생자나 피해자로 그린다면 연민이나 동정밖에 안 되거든? 그건 또 하나의 폭력일 수 있잖아? 그냥 불쌍한 존재들, 가엾고, 맨날 누구한테 억압받고 당하고만 사는……, 우리가 힘을 보태야만 하는……. 그런데 작가는 이걸 멋지게 얘기할 수 있지. '우리가 그들의 손을 잡아줘야 된다!' 뭐 이런 식으로 말이야. 그런데 나는 그건 아니라고 보거든? 그래서 형은 약자에 대한 어떤 생각을 가지고 있는가…… 그런데 형은 정말 작가로서 이런 고민 해본 적 있어? 이 사람들을 어떻게! 이, 이걸 소설적으로 어떻게 그리는 게 맞는가?"

말하다 살짝 흥분한 전평이 '뭐 해봤어?' 하는 톤의 질문을 던진다. 길남 씨는 이번엔 최대한 더듬거리지 않으려고 목소리를 낮춘다.

"고민은 항상! 있고."

그는 예전의 아픈 기억을 떠올린다.

"전에 부산 동구 좌천동의 매축지 마을을 취재하고 글을 쓴 적이 있어. 글의 말미에서 '주민들이 살고 있는 집과 방 안에 카메라를 들이대는 몰지각한 방문객들을 생각하니 쓴웃음이 난다.'라고 썼지. 그런데 정작 그 글이 실린 책에는 '마을과 집을 카메라에 담으려는 방문객들에게 몰지각한 행동을 하는 주민들을 생각하니 쓴웃음이 난다.'고 되어 있더라고. 정체를 알 수 없는 정말 몰지각한 편집자가 그 글을 바까뿐 거야. 내 입장에서는 진짜 미치삐는 줄 알았다 아이가. 그 마을을 한 번도 아니고 여러 번 찾아가고, 마을 분들과 실제 대화해 갖고 주민들의 입장을 조심스레 썼던 건데…… 엉뚱한 사건이 벌어졌으니까. 왜 이 이야기를 하냐면, 그때 이후로는 일단 넘어간 글이라도 허허허 하고 그냥 안 넘어가고, 다시 확인하거나 단도리 하는 버릇이 생겼기 때문이야. 그렇게 할 수밖에 없는 것이 의도치 않았다 해도 상처를 주는 결과를 낳더란 얘기야. 안 그래도 피해를 받는 사람들을 두 번 죽이는 거잖아. 내가 약자를 글에 담을 때 가지는 자세를 말하고 싶은 거고. 이게 바로 그 단적인 예가 될 기야. 약자라 부르는 게 그렇긴 하지만……. 어쨌건 약자는 나름대로 어떤 에너지를 계속 갖고 있는 사람들이고, 그들에게 공감할지언정 연민이나 동정하는 건 아니라 생각해. 그렇게 하는 순간 난 그들 얘기를 쓰는 게 아니라 겉멋이나 부리는 사람이 되는 거거든."

"그렇지, 내가 지금 약자란 단어를 쓰는 것도 잘못이야."

"난 사실 약자를 표현한다는 것도 아니고……, 예를 들어 「썩은 다리—세 번의 눈물」의 광래 · 광수 형들 같은 경우가 그래. 아버지도 모르는 혼혈에 매춘부인 엄마가 사고로 죽는단 말이지. 학교에 알리지도 않고 외삼촌이란 사람이 형제를 데리고 가는데 동생 광수가 울어. 그런데 주인공 앞에서 광래 형이 동생 뺨을 때리며 이렇게 외친단 말이야. '새끼야, 엄마가 남 앞에서 절대 울지 말라고 했제!' 하고 말이야. 뭔가 마지막이라도 끝까지 지키고 싶은 걸 갖고 있는 사람들. 나는 약자를 그리더라도 그런 부분을 담고 싶은 거지."

"내가 걸고 넘어가고 싶은 건 이런 거야. 80년대 노동소설들의 전형적 구도. 아무리 열심히 일해도 집구석은 더 나아질 것이 없는, 뭐 그런 절망적인 대상들이 있는가 하면, 저어기 룸살롱 가서 배때지 두들기고 있는 그런 대상들이 있단 말이야, 이런 이분법적 구도가 거의 대부분이거든? 사실 노동소설뿐만 아니라 그런 구도의 소설들이 얼마나 많아? 이분법적인 선악. 가진 자와 못 가진 자.

강자와 약자. 그런데 형은 그렇게 그리지는 않지. 않는데……, 하지만 약자를 그리고 있는 건 또 맞거든? 여기서 내가 말하고자 하는 게 뭐냐면, 예를 들어서 약자인데 더 씨발놈인 것들 있잖아. 그런 걸 때릴 수 있어야 되는데……, 약자인데도 약자를 등쳐먹고 말이야. 그런 거! 오히려 그런 부분을 더 파고들어야 한다 이거지. 우리는 약하고 힘들게 살아가지만 저 부르주아 새끼들보다는 더 인간적이다, 뭐 이런 인식 갖고는……, 재미는 있을지 몰라도 아니, 이제 식상해서 재미도 없어. 거기에다 이런 결로는 소설적 감동을 이끌어내기도 힘들다 이거지. 우리의 편견을 깨뜨리는 방식으로 더 가야한단 말이야."

"내가 들은 말인지 만든 말인지는 모르겠는데 '약자의 스펙트럼'이란 말이 떠오르네. 약자는 마름도 있을 것이고, 소작농도 있을 것이고, 그중에 마름 편에 붙어 있는 놈도 있을 것이고……. 그 다양한 결들이 있을 거란 말이야. 김유정 봐봐. 그 소설 안에는 지주는 나오지도 않잖아. 마름이 나오고 그 밑에 있는 사람들이 나오고, 그 속에서도 여럿이 그 스펙트럼 안에서 서로 지지고 볶고……."

"그렇지. 그런데 거기서 재밌는 건 마름이 못되게 안 보이잖아? 개자식이라도 말이야. 물론 착취하는 게 나오지만. 그렇게 밉게 안 보이잖아."

"하하하하하! 그러니까 점순이 아빠 말이지? 봉필이가 욕필이라 해도 그리 악독하게 안 보이는 건 맞지."

"그런 게 나는 괜찮단 말이야. 그게 바로 김유정의 역량이야. 무조건 그냥 너는 직일 놈, 나는 착한 놈. 순진무구 해가지고 다 뺏기고……. 이런 건 아니다 말이야. 이분법은 안 돼! 빨주노초파남보 할 때 빨간색과 주황색 사이에 색깔이 얼마나 많아? 작가는 그걸 그리는 사람이거든? 빨강 다음에 주황으로 바로 안 뛴다고. 그 안에 벌거스름한 그런 게 있는 거지."

"그러고 보니 이번 소설집에는 '봉필이'나 '꺼삐딴 리' 같은 인물이 주인공으로 등장하지는 않네. 하지만 「…전성칠」의 김 별차나 「과속 카메라…」의 최 경장 같은 이는 충분히 의뭉한 인물이긴 한데……. 약하지만 나쁜 놈의 복잡함을 끝까지 보여주는 인물이 없어서 이런 질문이 왔다고는 생각해."

"그런데 여기에 더해 내가 하고 싶은 말은, 그런데도 불구하고 형의 소설이 약자의 언어를 구사한다는 점이지. 그들의 언어를……. 거의 형도 약자니까. 사실 이런 질문 다 필요 없어! 내가 내 이야기 하는 거다 이거지. 성칠이도 형이고, 두들겨 맞는 중학생도 형이고……. 사실은 형 이야기를 한 거지. 그래서 형 언어가 힘이 있고 재미가 있는 거야. 소설적 매력도 거기서 나오고, 미학적 힘도 거기서 나온다. 그 언어가 예쁘고 점잖고 멋있고 엘리트 적이지 않잖아. 그냥 나오는 대로 가는 거지. 사투리 픽픽 쓰고……."

"최대한 인물들과 공감하고자 노력한 거지."

"그 언어가 힘이 있거든. 오늘도 우리 대담을 소설처럼 풀어 쓰자 한 이유가 뭐겠어? 그 힘을 살리자는 거야. 내가 일방적으로 썼으면 아주 현학적으로 썼을 거 아냐? 평론가랍시고 알아듣지도 못하게 똥폼 잡고 썼을 거란 말이야. 오늘날 해설이란 게 뭐, 다 그런 식 아냐? 내 말 틀렸어?"

"하하하하하! 저 자부심 봐라. 나는 그런 건 언제든지 구사할 수 있다는 저 오만한 자부심."

"내 말이 좀 심했나? 웃을 일이 아니고, 형의 생생한 언어를 살려봐라 이런 거야. 그게 이 사람 매력인데. 그게 진짜 멋있는 거 아냐?"

칭찬에 길남 씨의 얼굴이 벌거스름……. 그는 딴청을 피우며 마른 소주병을 들고 흔들어댄다.

"저기, 소주 한 병 주세요."

"이제 또 여기서 연결해서 질문하는 건데, 「과속 카메라…」도 그렇고 「…전성칠」도 그렇고 그죠? 이건 사실 그때도 얘기했어. 이 두 소설이 시대를 달리하는 소설이지만 윗것들의 야비함과 거기에 멍청히 당하지 않고 위기를 이겨내는 아랫것의 구도는 비슷하단 말이지. 오히려 윗것들을 어떻게 골탕 먹이느냐? 요게 재밌는 거지. 나는 이 소설 두 편이 형의 매력을 잘 보여준다고 생각해. 그 안에 독자성도 있고 나름대로 완성도가 높은 소설이었단 말이지. 미리 썼던 질문지에는 '유쾌한 저항'이란 표현을 썼어, 또 '명랑함'이란 말도 썼거든요? 대담 1부에서 '하하하'란 말로 형의 미학을 정리했지만, 다른 말로 하면 '명랑함'이란 단어로 축약할 수 있을 거 같아. 어려운 용어 쓰지 않고 살아 있는 말로 말이야. 배길남 소설의 미학을 표현할 수 있는 말은 '명랑함'이다. 그것도 굉장한 날카로움이 있는 '명랑함'이란 말이지. 또 아까 저항이란 말도 했는데, 그게 니 죽고 내 죽자 달려드는 게 아니고……. 말하자면 유쾌한 저항! 심각한 내용인데, 실제 모가지가 날아가는데 말이야. 그런데 소설 속 인물들은 희한하게도 웃음을 머금고 있거든? 난 이게 만만치 않는 내공이라 보는 거지. 그게 형의 장기이고……. 형은 그런 점을 스스로는 어떻게 평가하느냐 말이지."

"나도 모르게 그런 재능을 갖춘 건지……, 아니면 의도해서 노력한 건지 그건 모르겠어. 예를 들면 「과속 카메라를 찾아라!」에서 가장 좋아하는 대사인데 '와아, 과속 카메라 찾으러 가면서 뭔 과속을 이래 합니까?' 하는……, 뭐 이런 식?"

"그래, 살인 사건 났는데도 소장들끼리 앉아서 니 구역, 내 구역이니 하고 말이지. 영화 「살인의 추억」 보면 여기가 강간의 천국이야? 하는 그런 장면 같은 거……."

"응, 현장 검증 하는데 사람들이 같은 데서 계속 넘어지니까 송강호가 '씨바, 여기 꿀 발라 놨나?' 하는 그런 포인트! 그런데 그런 정서는 일상에서 도처에 깔려 있단 말이지."

"근데 사람들은 그걸 점점 잃어간다고."

"하아, 난 그냥 내가 보고 싶어서 그런 건지 그런 광경들이 계속 보이긴 보여. 물론 사람들의 인상들은 세월이 갈수록 점점 구겨져 가지. 10년 전, 20년 전하고 비교하면 방금 말한 유머란 게 너무나도 많이 사라진 게 사실이고."

"조현아 사태만 봐도 그런 것 같아. 그냥 쌍욕을 하잖아. 돈 많은 사람들이 보면 더 얼굴을 구기고 있어. 도리어 없는 사람들이 실실 쪼개고 있고. 흐흐흐. 뉴스를 보면 가진 자들의 얼굴이 더 안 좋게 보여. 막 분노하고 있단 말이야. 사실 인상은 당한 자들이 쓰고 있어야 하는 거잖아? 그런데 도리어 누린 자들이 더 그러고 있어. 어떤 의미에서 우리 사회는 역전 현상이 일어나고 있는 거 같고……."

"나는 그런 거 같아. 그런 유머가 나한테서 빠지면 내가 아닌 거지. 또 유쾌한 저항이란 말도 했지만, 그 저항은 힘을 합쳐 하는 거거든? 약자라 보이는 인간들끼리 서로 나쁜 놈, 개새끼 하면서 싸우다가도 공동의 적이 나오니까 뭉친단 말이야. 그건 어찌 보면 신념을 지키고자 하는 모습인 거지. 유머는 이런 사람들을 뭉치게 하는 활력인 거고."

"그러고 보면 전성칠은 '전성칠 프로젝트'로 쓰고 있는 것 같아. 전작에도 나왔고, 앞으로 소설집 나올 때마다 또 나오고?"

"사실 내가 몇 년째 쓰다 말다 하고 있는 왜관 관련 장편소설의 주인공 중 하나인데, 매력적 캐릭터라 느꼈는지 계속 쓰게 되네. 그것 말고 「썩은 다리」도 성장소설로서 계속 이어 쓰는 셈이고."

"음, 우리가 가진 자와 못 가진 자, 그리고 강약 구도를 이야기했는데, 그걸 나름대로 파고들면서 강자와 약자 서열이 어떻게 만들어지는가에 대해 쓴 작품이 「정글북」이거든. 그런 서열 찾기가 어디서부터 교육됐는가 말이지. 형 소설에는 '계급 찾기'라고도 표현하던데, 어찌 보면 이 소설은 진지한 소설이야. 「바람」, 「말죽거리 잔혹사」 같은 영화들, 이문열의 『우리들의 일그러진 영웅』이나 전상국의 『우상의 눈물』과 같은 소설도 떠오르게 하는 작품이거든."

"응, 말한 작품 중에 안 본 작품이 없네. 이 소설은 배길남식 약육강식의 성장기라 보면 좋을 것 같아."

"우리는 어찌 보면 학교에서 계급의식을 배운 건지도 모르지. 이 소설은 그런 부분을 잘 건드리고 있거든. 또 이 소설은 뭐가 막 깔려 있어. 액자식 구성인데 H 중공업의 노사 갈등이 배경인 바깥 이야기에는 노동자와 자본가의 투쟁과 노노 갈등이 있고, 속 이야기에는 애들이 학교 다니면서 싸우고 하는 재밌는 캐릭터들의 대결이 있고……. 속 이야기의 시간적 배경은 또 1987년이거든? 대선 직전에 KAL기 사건으로 마유미가 국내로 들어오고 말이지. 심지어 시대적 복선마저 깔려 있거든? 사람들은 우리가 1987년 체제를 넘었다고 얘기하는데, 민주화를 이루었기에 그렇게 말하는 거겠지. 그런데 소설 속 1987년 체제는 독재 정권, 그리고 강자들의 독점적인 세계거든? 그리고 IMF가 있던 1997년을 지나고, 2007년을 지나고, 2017년을 지나고도 1년이 더 지났어. 그런데 1987년과 지금을 비교할 때 별로 바뀐 것이 없다는 말이지. 어떤 의미에서 이 소설은 그 세월이 지나는 동안 뭐가 바뀌었지라는 질문을 던진단 말이야. 그래서 나는 소설 속 배경을 차용해 현재 우리의 모습을 포스트 1987 체제라고 말할 수 있다고 생각해. 어쨌든 이 소설은 형의 다른 소설과는 다르게 배경적인 면에서 정치적인 색채를 많이 가지고 있는 것 같아. 아마 글 쓸 때도 다른 스타일로 썼을 거야. 여기에 대해 얘기를 좀 해줘."

"사실 이 글을 쓸 때, 실제 한진중공업에 인터뷰를 갔어. 금속노조가 천막 농성을 하고 있는데 그 위의 건물 외벽에는 노조와 회사는 상생해야 한다며 천막보다 더 큰 현수막이 걸려 있더라고. 좀 충격이었지. 그게 바로 복수노조가 생기면서 일어났던 일이었지."

"그러니까 노사투쟁을 노노투쟁으로 바뀌어 버린 거지."

"응, 그래서 인터뷰를 하고 있는데도 복수노조 누군가를 지칭하면서 욕도 하고, 또 아파하기도 하고 뭐 그런 분위기였어. 그때 나는 어릴 때의 한 친구를 떠올리고는 연결을 시켰던 거지. 또 어릴 때의 폭력적인 상황들……,『우상의 눈물』 같은 그런 배경도 폭력적이지만 내가 겪었던 중학교 시절은 더 험하고 난폭했던 것 같거든? 당연히 내 경험이니까. 그게 아직도 상처로 남아 있고 말이야. 그런 트라우마들이 남아 있어 그런지 웃음이 들어갈 틈이 없더라고. 그래서 그때의 모습을 그대로 넣으려고 노력했고, 그러다 보니 당시 시대 상황들이 저절로 녹아 들어간 거 같아. 살았던 모습이 그거니까. 그래서 그런지 자연스럽게 묻어나오더라고. 억지로 넣은 게 없는……. 이건 어쩌면 정말 자전이라고 말할 수 있는데 희한하게도 1학년 때의 1987년이 맞아 떨어진 거고."

"나도 촌에 살다가 부산 와 가지고 처음으로 영화관에 가서 본 게 신상옥 감독의 「마유미」였어."

"한국판 블록버스터라 했지. 그 영화를."

"그것도 단체로 봤어. 심지어 자유총연맹 강의하는 데도 가고 그랬거든. 지금 생각하면 극우적 맥락 속에 동원돼서 갔던 거야. 그런데 그날 나는 그렇게 큰 화면을 처음 봤거든? 그런데 마유미가 옷을 벗고 목욕하는 장면이 있었단 말이야. 그래서 나는 그날 잠을 못 잤지. 여자의 벗은 몸을 그것도 처음으로 사람보다 큰 화면으로……"

"하하하하하! 평생 잊지 못할 기억이 돼버렸군."

"그렇지. 저놈들이 우리를 극우 교육으로 어떻게 해보려 한지 모르겠지만, 당시 14세의 나로선 그런 건 하나도 안 들어오는 거지. 세뇌를 못 시켰단 말이야. 큭큭큭! 이념은 성욕을 못 이긴단 말이지. 나는 아주 유물론적인데 저놈들이 아주 관념적으로 접근하고……"

"흐흐흐, 그건 나도 마찬가지야."

두 사람이 유물론자인 게 밝혀지고 '이념은 성욕을 이길 수 없다'는 명언이 탄생하는 장면이다. 긴 이야기는 어느새 마지막 두 질문을 남겨두고 있다. 맛없는 참치에 피가 고였다고 또 한 번 투덜거린 전평의 질문이 이어진다.

"형의 이번 소설들은 자전적인 게 많잖아? 전에 말했듯이 자전적이란 말은 싫어한다고 고백은 했지만 말이야. 그런데 이번 소설집에는 그런 부분이 훨씬 선명하거든? 의경 생활이라든지 썩은 다리 얘기라든지 말이야. 난 그게 소설의 작법하고도 관련이 있다고 생각해. 소설의 소스를 어디서 갖고 오느냐? 물론 변형은 많이 되지. 하지만 이런 부분에 관한 것은 독자들에게 설명할 필요가 있을 거 같아."

"그러고 보면 초중고에 대학 생활에 의경 생활 20대에, 짬뽕 30대에, 너의 선택 40대에…… 막 말하자면 인생이 다 들어갔네. 그런데 다시 말하면 그건 아니거든. 소설은 일기가 아니잖아? 내 자전 섞어봤자 전기문 쓰는 것도 아니고. 이 모든 소설에는 내 모든 경험이 3분의 1이든 반이든 버티고 있겠지. 그렇지만 거기에 딴 얘기들이 달라붙는 거거든?"

"나는 자신의 살아온 모습이 상상력의 원천인데 그걸 계속 쓸 수 있을 것도 같지만……, 한계가 오지 않을까 하는 질문을 하는 거죠. 예전에 김현이 이청준 인터뷰하면서 '너거 가족 얘기 그만 우려먹어라.' 하고 농담을 던진 예도 있고 말이지. 절대 자전적이어서 좋다 나쁘다가 아니고 창작적으로 묻는 거야."

"쉽게 말해서 내가 어릴 때의 모습을 쓴다, 그러면 어릴 때는 몰랐던 것, 보이지 않던 모습을 발견할 수 있다는 거지. 그게 소설하고 연결이 되거든? 또 현재의 얘기를 쓴다 해도 지금 겪는 상황이 옛날 겪었던 부분들로 인해 필연적으로 오게 된 걸 깨달을 수도 있고. 설혹 소재를 중심으로 소설을 쓴다 해도 내가 최대한 그 속에 들어가 동화되거나 체감을 해야 하는 거라고 생각하지. 자전이란 말보다……, 어떤 소재에 내 경험을 묻혀서 상상하고, 그 세계를 출입하며 자세히 바라봐야 하는 거지. 내 걸로 체화시키지 않고 쓴

320

다면 그건 실패한 소설이다 이거지. 나는 그 믿음이 있기 때문에! 내 경험을 기둥으로 세우고 쓰는 거지. 그리고 실제 구분이 가. 그렇게 한 거하고 아닌 거하고."

"음, 중요한 말이네. 형의 글쓰기는 어떻게 보면 '몸으로 글쓰기'란 말로 표현하고 싶어. 아까도 잠시 언급했지만 형의 글은 지적 과시를 하려고 하거나 또는 위선적이지는 않거든? 도리어 명랑하지. 명랑한 웃음은 점잖은 자들의 권위와 위선을 까발린단 말이야. 다시 말해 형 소설의 인물들은 결코 점잖은 사람들이 아니거든? 욕이나 비속한 말도 거리낌 없잖아. 또 그 인물들이 내뱉은 욕은 별로 기분 나쁘지도 않아. 사납기보다 유쾌하거든."

"나도 철학적 사유를 담아서 현학적인 글을 쓰고는 싶지."

갑자기 전평이 손사래를 강하게 친다.

"형이 무슨 그런 소설을 써? 술 처먹고 돌아다니고 그런 시간에 공부만 죽자고 파서 쓰는 게 그런 소설이란 말이야."

그러자 길남 씨가 발끈한다.

"니가 내 천재성을 모르나 본데……."

"책이나 파서 공부로 쓴 소설이 무슨 천재성이 있어? 그건 아무나 할 수 있는 거라고. 소설가가 자기만의 언어로 꿈틀꿈틀 살아 있는 글들을 쓸 때, 그게 훨씬 천재적이고 지적으로 보이는 거지, 흉내나 내는 건 그건 껍데기인 거야."

"내가 무슨 처음부터 공부해서 쓴다고 했나? 와 이래쌓노?"

"쓸데없는 소리 하지 말고 형은 형이 잘하는 거나 해. 씨잘대기 없이 흉내 내지 말고."

"뭔 흉내를 언제 냈다고?"

이미 그들의 대화에는 소설 언어의 비속함과 저속함이 팍팍 묻어난다. 이미 엄숙주의 따위는 뒤집어엎은 대화가 오고 갈 뿐이다. 그리고 결국 이 참치집의 참치 · 연어가 매우 맛이 없음과 백종원의 필요성으로 이번 주제는 귀결되고 만다.

"자, 이제 마지막 질문인데……. 뭐, 심각하다면 좀 심각한 질문일 수도 있는데? 근본적인 문제랄까? 일단 이것부터. 형의 소설은 명랑한 힘이 돋보이는 대신에 너무 두루뭉술한 건 아닌가 하는 부분이야."

"나는 먼저 사회적 문제에 제법 깊숙이 들어갔다고 생각해. 또 윗대가리들에 대한 비판과 반란은 웃음을 동반할지언정 나름의 각을 세웠다고 생각하거든?"

"음……, 내 말은 그런 말은 아니야. 그러니까 형 소설, 배길남이란 작가를 넓게 보자 이 말이야. 한국문학 전반, 또는 세계문학까지 바라보며 아주 넓게 말이야. 이번 소설집은 한 편 한 편 잘 읽었어. 그걸 얘기하는 게 아니라고. 더 넓은 판도에 놓고 얘기하잔 말이지. 도스토예프스키, 톨스토이, 카프카! 막 이런 수준에 놓고 한번 보자 이 말이거든."

"허허……!"

버엉 찐 길남 씨를 두고 전평이 썰을 풀기 시작한다.

"그러면 더 완성도를 얘기하게 돼. 저 높은 판도에 갖다 두는 게 비교가 아닌 거거든. 형도 어차피 그쪽까지 나아가야 하는 거니까. 여기 계속 머물 것도 아니니까 말이야. 내 말은 이 질문을 통해서 그 방향을 잡을 수 있지 않느냐는 거야."

"흠! 그래, 좋다. 가봅시다."

사기꾼한테 사기를 당하는지 아닌지 모르는 것처럼, 길남 씨도 세계문학 어쩌구에 스르르 빨려 들어간다.

"그러니까 두루뭉술하다는 건 미학적으로 도전적인 것이 없단 의미야. 단편 규격에 딱딱 맞게 쓴 거지. 형이 무슨 실험을 해본다거나, 아따, 이건 앞뒤가 안 맞게 한 번 써보자. 이런다거나……. 아니면 과격한 판타지가 들어와 본다거나. 덕후도 더 센 거 있잖아? 인형하고 섹스를 하고 서로 말하고 사랑을 한다거나 그런 거 말이야. 그런 상상력! 판타지가 오히려 모더니즘 이런 게 아니고 더 리얼리즘이란 말이지. 셰익스피어 봐! 햄릿 아버지가 유령이 돼서 나타나고, 당나귀 얼굴로 댕기고. 그런 게 고전이 되고 세계명작이 되잖아. 비현실적 존재도 소설 소재로는 관계없다는 거지. 그리고 언어도 여기에 대면 말할 수 있어. 물론 지금도 소중한 자산이 될 수 있는 소설 언어이지만, 웃음을 포함하면서도 더 나아가 미학적 성취까지 가져올 수 있는 소설 언어의 실험, 그런 도전적인 실험 정신은 이번에 부족하지 않았나 하는 거지. 형은 아직 미학적 욕심은 없는 것 같애. 자기 얘기를 할 욕심은 있는데 아직 그런 욕심은 없단 말이지. 예를 들면 나는 소설가로서 나의 문체와 나의 언어와 나의 감각을 누구도 보지 못했던 형태로 구축할 거야, 라는 목적의

식. 말하자면 그런 거죠. 두루뭉술은 바로 그런 게 부족하다는 말이야."

멍하니 듣는 듯해도 알아듣긴 모조리 알아들은 소설가는 주어진 숙제가 저 멀리 별처럼 느껴진다. 하지만 그 옛날 신춘문예는 별이 아니었고, 자신의 책 발간은 별이 아니었었던가?

그래도 길남 씨는 실험적 작품을 쓰기도 했다, 이번 소설집에 넣으려고도 했었다는 말을 해보지만 폭주 전평 앞에서는 씨도 안 먹힐 상황이다.

"요즘 사실 한국 문학에서 실험이란 말은 귀한 게 아니야. 온갖 실험들이 펼쳐지고 있어. 그런데 그런 실험들이란 것도 가만히 들여다보면 상투적이야. 실험도 유형이 있어. 그래서 진부하기 짝이 없지. 나는 그런 실험을 얘기하는 게 아니고요. 형도 인정했던 그런 세계. 명랑함의 최전선, 명랑한 소설의 아방가르드. 우리나라에도 김유정이나 이문구 등의 강력한 유머의 힘을 가지고 있는 작가들이 있단 말이야. 그런데 내 말은 형이 그 미학의 계보 속에 있다 치더라도 더 완전 밀고 나가서! 21세기판 명랑함의 버전을 만들어낼 수 없느냐 이 말인 거야. 나름 요구인 거지. 해학의 전통 속에 있는 건 나는 인정한다. 좋다 이거야. 그게 형의 길이야. 그런데 똥폼 잡지 마라 이거야 내 말은. 지적으로 쓰려고 괜히 지랄하지 마라! 알겠어요? 지금 잘하는 거 하면 된다 이, 이, 이건 거야! 근데 거기서 뭔가 실험적인, 아방가르드. 왜 웃음은 아방가르드가 될 수 없느냐? 하고 덤벼들어야 한단 의미인 거지. 물론 그건 답이 없어.

그래도 개척해 봐야 하지 않느냐는 문제죠. 난 형이 앞으로 5년 후에 또 다른 소설을 낼지는 모르겠지만, 아니 더 노력해서 또 장편이고 더 나아갈 수는 있겠지만 아, 그때 새로운 소설을 봤을 때 전에 봤다는 기시감이 안 들도록 해야 한다는 거야. 이후엔 더 갱신되는 작가가 됐으면 하는 거지. 엉? 이건 도대체 뭐야? 하는 충격적인 걸 더 많이 줬으면 하고 바라는 거라고."

길남 씨는 대담의 끝판대장으로 다가오는 비판과 충고가 낯설지 않다. 그건 많은 동료들이 함께 가지고 있는 고민이자, 많은 동료들에게 받았던 충고이자, 그리고 자신이 항상 고민할 수밖에 없는 문제이다.

"사실, 전작부터 지금까지의 5년은 심화 과정이었어. 전작에서는 약간은 돌출되었던 탁탁! 그런 것들이 하나로 어우러지면서 각각의 세계가 깊어졌어, 그러면서 이어졌어. 깊어지니까 이어지는 거야. 연결이 되면서 형의 세계관이라 할 만한 것들이 보이기 시작했거든? 앞으로 어떻게 또 이어질지 모르겠지만 말이야. 그런데 5년을 버틴 건 잘했어. 나는 작가로서는 괜찮은 타이밍이라고 봐. 2년이나 1년이었으면 섣부를 수도 있단 생각이 들었을지도 몰라. 나도 다작주의는 아니거든. 그리고 마지막 질문의 함의는 나의 당부야, 사실은……. 나의 부탁인 거죠. 당신이 이런 쪽으로 한 번 나아가 봐라. 당신의 장점을 알고 있는 입장에서 더 힘차게 가보란 얘기죠. 언어적인 것도 고민해 보고. 웅? 아무튼 안 하던 짓을 하라는게 아니야. 자기 세계를 잘 지키고 가세요. 나는 이렇게 생각하거든? 더 좋은 사람이 되는 것보다 더 나쁘지 않게 잘 가는 게 더 중요하다는 생각을 해요. 나이가 들수록. 어릴 땐 난 뭘 해야지. 포부가 컸잖아요? 그러면서 커서는 더 잘 살겠다 이래쌓다가 그냥 개새끼가 되거든. 나중에?"

"ㅎㅎㅎㅎㅎㅎㅎ!"

어쩐지 안 하던 존대를 한다 했더니 결국은 개새끼로 끝나버렸다. 길남 씨는 결국 참지 못하고 웃음을 터뜨리고 만다. 전평의 진정에 감사하면서⋯⋯. 전평은 멈추지 않는다. 폭주기관차가 된 그는 마지막 질문에서 참았던 질주를 하는 중이다.

"나중에 더 잘 살겠다, 더 뭘 하겠다는 생각을 하지 말고, 우리가 어렸을 때 가졌던 그런 걸 잘 지켜나가는 게 중요하다. 이건 형이 할 수 있는 걸 잘하면 돼. 평생 그걸 갖고 가야지. 어디서 기웃거리고 앉아 있어. 한 길을 제대로 파야지."

길남 씨는 고개를 끄덕이고는 잠시 침묵한다.

"음⋯⋯, 정확한 부분을 지적해 줘서 감사하고⋯⋯. 사실 나도 그런 부분을 고민하고 있지. 소설집 원고를 정리하고 나서는 바로 내가 다루지 않았던 것들, 특히 가족사를 다룬 소설을 괴롭게 써봤고⋯⋯. 며칠 전에 마감을 하긴 했어. 전에 말한 여순항쟁사건을 주제로. 근데 지금까지 중에 가장 힘들게 쓴 소설인 것 같아. 한 번 썼던 걸 다시 다 뜯어 고칠 땐 그 두 배, 세 배로 더 힘들더라고. 거기에다 이전에 썼던 방식에서 조금이라도 탈피해 보려 노력을 했었지. 야구에서 투수가 투구 폼을 바꾸는 건 정말 힘든 일이라고 하잖아. 그런데 투수가 발전하려면 그걸 이겨내야 하는 거고. 나도 그 고통에서 물러나거나 비킬 생각은 안 했거든. 그게 오롯이 작가로서의 내공이 될 테니까. 이제 또 그놈의 왜관 장편을 다시 시작해야 안 되겠나? 지금 전평 말이 너무 고마우면서도 낯설지 않은 이유가 그런 이유야."

"투구 폼. 아주 좋은 비유네. 그리고 장편은 단편이 아니라 더 넓은 거니까 형이 더 큰 역량을 발휘할 수도 있을 거야. 한 가지 더 하자면 경상의 작가가 전라의 아픔을 다루려 시도하는 것이 한편으론 아이러니할 수도 있어. 형이 아까도 말했듯이 체화해서 쓰려면 더 힘든 과정이겠지. 하지만 그 아픈 역사를 형의 명랑한 웃음으로 승화해 잘 표현할 수 있다면 그것도 하나의 실험이 되겠지."

"응. 충고한 대로 실망 주지 않고 한 번 열심히 해볼게. 이제 문청도 아니고 문불혹이 됐다고 전에도 말했잖아."

"허튼 소리 잘 받아줘서 내가 고맙지요."

두 사람은 마지막 잔을 친다. 사실 하나도 취하지 않았다. 아닌가? 벌써 취했는지도 모른다. 맛없는 참치집의 주인장 어머니가 안 그래도 없는 손님을 두고 시끄럽다는 포즈를 취하는 것 보니……. 그랬다. 두 사람은 이미 소설에 취해 있었던 것이다.

"빨리 나갑시다. 여긴 진짜 백종원이 와야겠다."

"후후, 내 생각엔 그래도 안 될 것 같아. 맛있는 냄새는 나는데 저 요리는 도대체 어디로 가는 거지? 우리밖에 손님이 없는데 우리한테는 하나도 안 와. 큭큭큭!"

"사실 이 가게도 약자야. 손님도 없는데 우리 같은 놈들 때문에 얼마나 시끄러웠겠어? 약자이긴 한데 좀 정이 안 가는 약자인 거지."

전평과 길남 씨가 자리에서 일어난다. 밖에서 담배를 피워 무는 길남 씨에게 전평이 한마디 한다.

"형, 그런데 우리 서브컬처 얘기는 했었지?"

"전에 1부에서도 했잖아?"

"나는 형이 그렇게 덕후인지는 몰랐지. 그러니까 이번 소설에서……."

그렇게 떠들었건만 남은 얘기는 아직 산처럼 쌓여 있는 듯……. 소설에 취한 두 사람은 또 다른 술집? 아니, 소설집을 찾아 발걸음을 옮기는 것이다.

짬뽕 끓이다 갈분 넣으면 사천짜장

1판 1쇄 발행 2018년 12월 31일

지음 | 배길남
펴낸이 | 조영남
펴낸곳 | 알렙

출판등록 | 2009년 11월 19일 제313-2010-132호
주소 | 경기도 고양시 일산서구 중앙로 1455 대우시티프라자 715호

전자우편 | alephbook@naver.com
전화 | 031-913-2018, 팩스 | 02-913-2019

ISBN 979-11-89333-12-6 03810

부산광역시 BUSAN METROPOLITAN CITY 부산문화재단 BUSAN CULTURAL FOUNDATION

* 본 도서는 2018년 부산광역시, 부산문화재단 지역문화예술특성화지원사업으로
지원을 받았습니다.

* 책값은 뒤표지에 있습니다. 잘못된 책은 바꾸어 드립니다.